扫码听马原讲
《红字》

世界文学名著名译典藏
全译插图本

红 字

〔美〕霍桑 ◎ 著　姚乃强 ◎ 译

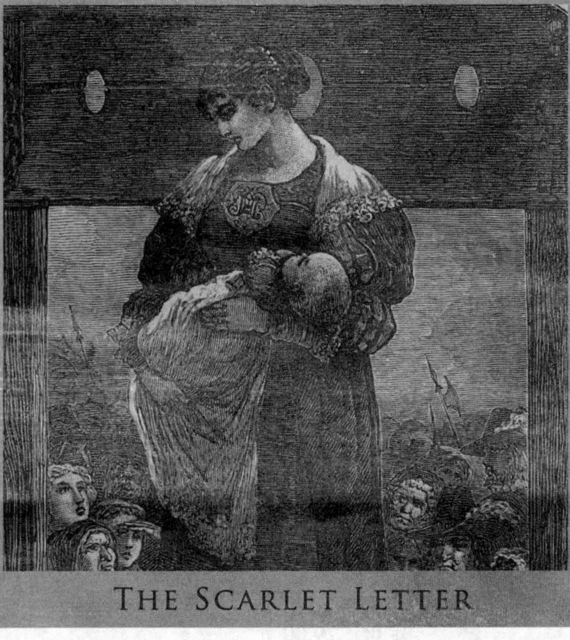

长江出版传媒　长江文艺出版社

图书在版编目（CIP）数据

红字 /（美）霍桑著；姚乃强译. -- 武汉：长江文艺出版社，2018.6（2019.4 重印）
（世界文学名著名译典藏）
ISBN 978-7-5702-0304-8

Ⅰ. ①红… Ⅱ. ①霍… ②姚… Ⅲ. ①长篇小说—美国—近代 Ⅳ. ①I712.44

中国版本图书馆 CIP 数据核字(2018)第 062082 号

责任编辑：黄柳依	责任校对：陈 琪
封面设计：格林图书	责任印制：邱 莉　胡丽平

出版：长江出版传媒　长江文艺出版社
地址：武汉市雄楚大街 268 号　　邮编：430070
发行：长江文艺出版社
电话：027—87679360
http://www.cjlap.com
印刷：中印南方印刷有限公司

开本：880 毫米×1230 毫米　1/32　　印张：8.5　　插页：4 页
版次：2018 年 6 月第 1 版　　2019 年 4 月第 2 次印刷
字数：192 千字

定价：29.00 元

版权所有，盗版必究（举报电话：027—87679308　87679310）
（图书出现印装问题，本社负责调换）

目录

Contents

001		导读
013		第二版序
014		前言
055		主要人物表
001	一	狱门
003	二	市场
013	三	相认
022	四	会见
029	五	海丝特做针线活
038	六	珠儿
048	七	总督府大厅
055	八	小精灵和牧师
065	九	医生
075	十	医生和病人
085	十一	内心深处
092	十二	牧师夜游
103	十三	海丝特的另一面
111	十四	海丝特和医生

118	十五	海丝特和珠儿
125	十六	林中散步
132	十七	教长和教民
142	十八	一片阳光
149	十九	孩子在溪畔
156	二十	迷惘的牧师
167	二十一	新英格兰的节日
176	二十二	游行
187	二十三	红字的显露
196	二十四	结局

导 读

漆黑的土地　鲜红的 A 字

纳撒尼尔·霍桑是美国 19 世纪杰出的浪漫主义小说家。他的小说在思想内容和艺术手法上都独具一格。他把严肃的道德和历史内容与卓越的艺术表现形式巧妙地结合在一起；把天赋的想象力与高超的语言技巧融为一体。他是一位真正富有个性与创造力的作家，因而一直享誉英美和世界文坛，至今盛名不衰。

霍桑同时代的作家赫尔曼·麦尔维尔在 1850 年写的一篇题为《霍桑和他的屋青苔》的评论文章中，深情地表达了他对霍桑的崇敬和赞颂，甚至认为霍桑和英国的莎士比亚不分轩轾。他对美国的读者大声疾呼："同胞们，提起与我们有血肉之亲的优秀作家，除了霍桑之外，还有谁更值得我向你们推荐呢？霍桑不模仿他人，而他人也模仿不了霍桑。"次年（1851 年），麦尔维尔把他刚写就的长篇小说《白鲸》题献给霍桑，"以表达我对他的天才的仰慕"。值得注意的是，麦尔维尔在写那篇文章时，还没有见到过霍桑，也还来不及对刚发表的《红字》做深入细致的评论。

19 世纪后期的著名小说家亨利·詹姆斯对霍桑也赞美不已，说"他的作品将世代相传……他的名字将流芳百世"。

进入 20 世纪，美国文学日趋成熟，涌现了一大批有成就的作家,如海明威、菲茨杰拉德、福克纳等。这些作家无不从霍桑那里深受教益,无怪乎有人称霍桑是"作家的作家"。

那么,是什么使霍桑及其作品具有这种强大的生命力和魅力呢?

一百多年来,许多传记家和评论家作了大量的研究和探讨,几乎涉及他的生活和作品的每一个细微之处。很多评论家指出,他的力量的源泉是他对新英格兰地区生活的深切了解。有人说他是"从新英格兰土壤中土生土长起来的——从那里坚硬的花岗岩的裂缝里发芽、开花"。美国文学批评家布鲁克斯等主编的《美国文学:作家和作品》在评论霍桑时这样写道:"霍桑是美国文学中第一位这样的小说家,我们在其作品中能够充分意识到生活与小说的内在关系——这种关系使我们深切地感到小说远非只是一种高雅的娱乐、一种新闻报道或稀释了的历史记录,也不是在客厅里故作斯文的谈天说地。"霍桑用他激越的感情和丰富的想象力使自己同塑造的人物、叙述的故事和探究的问题息息相关、血脉相通,从而感染了读者,打动了读者的心。

《美利坚合众国文学史》的主编罗伯特·斯皮勒明确指出:"要研究霍桑的艺术,必须了解他的人生经历,因为两者是因和果的关系。"要读好他的重要作品《红字》,也完全有必要知道一些有关作家的生平。

霍桑1804年7月4日(美国国庆日)出生在马萨诸塞的塞勒姆镇。塞勒姆镇是殖民地时期的一个重要港口,也是清教徒势力张狂猖獗之地。他的家庭曾是名门望族,几代祖先都是狂热的清教徒。据说他的五世祖约翰·赫桑是审判1692年声名狼藉的塞勒姆驱巫案的三大法官之一。这一事件在霍桑幼年的心灵上留下了很深的伤痕。他在写完《红字》后曾写过一篇自传性的文章,题为《海关》,用作小说的序文。他在该文中写道:"我,一名作家,作为他们的代表,却为他们深感羞愧。我祈求,这些由他们招来的诅咒——如我听到的诅咒,也如多少年前人类凄凉悲惨的境况充分说明其存在的诅咒——从此以后消除殆尽。"这种负罪感还促使他在上大学时在自己的姓氏 Hathorne 里加进一个 W,变成 Hawthorne,以示有异于不光彩的祖先。不难理解罪恶问题成了霍桑许多作品中经常出现的主题,也是《红字》的主题之一。

到了霍桑的童年时代,家道中衰。1808 年,霍桑四岁时,当船长的父亲患病死于荷属圭亚那(今苏里南)。于是,他在十二岁之前一直跟母亲和两个姐妹住在舅舅家里。九岁时,在一次和同伴玩耍时扭伤了腿,致使他的足有点跛。足疾使他增加了一份自卑感,以读书自谴,并决心当一名作家。显然,家境的衰落、父亲的去世、寄人篱下的生活,以及身罹足疾对霍桑的性格的形成产生了巨大的影响。这里还特别要提及的是,他母亲失去丈夫后,一直落落寡寡,离群索居,甚至与家人极少交往。正如霍桑描述的那样,"她的忧伤至死犹存,成了一种顽症,痛不欲生"。霍桑深受母亲这种心情的感染,也养成了"可恶的孤寂独处的习惯"。这种孤寂感一直伴随着他,在他的创作中随处可见。《红字》里的海丝特·白兰就是一个被摒弃、被孤立的牺牲品。

1821 年,霍桑进入鲍登学院就读。这是一所很小的学校,但在他的同学中有一些后来成了知名人物,如亨利·华兹渥斯·朗费罗、富兰克林·皮尔斯、霍雷肖·布雷奇、乔纳森·西利等。其中有些人,特别是后来成为美国第十四届总统的皮尔斯,给了他很大的帮助。霍桑在学业上表现并不突出,但是他的文学才能已初露锋芒,颇得赞扬。这就进一步加强了他成为作家的决心。

1825年,霍桑从鲍登学院毕业后回到家乡塞勒姆镇,与母亲和姐妹住在一起。尔后的十二年,即常常被称为"幽室时期",引起了传记家和评论家的极大兴趣。霍桑本人也竭力标榜自己过着深居简出的隐士生活,说他自己只在晚间才下楼散步,甚至不跟自己的家人交谈。但是,最近的研究资料表明,这期间,霍桑虽然苦心孤诣于练习写作,埋头钻研美国殖民时期的历史,而不甚关心当时的政治问题,但是他还是参加了塞勒姆的一些重要的社交活动,有过几次认真的求爱的经历,并与皮尔斯、布雷奇等人保持着密切的联系,甚至有几个夏天还外出旅行,考察新英格兰的山山水水、风俗民情。这十二年实际上是他写作的实习时期,表明他蕴藏着旺盛的创造力,写出了不少作品。1828年他自费付印的第一部历史小说《范肖》就是在这个时期创作的。令人费解的是,该书出版后不久,霍桑便把所有的书收回并销毁。这期间他还写了不少短篇小说,但几乎没有一个出版商愿意出版它们。直至1837年,经过他老同学布雷奇的帮助,一家出版社才同意结集出版他的短篇小说集《重讲一遍的故事》。该书的出版引起了美国和英国评论界的注意,从而给他打开了"与世界沟通的通道"。他在一篇手记中写道:"终于在这间昏暗寒碜的幽室里赢得了声誉。"在这些短篇小说中,霍桑表现出对于象征手法与心理描写的巨大才能,这成为他写作的鲜明特点。这些特点在《红字》中表现得尤为淋漓尽致。

《重讲一遍的故事》的出版确立了霍桑的作家地位,标志了他写作生涯的正式开始,但同时也标志了他全身心投入写作生活的结束。1838年,霍桑遇上了索菲亚·皮博迪,坠入爱河。为了攒钱结婚,在富兰克林·皮尔斯等人的帮助下,他在波士顿海关找到了一份工作，当煤盐计量员近两年。接着，他入股参加爱默生等超验主义者创办的布鲁克农场。1842年，时年三十八岁的霍桑与皮博迪建立了家庭。他曾经不无感慨地说："当一个男人负起生儿育女的责任时，他就不再有权利支配自己的生活。"确实，他在这个时期写的作品不多，仅在1841年出版了一本关于新英格兰的儿童历史读物，直至1846年才出版了他的另一本短篇小说集《古屋青苔》。集子中的大多数故事是他婚后迁至康科德镇，住在爱默生祖先传下的一座老宅里写的。这些故事为他赢得了更多的读者，也受到了评论界的好评。前面提及的麦尔维尔的评论文章就是明显的一例。

霍桑长期为之效劳的民主党于1846年在选举中获胜，任命他担任塞勒姆海关的督察员。尽管工作占去了他许多宝贵的时间，使他无暇写作，但是也解除了长期困扰他的经济上的忧虑。不过，好景不长，辉格党的卷土重来使他失去了这个职位。他对此愤愤不平，但事后证明这是一件大好事，他可以专心写作了。1849年夏，他经受了因失业以及母亲的去世给他带来的强烈痛苦和沉重打击，全身心地投入到《红字》的写作中去。他原来计划把它写成一个篇幅较长的故事，加上几篇未发表过的故事，再出一本短篇小说集。但是，他新结识的出版商詹姆斯·菲尔兹对他说长篇小说比短篇小说集要好卖得多，倒不如把《海关》一文加在《红字》前面当作序凑成一部长篇。于是，霍桑不得不适当加长《红字》的篇幅，以满足出版商的要求。虽然《红字》于1850年出版后经常受到谴责，说它诲淫纵欲或表现病态，但它在英美文学界确实引起了一次轰动。在《红字》之前，美国已经产生了不少小说，后来又有不少小说问世，但它始终不失为美国文学史上的一部优秀小说。时代变迁，人们的审美情趣不断发生变化，但是《红字》对于读者的魅力依然不变。

继《红字》之后,霍桑很快又完成了两部"罗曼史":《七个尖角顶的房子》(1851年)和《福谷传奇》(1852年)。此外,他还为青少年写了几本读物,以及为皮尔斯参加竞选写了传记等,其创作的势头真是一发而不可收拾了。这是他创作的巅峰时期。1852年,皮尔斯在总统竞选中获胜,作为对他的好友和传记作家的报偿,他任命霍桑为美国驻英国利物浦总领事。在利物浦,他住了四年,其间很少创作。皮尔斯于1857年期满卸任后不久,霍桑也辞去了总领事的工作,转去意大利,在那里生活了两年,直至1860年才回到了阔别七年的美国。

在意大利旅行期间,他积累了一些素材,并完成了他最后一部"罗曼史"《玉石雕像》(1860年)。霍桑回到美国后住在康科德,继续从事写作。他同时写四部"罗曼史",但是在他1864年5月逝世时,一部也未完成,只留下一堆零乱的书稿。他被葬在康科德的睡谷公墓,与爱默生、朗费罗、洛厄尔等作家长眠在一起。

《红字》是霍桑的代表作。它以主题思想深邃、想象力丰富、写作手法独特而标志着美国长篇小说创作上的一个重大突破。它集中表现了霍桑的思想与艺术特色。

《红字》以17世纪北美清教殖民统治下的新英格兰为背景,取材于1642年至1649年在波士顿发生的一个恋爱悲剧。故事一开始的场景发生在该镇监狱的门前,而这个场景的中心人物是海丝特·白兰,一个年轻美丽的女子。她怀里抱着一个三个月大的女婴——珠儿,站在刑台上,等待政教合一的加尔文教(即清教)政权在大庭广众面前宣布对她的判决。

那么,受审的女罪犯是什么人?她又犯了什么罪?在故事开始之前几年，出身英国破落贵族家庭的白兰嫁给了一个畸形的年老学者。婚后，两人决定移居马萨诸塞的波士顿。途经荷兰的阿姆斯特丹时，丈夫因有事留下，妻子先行独自来到波士顿，一住近两年。其间丈夫杳无音信。据传他在赶来的途中被印第安人俘虏，生死不明。在独居生活中，海丝特·白兰与当地牧师阿瑟·丁梅斯代尔相爱，生下了那个女婴。显然，她犯下了基督教"十戒"中的一戒，即通奸罪，为清教的教义所不容。她被投入监狱，法庭判她有罪，令她在刑台上站立三个小时当众受辱，并终身佩戴一个红色的字母A（英文通奸 Adultery 的第一个字母）作为惩戒。当局一再逼她说出通奸的同犯，但她断然拒绝。这天，她失踪的丈夫正巧赶到，目睹了这一场面。在场的人中只有白兰认出了他。为了隐藏他们之间的夫妻关系，他更名为罗杰·齐灵渥斯。而此时，白兰的同犯、年轻而受人尊敬的牧师丁梅斯代尔也在场。当晚，齐灵渥斯以医生的身份在牢房里与白兰相见。他要她保证不暴露他真实的身份，并决心要追查出她的同犯以报仇雪恨。他很快怀疑起丁梅斯代尔，假意跟他建立亲密的关系。牧师的良心受到谴责，但又没有勇气承认自己的罪孽，健康每况愈下。不久，齐灵渥斯搬到丁梅斯代尔那里与他合住在一栋房子里，表面的理由是更好地观察他的病情，给予更好的治疗，实际上是为了折磨他，削弱他的精力和体力。最后，海丝特觉察到了齐灵渥斯的罪恶图谋，向牧师提出携珠儿一起私奔，逃出这块殖民地到欧洲去建立新生活。珠儿这时已七岁了。七年来，海丝特一直执着地爱着牧师，并把这种爱完全倾注在养育珠儿和服务社会公益上。她虽过着十分清苦孤寂的生活，但她也赢得了乡亲们的同情和敬爱。一次她与牧师在森林中会见时，表白了她对他的感情，并摘下红字，把它丢弃到小溪里，以示其决心。牧师却受清教意识的束缚,认为私奔是罪,罪上加罪,故而犹豫不决,但是他最终还是勉强同意了,计划在他做完庆祝上帝选择日的祷文后离开。霍桑把出逃安排在选择日是有用意的,他要通过牧师的口来说明加尔文教的教义,即一个罪人不可能根据自己的愿望获得赎罪,他灵魂的拯救完全取决于上帝的"选择"。同时,霍桑通过丁梅斯代尔坚持要在这一天履行他最后的职责,进一步揭露了他本人和宗教的伪善。他使出全身解数讲完了娓娓动听的布道。然后,他与镇上的政要名流一起上街游行。经过市场时,他双手紧抓住海丝特和珠儿的手,跟她们一起走上刑台。这个刑台正是七年前海丝特手抱珠儿身佩红字当众受辱的那个刑台,也正是七年前他曾假意规劝海丝特说出同犯,而自己却隐瞒罪责的那个刑台。现在他站在上面终于袒露了自己的罪责,并因心力交瘁倒在台上死去。至此,把复仇作为生活中唯一目的的齐灵渥斯,其图谋也告结束,一年后郁郁而死。死前,他立下遗嘱把财产留给珠儿。珠儿随其母亲去了欧洲,与一贵族结婚,过着美好的生活。海丝特回到波士顿,继续行善,死时,她的墓碑上镌刻着一个红色的 A 字。

对于这样一个故事,批评家和读者很自然提出许多问题:这部小说的主题思想究竟是什么?小说的女主人公海丝特·白兰是一个什么样的人物?究竟如何看待小说中的另外三个主要人物——丁梅斯代尔、齐灵渥斯和珠儿?作为书名的红字,也是全书的中心线索的字母 A 究竟有什么意义?它的寓意是什么?小说的主要艺术特色又是什么?是象征主义,还是心理描写和心理分析?如何看待小说的结尾?白兰的回归是妙笔,还是败笔?《红字》是"罗曼史"还是"小说"?两者究竟有何区别?诸如此类的问题举不胜举。对于这些问题,自《红字》问世以来,在读者中,在各派批评家中,始终存在着不同的意见，众说纷纭，各执己见。有关《红字》的评论文章或专著浩如烟海，其数量之大在美国文学史上虽还不能肯定首屈一指，也至少名列前茅。随着现代文艺理论和批评方法的迅速发展，对于霍桑及其《红字》的研究和评论也得更为活跃，更为深入。什么女权主义批评，什么弗洛伊德批评方法，什么新历史主义观点，什么新文化论，等，都被用来对《红字》进行剖析与评述。译者不可能在一篇序言里对各派意见给予详细的介绍，更不可能对上述提出的问题做出令人满意的解答。正如许多批评家指出的，霍桑是一位思想上充满复杂矛盾的作家。他所处的历史时期正是美国资本主义经济迅速发展的时期，社会矛盾日益激化。他对这种变化迷惑不解，加之受家庭和社会环境的影响，他在政治上采取了保守的立场。这种保守性还因受到他世界观中强烈的清教徒意识（加尔文主义）、超验主义（爱默生的自助哲学）以及神秘主义等的影响而盘根错节。他思想上的复杂性与矛盾性反映在创作上就是含混（ambiguity），意义纷呈，时隐时现，难以捉摸。

就主题思想而言，霍桑在《红字》中宣扬的是什么道德观或宗教观呢？有的批评家认为，根据小说提供的历史背景和故事情节，霍桑要表达的正是清教的教义，那就是认为人是上帝创造的，但由于亚当犯了原罪，人生来皆有罪，理应受到惩罚，而要得到拯救则完全靠上帝的宽恕。《红字》中的人物都有罪，只是各人对罪恶的态度不同，结果也不同。如海丝特是公开承认自己的罪，苦行赎罪，终于把胸前罪恶的标志变成了德行的标志，成为圣者、"天使"；丁梅斯代尔是隐藏自己的罪，备受折磨，耗尽了自己的精力和才华，最后拿出勇气忏悔认罪，在道德上得到自新后死去，成了一名殉道者；齐灵渥斯开始企图揭露罪恶，结果一心复仇，害人及己,反而把自己变成一个恶魔,一个真正的罪人。一些评论家认为,霍桑通过书中主要人物的遭遇,表达了他的罪恶观,探索谁是真正的罪人,什么是罪恶的根源。这就是所谓的"罪恶论"。但是,有一些评论家认为,作品的主题思想集中体现在女主人公海丝特的形象上。她是反抗不合理的婚姻制度,争取真正的美好爱情的典型。她对自由幸福和纯洁爱情的追求代表了霍桑浪漫主义的理想。也有的人认为在珠儿的身上表达了"自然人"的概念,认为人的自然存在是道德存在的前提,人生来具有的自然部分是实在的,而精神部分是潜在的,需要个人通过努力和机会才能培育和发展。至于用女权主义观点或弗洛伊德观点来分析评论《红字》,尤其是分析女主人公海丝特的,更大有人在,而且褒贬毁誉不一。以上列举的仅仅是关于主题思想的几种不同的观点,为的是启迪读者的思路,但从中也可看出《红字》思想内涵的丰富多彩。

再如,红色字母 A 的象征意义究竟为何,霍桑也留给读者自己去解读。有趣的是,当局罚海丝特终身佩戴 A 字,显然是指她犯了通奸罪(Adultery),以此来羞辱她,但"通奸"一词在《红字》一书中自始至终未曾出现过,霍桑反而通过其他人的口来说,A 可能代表"能干"(Able),代表"可敬佩的"(Admirable),代表"天使"(Angel),等等。而有的评论者则认为它代表"爱情"(Amorous),代表"艺术"(Art),代表"前进"(Advance),甚至意指"美国"(America),不一而足。《红字》中具有象征意义的事物比比皆是,如监狱门前的野玫瑰、竖立在教堂屋檐下成为"教堂的附属建筑物"的刑台,等等。这些含义深刻的象征充分展露了霍桑运用象征比拟手法的独具匠心与神乎其技,无愧为现代文学象征主义的先驱。

限于篇幅，以上仅举一两例对《红字》的主题思想和象征手法作了一些讨论，挂一漏万，但它们多少可以印证美国乔治·珀金斯教授对霍桑及其《红字》的评价："用英语写作的小说家中很少有人能用如此少的字表达出像《红字》所表达的那么多的内容……象征寓意的手法在散文中很少有人能像霍桑那样运用得如此挥洒自如。"它们也使我们再次想起麦尔维尔在《霍桑和他的〈古屋青苔〉》中的一段话："光是批评家的铅垂线是量不出他的深浅的。检验这样一位作家仅仅用头脑是不够的，还必须用你的心灵。单靠观摩考察，你不能了解何为伟大，除了用直觉之外，你从他那里看不出什么东西。你无须叮当敲打，只要用手触碰一下，你就可以知道它是真金了。"

　　《红字》很早就被介绍到我国来了。韩侍桁先生在四十年代就把它译成中文。新中国成立后分别于1954年和1981年经修订后出版。近年来，据我了解又有几个译本问世。那么，为何我还要承诺重译呢？《红字》是我年轻时接触外国文学以来最喜爱的小说之一，尤其这十多年来因教学需要反复阅读，每读一遍，我的心总会受到一次震颤，对作者"丰富、复杂和深刻的想象力"叹为观止；每读一遍，我也总感到有一点新的理解，真可谓"百读不厌，开卷有得"。因此，我一直希望有机会能把自己的理解通过翻译与读者交流。可是，翻译伊始，翻译界和出版界对于当前外国文学名著重译问题展开了一场颇有声势的讨论。我认为一种翻译代表着译者对原作的一种理解，对于像《红字》这样的优秀外国文学作品，在客观条件具备的情况下，多几种译本是一件好事。只要译者是严肃认真的，重译名著的努力应该肯定，因为正如最近的调查表明的那样，读者的审美习惯和要求是多元的，多种译本就可以满足不同层次读者的需要。有鉴于此，译者坚持把《红字》译完了。现在不揣拙纳浅陋，把它奉献给读者，愿它能对读者理解这部美国文学的经典著作有所帮助。

最后，附带要说明的一点是，这个译本与我所见到的其他中译本略有补充，那就是译者把霍桑于1850年3月30日为《红字》第二版写的序，以及题为《海关》的前言全文译了出来。前言原文有一万五千多字，译成中文三万多字，相当于小说本文的五分之一，占的篇幅确实不少，但是小说原文的各种版本，包括各种选读本，都照收全印。遗憾的是，历来的中译本均略去不译，因为有人认为前言与小说没有多大关系，只是其中有几个段落讲述了《红字》一书的起源。事实不尽如此，译者在翻译过程中深感这篇前言蕴含着极丰富的内容，对于了解作者的生平经历、思想情感、写作风格和技巧，以及小说的背景等都提供了大量的材料，是研究霍桑与《红字》不可或缺的资料，把它译出来使这部名著在我国有一个较完整的译本，聊复尔耳。

姚乃强

第二版序

令作者大为诧异,又颇感可笑(如果他这样说不增添不悦的话),他写的那篇有关公务生活的文章——《红字》的前言竟在他周围的有识之士中激起了这般空前的狂风怒涛。确实,即使他将那幢海关大厦烧毁,再把最后一根还在冒烟的木料浸到一位据说他深恶痛绝,但深孚众望的大人物的血泊中,引起的反响可能也不至于如此激烈。对于作者来说,公众的指责,假如他认为他们言之成理,则举足轻重,关系重大,故而他恳请慨允申明,为修正和刬除可能的舛误,并对其被判所犯的罪行做出力所能及的补偿,他重新细读了那篇前言。但是,在他看来,该文的突出之处只是率直和善意的幽默,以及他在描述文中人物真实印象时的缜密精确,无甚大谬。至于敌意,或任何类别的恶意,无论属公属私,或者涉及政治与否,他全然没有此等动机。那篇文章也许可以整个儿省掉,对读者无损,对作品亦无伤大雅。不过,既然作者已经着力写了,又认为他不可能以更亲切更良好的心绪重新撰写,并就其能力而言,也无望写得更生动更真实。

有鉴于此,作者无奈一字不动把他的前言再次印出。

于塞勒姆

1850 年 3 月 30 日

前　言

海　关

　　事情说来有点蹊跷，尽管我不喜欢坐在炉边与亲朋好友谈论太多有关我自己的生平逸事，但是我一生中竟有过两次想把自己的生平经历写成自传公之于众的冲动。第一次①是在三四年前，当时在一本书里给读者描写了我住在一座"古屋"里，过着幽静孤寂生活的情景。其实，那样做实无必要，无情可原，无论宽宏大量的读者还是爱挑剔的作者都难以想象出任何实际的理由。现在这次的冲动，同上次一样，也实不该当，只是因为我非常高兴逮住了一两位听众，于是我便抓住他们不放，又谈论起我在海关的三年经历。虽然《教区司铎》②这种自吹自擂的榜样不再被人仿效，然而，事实似乎是这样：在作者把书稿公之于众时，他与之交谈的不是众多把他的书弃之一边的人，或是从不触摸该书的人，而是为数不多的知音读者，他们甚至比他的大多数同学或终生好友更了解他。确实，

---

　　①　"第一次"指作者给《古屋青苔》（1846）写的前言。

　　②　《教区司铎》是18世纪初一位佚名作者写的一部假自传，嘲讽吉尔伯特·伯恩斯主教在其《我在这个时代的历史》一书中的以自我为中心的观点与大肆自我吹嘘。

有些作者走得更远，敢于揭示自己内心深处的东西，把本来只适合于讲给个别知心好友听的东西都写出来，仿佛这本印出来的书，一旦在市面上广为流传，肯定会找回从作者自己本性中分割出去的部分，通过交流，圆满完成他生活的周期。然而，把一切都说出来，即令说得很客观，也很难正派得体。但是，除非说话人与听者之间保持某种真诚的关系，否则说的内容必然是呆板的，表达起来也必然是生硬的。因此，说话人把听众想象成一个朋友，一个善解人意的朋友，当然未必是莫逆之交，也就有情可原了。有了这种亲近感，人性中含蓄保留的一面化解了，我们便会侃侃而谈，讲述我们周围的事物，甚至我们自身的情况。不过，即令此时，我们仍然要把内心深处的"我"置于面纱后面。我认为，就这个程度，在这个范围之内，作者是可以谈论自己经历的，这样既不会侵犯读者的权利，也无损于作者本人的权利。

你们还将看到《海关》这篇文章具有某种特性，一种常在文学中被公认为正当的做法，即用来解释后面篇幅中涉及的大部分内容是怎样为作者掌握的，并提供证据力陈叙述的内容确凿可靠。事实上，这一点——一种想把自己置于编辑位置上的愿望，更具体地说，把自己置于这本故事集中最长一篇故事①的编辑位置上的愿望——就此，非它，便是我采取与读者保持某种个人关系的真实原因。达到这个主要目的之后，似乎可以允许添加几笔，素描一下以前没有描绘过的生活模式，以及在里面活动的人物，作者本人恰巧是其中之一。

---

① 证明霍桑最初计划把几篇较短的故事一并印在《红字》一书里。

大约半个世纪之前,也就是在老船王德比①叱咤风云的时期,我的家乡塞勒姆镇是一个繁忙的码头。但是,现在码头边上却只留下一些歪歪斜斜腐朽的木头库房了,当年热闹的商业场面已不复存在,只是偶尔可以见到一艘双桅或三桅的帆船停泊在长长的码头中央,卸下些裘毛兽皮;近处一艘来自新斯科合的纵帆船正在从船舱里抛出装来的柴火。在这个经常被潮水淹没的残败不堪的码头边上,有一排建筑物,后面长着一大片恣蔓的野草杂树,它们成了荒芜岁月的见证。就在这里,在这个我所说的破旧码头的顶端,矗立着一座砖砌的高大建筑,从它的正面的窗户里可以看到这幅毫无生气的景象,从那里还可以眺望整个港口。在屋顶的最高点,每天上午三个半小时里,共和国的国旗在微风中飘扬或因无风而低垂着;但是,这面国旗十三根横条是垂直的而不是平行的,这表示这里是山姆大叔②的一个民事部门而不是军事部门。大厦的正面装饰着一个由六根木头柱子组成的门廊,支撑着一个阳台。门廊底下是宽大的大理石台阶,直通街心。正门上方悬挂着一只巨大的美洲鹰的雕像,双翅展开,胸部护着一面盾牌,如果我没记错的话,它的两只鹰爪各抓着一束矢箭和倒钩箭。这只不幸的飞禽具有其同类常有的性格特征,借助它凶残的大喙和眼光以及凶猛好斗的姿势,它似乎威胁要对无辜的人们施虐,特别警告镇上的全体居民,要注意安全,不要侵入它卵翼下的这幢建筑物。然而,尽管它看上去凶悍异常,但是在这个时候许多人仍在千方百计地来到这只联邦雄鹰的卵翼下寻求庇护。我想,在他们的想象中,它的胸脯一定会像鸭绒枕

---

① 伊莱亚斯·哈斯克特·德比(Elias Hasket Derby, 1739—1799),塞勒姆的大船主。

② 国政府的谑称。

头一样酥软暖和。但是，即令在它心情最愉快时，它也没有多少温柔，迟早——恐怕多半是赶早——它会甩掉刚孵出的雏鹰，用爪子抓，用喙啄，或用它的倒钩箭戳刺他们，使他们伤痕累累，刻骨铭心。

  上面描述的这座大厦——我们也可称它为这个港口的海关，其四周人行道上的裂缝里已长出一丛丛野草，表明它近年来已不再是一条商贾云集、众人踩踏的通道。不过，在一年之中有几个月，常常在上午还有一些活动，给它带来些微生气。此情此景会使上了年纪的居民想起上次与英国人打仗前的那个时期①，那时塞勒姆是一个重要港口，不像现在被商人和船主们那样轻视，不屑一顾，任它的码头崩坍破败；同时他们的公司企业毫无必要地，也是难以想象地一窝蜂跑到纽约、波士顿去，在那里掀起了强大的商业浪潮。在这样的上午，有时会有三四艘船同时靠岸，它们通常来自非洲或南美洲，或者是马上要起锚开往那些地方。在这种时候总可听到频频的脚步声，在大理石的台阶上迅速上上下下。在这里，被海风吹得满脸通红的船主，在他自己的妻子向他打招呼之前，你也许就在港口先行向他打过招呼。船长的腋下夹着一只失去光泽的铁皮盒子，里面放着有关他驾驶的那艘船的文件。在这里，船长的老板也赶来了，或兴高采烈，或文雅谦和，或怒气冲天，一切都取决于这次刚完成的航行所筹划的货物买卖的情况。有的货物很快就会变成金子，有的却被埋葬在一大堆无人问津的商品底下。来这里的还有满面皱纹、胡子灰白、愁眉苦脸的商人的胚芽——年轻漂亮的小伙子，他们本该是在磨坊的贮水池里玩耍航船模型，但就像让狼崽尝

---

 ① 1812年战争。

血腥一样，他们过早地尝到了航海的滋味，被送上老板的船出海冒险。在这个场景中的另一类人物是水手：他可能是将要出海去的水手，正在寻找护照；也可能是刚上岸的水手，脸色苍白，身体虚弱，正在设法找医院。我们也不应该忘记那些锈迹斑斑的小帆船的船长，他们的船从英国统辖的加拿大地区运来柴火；还有跟随这些船长来的一群面貌粗野的水手，他们看上去不像美国佬那么机灵，但是他们对于我们日益衰退的贸易做出了一份不小的贡献。

把这些各色各样的人，像他们有时会做的那样，聚集起来，再加上使这伙人更为多姿多彩的其他杂七杂八的人，他们把海关一时变成了一个沸沸扬扬的地方。然而，沿着这些台阶拾级而上的时候，你往往会看到一大溜可敬可爱的人物。如果在夏天，你会在这座建筑物的大门口看见他们；如果在冬天或遇上天气恶劣的日子，你会在他们各人的房间里看到他们。他们坐在古色古香的椅子里，翘起椅子前腿，后背仰靠在墙上。他们经常昏昏欲睡，但偶尔可以听到他们在一起交谈，讲话的声音像是说话，又像是鼾声，有气无力，样子就像那些生活在济贫院里的人，以及其他一切靠施舍、靠受奴役过活的人，反正不像是那些自食其力的人。这些老先生们便是海关职员，他们像马太一样坐在那里收税，但是不大喜欢像马太那样为使徒的事让人支派差遣①。

再说，走进正门，在左手一边有一间大约十五平方英尺大小，又高又宽敞的房间或者叫办公室，房间有两扇拱形的窗俯视着前面说到的那个衰败的码头，第三扇窗则朝着一条狭窄的巷子，可望到德比街的一小段。从这三扇窗口望去，可以瞧见各种各样的店

---

① 典故出自《马太福音》第九章第九节。

铺——杂货铺、木工作坊、成衣店、船具商店，等等。在这些店铺门口经常可以看到三五成群的老水手，还有经常出没在城里贫民区的那些"码头耗子"，在那里说说笑笑。屋子里蜘蛛网密布，陈年的油漆使房间显得昏暗，地板上撒满了灰沙，看上去好像已被废弃不用很久了。从这个房间如此污秽龌龊的样子，很容易得出结论：这里是个罪犯的隐匿地，女性很少带着她们具有魔力的扫帚和拖把之类工具进去。在家具方面，有一个装着粗大烟囱的炉子，在一张松木桌旁边有一只三条腿的凳子，两三只摇摇欲坠的木头坐垫椅子；不要忘了还有些图书，在几个书架上有二三十本国会法典和大部头的税法精粹。有一根铁皮管子穿过天花板，成了与大厦内其他房间传声的工具。大约六个月前，尊敬的读者，你会认出一个人，他在大房间里从这一角踱到那一角，或者仰坐在那条高脚凳子上，肘部撑在桌上，眼睛扫视着晨报的各个栏目；还是这个人欢迎你进到他在"古屋"西侧的舒适的小书房里，那里阳光穿过柳枝在欢快地闪烁。但是现在，如果你要到那里去找他，你就打听不到这位民主党的海关稽查官的下落了。改革的大扫把已把他扫出了办公室，一个更般配的接班人穿上了他那一身庄严的制服，口袋里装进了他的那份薪俸。

我的故乡塞勒姆古镇过去和现在都拥有着我对它的挚爱，虽然在我童年和成年都没有在那里居住过多久。这种爱的力量在我住在这里的那些岁月里从未觉察到。确实，就其外表而言，平平坦坦，缺少变化，铺天盖地的大多是些木头房子，很少，甚至可以说没有一座建筑物称得上美；它的建筑没有规则，既不优美，也不古雅，而是平庸无奇。它的街道长而懒散，无精打采地躺在半岛上。从这一端的绞刑架山和新几内亚湾一直延伸到可以看到济贫院的另一端。这些便是我故乡小镇的特点,犹如一个杂乱无章、扑朔迷离的棋盘,对它有一种依恋之情也就不足为奇了。虽然在其他地方我生活得幸福愉快,但是在我内心仍保留着对古老塞勒姆镇的一种情感,我找不到更贴切的词来形容我的这种感情,我乐意称它为挚爱。这种情感很可能是分派给我们家族的,它古老的根茎深深地扎入了这块土地。从我们赫桑①家的最早移民,也就是原先的不列颠人在这块荒芜的、靠近森林边缘的殖民地上出现开始,至今已将近有两个世纪零二十五年了。现在这块移民聚居地已经成了城市。他们的后代在这里生生死死,他们埋下的尸骨在地下腐烂与土壤混在一起。直至他们的每一小部分都化为尘土,不辨人形之时,我才出生,并开始在街头漫步。因此,我说的那种依恋之情部分只是尘土对尘土的同情。我的同胞大都不明白这是一种什么样的情感。也许正如经常的移植有利于改善品种一样,他们认为也无须知道这种感情。

但是,这种感情同样具有道德的品性。我们那位最早祖先的形象,被家族的传统赋有一种暗淡阴沉的庄严特性。我回忆起来,早在我孩提时,这形象便出现在我的想象之中,至今仍萦绕在我的脑际,导致了我对过去的一种深切感情,但我不认为这种感情与当前的塞勒姆镇有什么关系,而似乎与生活在这里的祖先有着更密切的关系。最早的祖先样子严肃,蓄着大胡子,穿着黑色的大斗篷,戴着尖顶帽。他很久以前便来到这里,来时携着《圣经》和利剑,带

---

① 指威廉·赫桑(William Hathome),他于1630年从英格兰移民来美洲。他在威廉·休厄尔的《称为贵格的基督徒史》中作为一个坏人出现。故而纳·霍桑在自己的姓氏里加了一个"W"成Hawthorne,以示区别。

着庄严的姿态迈步走在人迹稀少的街道上,俨然像是这里的一个大人物,仿佛是一个能制造战争又能缔造和平的人物。他的名声远超过我,与他相比,我的名字无人知晓,我的容貌鲜为人知。他是一名军人、议员、法官;在教会里是当权者;他具有清教徒的一切特点,优劣兼而有之;他还是一名残忍的迫害狂,贵格派教徒曾在他们的历史中提到过他,描述了他严厉对待该教派一名妇女的事件。恐怕他的这一劣迹比之他的那些伟绩将要更长久地流传下去,尽管他的伟绩远多于劣迹。他的儿子①也继承了他这种迫害精神,在女巫的殉道案中他臭名昭彰,据说她们的鲜血在他身上留下了一个污点。这血污一直渗透到他的骨骼里。如果他埋在宪章街墓地里的寒骨还没有完全化为尘土的话,那么这个污点还一定保留在那里!我不知道我的这些祖先是否悔恨自己,祈求上帝饶恕他们的种种暴行;也不知道他们是否在另一个世界里为自己造成的严重后果饮恨痛泣。无论如何,我,一名作家,作为他们的代表,却为他们深感羞愧。我祈求,这些由他们招来的诅咒——如我听到的诅咒,也如多少年前人类凄凉悲惨的境况充分说明其存在的诅咒——从此以后消除殆尽。

毫无疑问,这两个面目森严、郁郁寡欢的清教徒谁都不曾想到苍天会对他们的罪孽做出报复。在我们家族的树系上,在那棵上面长满青苔的老树干上,隔了许多年之后,竟在它顶上的一个枝丫上冒出了一个像我这样游手好闲的不肖子孙。我胸无大志,也一无成就——如果在家庭范围之外,我的生命因成功而添美溢彩过的话,在他们看来不是十足的有失体面,也是毫无价值的。"他是干什么

---

① 指约翰·赫桑(John Hathome),他在1692年的塞勒姆的驱巫案中任法官。

的?"我的老祖宗中的一个向另一个嗫嚅道,"一个写故事书的!那算什么行业——既不能给上帝增光,又不能给人类的子孙后代造福。哼!那个堕落的家伙倒真可算是个江湖骗子!"这些便是我和我的先辈们越过时间的鸿沟相互进行的攻击!然而,随他们怎么瞧不起我吧!反正他们天性中的一些特性已经和我的纠结在一起,不分彼此了。

在这个镇子的初创时期,经过这样两个态度认真、精力充沛的男子汉的开拓经营,我们的家族从此在这里成家立业,而且还颇受尊敬;就我所知,还从未有一个不肖的成员给家族丢人现眼;但是,另一方面,在最初两代人之后,也很少或没有谁完成过可资记忆的业绩,或者提出过引起公众注意的重大建议。渐渐地,他们在人们的心目中消失了,就像街上各处的老房子快被新的尘土掩埋掉半截了。在一百多年里,我们祖祖辈辈都以航海为业。在每一代人中,当一个头发花白的船长结束甲板生涯回家安度晚年时,他的十四岁的儿子就继承其父亲船上的位置,站在桅杆下,面对着曾吹打过他父辈的狂风恶浪。儿子到了时候也从水手成了船长,度过了风吹雨打的壮年,漂洋过海,漫游四方,然后告老还乡,以终天年,让自己的骨灰回归到生养他的泥土中去。这种一个家族与一个地方,一个既是出生地又是安葬地的长期维系,在人和地之间培育起一种亲情。这种亲情与这个地方的景色美还是不美,及其周围的精神或道德环境如何并不相干。它不是爱,而是本能。新居民,一个刚从异国他乡来这里定居的新人,或者只是第二代、第三代的移民,都还不配称作塞勒姆人,因为他还不知道一个老居民在过去三百年悠长岁月中培养起来的对这块世世代代扎根的土地的依恋之情,那种像牡蛎依附于海礁的韧劲儿。不管这个地方对他来说是如何大煞风景，他是如何厌倦那里破旧的木头房子、遍地的泥泞、满天的尘土、沉闷的环境和感情、肃杀的东风以及更为令人心寒的社会气氛，所有这一切，以及除此之外你能看到的和想象到的缺点和瑕疵都无关宏旨，无伤大体。相反，其魅力犹存，而且威力无比，仿佛这片故土乃是人间天堂。我的情况正是如此。我觉得塞勒姆成为我的故乡几乎是命中注定的，所以那些我们一贯很熟悉的这个古老镇子的相貌和气质永留心间，历历在目，一成不变，跟我年轻时一模一样，就如我们家族中的一个成员告别尘世，长眠在地下，另一个换岗接班，巡逻街道，延绵不断。然而，这种情感恰好提供了一个证据，说明最终应该切断这种已经变成不健康的联系。正如马铃薯在同一块贫瘠的土壤里连续种植要退化一样，人性原地不动同样不会成长发达。我的子女都在其他地方出生，只要他们的命运在我的控制之下，他们将把根扎在陌生的土地里。

我迁出"古屋"之后，正是我对故乡塞勒姆镇的这种奇怪的、惰性的、缠绵悱恻的依恋之情，把我带进了海关大楼，占了这个位置，而当时我是完全可以远走高飞去其他地方的。我的厄运全赖我自己。我曾不止一次离家出走——还似乎大有一走了之、永不回头的样子——但神不知鬼不觉却回来了，仿佛塞勒姆对我来说简直就是宇宙的中心。这样，在一个晴朗的早晨，我怀揣总统的委任状，登上大理石的台阶走进大楼。我会见了一大群绅士，这些人在我担任海关主要长官期间将协助我工作，完成这一重任。

我非常怀疑——还不如说，我毫不怀疑——是否美国的公务员，无论是文职的还是武职的，都像我现在这样手下有一伙老职员，接受家族式的管理。我对他们瞧上一眼，便立即可以知道谁是这里"最老的居民"。在此之前的二十多年里，税收官的独立位置使塞勒姆海关没卷进政治变迁的旋涡里去,而政治变迁常常使官职的任期一有风吹草动便岌岌可危。我的前任米勒将军①是新英格兰的一名著名的英雄,他的赫赫战功使人们对他景仰万分;在他任职期间的各届政府中他又因开明贤达博得交口称赞,地位稳固;他的同僚遇到危难和焦虑时,总能从他那里得到庇护。米勒将军极端保守,世俗习惯对他善良的天性产生的影响很小。他信任熟悉的面孔,很难触动他做出变动,即令变动会带来无可置疑的进步。因此,我接任该部门时,我发现手下全是老人。他们大多是老船长,在受尽了海上风口浪尖的颠簸和历尽了人间的世事沧桑之后,最终飘进了这个安静的角落。这里很少有什么事情打扰他们,除了定期的总统选举掀起的惊涛骇浪之外,风平浪静,故而人人安居乐业,重新开始了生气勃勃的新生活。虽然他们跟其他人一样都难免生老病死,但他们显然有什么护身法宝或其他什么办法使死亡不易逼近。我相信他们中有两三个人因为痛风或风湿一年中大部分时间一直卧床不起,从未梦想还会到海关上班。但是,躺了一个冬天之后,居然可以下床活动,走进了五月或六月和煦的阳光里,蹒跚着走进海关完成他们所说的"职责",在闲暇和方便的时候再上床安卧。我必须服罪,是我使不止一个这些共和国德高望重的公仆提早咽了气。根据我的请求,他们获准摆脱繁忙的劳动,退下来休息,不久之后便仙逝西去,仿佛他们生活的唯一守则便是为国家操劳不息。我得到的慰藉是,由于我的干预,给他们留出了足够的时间让他们去忏悔每一名海关官员据认为都非常可能犯下的腐化堕落行为。海关的前门和后门都没有朝通向天堂的大路敞开。

---

① 詹姆斯·F.米勒将军是1812年战争中的英雄。

我那里的海关官员大多是辉格党党员①。新来的稽查官是一名不过问政治的人,虽然在原则上是一名忠实的民主派,但他接受和担任官职都与政治无关。他的这种政治态度对于保持他们官员之间深厚的兄弟般友情也是十分适宜的。要不是这种情况,即由一个政治上很活跃的人来担任这一要职,让他负责处理一位身体虚弱有病而不能上班的辉格党税收官的任务,那么在这位裁员天使走马上任不出一个月的时间里,那些老人兵团里的人差不多全都得退出办公室,结束上班生涯。根据办理这类事的一般规则,把那些白发苍苍的家伙送上断头台几乎完全是政治家的职责。显而易见,这些老家伙都害怕我对他们采取非礼的措施。看到伴随我的到任给他们带来的惊恐时;看到这些跟我一样无害人之心的老人,见到他们饱受半个多世纪暴风骤雨吹打的风尘仆仆、皱纹密布的脸庞顿时变得灰白时;发觉他们中这个或那个人对我讲话时声音颤抖,而在过去很长的时间里他们习惯于对着喇叭筒吼叫,其嗓音之大使呼啸的北风都哑然无声;看到他们的这副模样,我心如刀割,同时又感好笑。这些卓越的老人,他们自己明白根据制定的条例——就凭他们中有些人已丧失工作效率来说——他们应该让位给年龄上更年轻、政治上更正统、比他们更适合为美国政府效劳的人。我对此也十分明白,但是心里总不知道如何做才好。这样,在我任职期间,他们继续蹒跚珊珊地走在码头上,摇摇晃晃地上下台阶,理所当然地有损我的名声,也伤害了我的公职心。他们在办公室里将椅子后背仰靠在墙上,藏在他们习惯了的角落里蒙头大睡;上午醒来一两次,相互间重复讲了千百遍的海上见闻和长了毛的笑话,这些东西都已成了他

---

① 辉格党是后来共和党的前身,民主党的反对派。

们的口令和答令,叫人腻烦。

我猜想,他们很快发现新稽查官的心不存恶意,所以,这些老先生们又开始带着轻松的心情,进出办公室,履行各自的责任,庆幸他们被继续留用——至少是出于自身的利益考虑,如果不是为国效劳的话。他们戴上眼镜敏锐地窥视船只的货舱。他们小事精明,小题大做,但有时却大事糊涂,误了大事。经常发生这样的差错——一船贵重的商品大白天就在他们毫无警觉的鼻尖底下偷运上了岸,但是他们此时却上船无比警惕和利索地把船的各个通道上锁,套上两把锁,还加上封条和火漆!不批评他们原先的疏忽大意,倒还要表扬他们在发生差错后表现出来的仔细谨慎,感谢他们在事情已经无法弥补之后,表现的那种满腔热忱和机敏果断!

除非有人特别难相处,对一般的人我总傻乎乎地以仁相待。我通常想到的是同伴性格中的好的那一面——如果他有此一面——并依此来判断他属于何种类型的人。由于海关里大多数老职员各有优点,再由于我跟他们相处中的位置,带有家长和保护的性质,非常有利于培养亲善的感情,所以我很快就喜欢上了他们。夏天的中午,灼热的暑气消融了人类亲属之间的其他的情感,向麻木不仁的器官传递的只是一股亲切的暖流。这时在后门听他们聊天是一件愉快的事。他们像平时一样排成一行,椅子靠在墙上侃侃而谈。过去几十年冻结的妙语化解了,随着笑声像泡沫似的在他们的唇间吐出,真是妙语连珠。从表面上看,老年人的喜悦跟孩子们的快活有很多共同之处,智慧的、深沉的幽默感与此毫不相干。两者都是在表面上闪烁的一缕亮光,给嫩绿的树枝和古老腐朽的树干送去了光明和欢乐。然而,一个是真正的阳光,另一个则更像是从朽木腐草中发出的点点磷光。

读者必须了解，把我的那些极好的老朋友都描写成一群年迈昏聩的老人是令人伤心和不公平的。首先，我的助手不都是老人，他们中有的年富力强，能力出众，精力充沛，全然拒绝他们不吉祥的命运给他们安排的那种懒散寄生的生活方式。再者，有时发现老人的缕缕白发是盖在一座良好的智慧公寓屋顶上的茅草。但是，就我的老人兵团的大多数人来说，如果我把他们说成是一群令人厌倦的老人也没有冤枉他们，因为从他们丰富多彩的生活经历中没有积聚起值得保存的东西，他们似乎扬弃了金色的麦粒——实用的智慧，尽管他们曾有许多次机会收获它们，但他们却把谷糠非常细心地贮藏在记忆里。他们一谈起早上的早餐或昨天、今天、明天的晚餐就兴趣盎然、津津乐道，远甚于谈论四五十年前的海难或者他们年轻时亲眼看见的世界奇观。

塞勒姆海关的创始人——不仅是这个小小的职员班子的族长，而且我敢说也是全美国登船检查人员的族长——是一位终生稽查官。他真正可以称为税务制度的婚生子，地地道道或者还不如说名门正配的婚生子。他的父亲是革命战争时期的一位上校、原先港口的税收官，他给他创设了一个官职，派他充任，当时他年纪很轻，现在还活着的人都已记不清具体的年代了。我第一次认识这位稽查官时，他已是八十高龄了，实在是你一生中难得遇到的不老松的样板。他两颊红润，身体结实，潇洒地穿着一件纽扣锃亮的蓝上装。他步态矫健有力，精神矍铄，看上去当然不年轻了，不过，倒也是大自然母亲新创造的一种人的体形，年迈体弱对他并无影响。他那不时回响在海关的噪音和笑声丝毫没有老年人带有的颤音或咯咯声。它们从肺腑迸出，像公鸡的啼鸣或清脆的号角声。把他单单作为一头动物来瞧——也没有别的什么好瞧的——他是一件让人看了心满意足的东西,因为他的各个部位健壮匀称,并且在他这样大的年龄,还能享受所有的,或者几乎所有的,孜孜以求或梦寐以求的快乐。他在海关的生活无忧无虑,按时发给薪俸,无须时刻提心吊胆被解聘,这无疑让他日子过得轻松愉快。但是,根本的,也是更重要的原因在于他罕见的完美的身体素质、恰到好处的智力,加之掺入了微不足道的道德与精神成分,后面两个品质恰好足以使这位老者不至于沦为一头四足动物。他没有思维能力,没有深沉的感情,也没有令人讨厌的多愁善感;总之,除了一般的本能之外,一无所有。凭借这些本能,而非一颗心,加上他健全的体魄必然产生的乐呵呵的脾气的帮助,他体面地履行了自己的职责,而且为众人所接受。他曾先后娶过三个妻子,但很久前都已死去;他还是二十个子女的父亲,但其中大多数在童年或壮年的不同年龄命赴黄泉。有人会以为这么多的哀伤定会给欢快开朗的心情一遍又一遍蒙上阴暗的色彩。我们的老稽查官并非如此!一声短叹便把这些令人不快的回忆一笔勾销。不一会儿,他像一个还光着腚未穿裤子的婴孩一样玩耍起来,情绪变化之快远甚于税收官的年轻书记员,他才十九岁,看上去却远比上司更年长、更老成持重。

我一直在细心观察和研究这位非同寻常的族长式人物,他比我见到的其他人具有更奇特的品性。他确实是一个奇才。从一个角度看,他是那么尽善尽美;从另一个角度看,他又是那么肤浅,那么虚妄,那么难以捉摸,是一个完全不足取的窝囊废。我的结论是他没有灵魂,没有心肝,没有头脑;正如我说过的那样,他除了本能之外,一无所有。然而,他性格中为数不多的一些东西非常巧妙地拼凑在一起,以至于没有令人痛苦的缺憾;相反,在我看来,跟我在他身上发现的东西相比已绰绰有余,可心满意足了。也许——事实上也确实如此——很难设想他来世如何生活，因为他似乎只重今世，耽于声色口腹之乐；当然，他今生今世，直到他咽最后一口气之前，过得挺不错，并没有比野兽负有更大的道义责任，却有更大范围的享受，还幸免了老年的孤寂和忧郁。

他比之那些四脚爬行的弟兄们具有一个巨大的优点，那就是他能够回忆他享受过的美酒佳肴，而吃吃喝喝是他生活的一个重要部分。他对美食的喜好是一个让人十分愉快的特点；听他讲烤肉使人胃口大开，就像吃了腌菜或牡蛎一样。由于他没有更高尚的品质，也没有因把他的精力才智全用于促进他肠胃的快乐和受益而牺牲或败坏精神禀赋，因此我感到听他滔滔不绝地谈论鸡鸭鱼肉，以及如何把它们做成一道道美味佳肴确实是一件乐事，让我心满意足。他一谈起好吃的菜肴，尽管是在很久很久以前某次宴会上吃的，他似乎都能把猪肉或火鸡的香味送到你鼻子底下。六七十年前他尝过的好滋味似乎还留在他的舌尖嘴唇上，就像他早饭刚吃下的那块羊排一样回味无穷。我就听他咂着嘴大谈他参加过的大大小小的宴会，参加这些宴会的客人除了他自己以外都已成了一堆尸骨了。令人难以置信的是，看到这些成了僵尸鬼的昔日食客如何一个个在他面前站立起来，表情不愠不怒，也无意报复，反而好像非常感谢他以前的品尝力，并竭力拒绝形形色色的既虚无缥缈又刺激感官的享受。那些曾经在老亚当斯总统①执政时期摆设在餐桌上的菜肴：鲜嫩的牛排、小菜牛的后腿肉、猪的小排骨、味道奇特的鸡肉、美味可口的火鸡等都记忆犹新，永志不忘，而人类的其他经历，带给他个人生命欢乐或痛苦的一切事件都对他没有产生任何持久的影响，像一

---

① 指美国第二届总统约翰·亚当斯的执政期（1797—1801）。其子约翰·昆西-亚当斯为美国第六届总统。

阵风一拂而过。老人生活中主要的一件带有悲剧色彩的事件,据我判断,是一只大鹅遭到的不幸。这只鹅生活在二十多年,或许四十多年前,不幸身亡。这只鹅外形特佳,但摆上桌子却证明肉质老不可耐,连锋利的餐刀割上去都不留一丝痕迹,只能用叉子锯子把它肢解开来。

到此,该结束这篇随笔了。不过,我倒乐意再多花费一点笔墨,因为这个人在我认识的所有人中是最适合担任海关官员的人。绝大多数人,由于篇幅有限不便详述的种种原因,往往经受不住这种特殊的生活方式而在道德上受到损伤。这位老稽查官却安之若素,恪尽职守,始终不变,一切如旧,坐下来吃饭胃口也跟原来一样好。

有一个人与他十分相似,如果我对他不写上几笔的话,那么海关的众生相就残缺不全,叫人感到奇怪了。不过,由于我对他的观察的机会相对要少一些,因此我只能对他勾勒一个大致的轮廓。这人便是税收官,我们骁勇的老将军。他在结束了辉煌的戎马生涯之后,曾在西部的一个荒芜的地区担任过统治者①,二十年前来到这里,度过他丰富多彩和显赫光荣一生的晚年。这位英勇的军人已经活了,或者差不多快活了七十个年头了,正在继续他人生征途的最后一段。年迈体弱的重负压得他喘不过气来,即令振奋人心的军乐声也难以使他的心情轻松一些。他过去身先士卒,冲锋在前,而现在他步履维艰,颤颤颠颠,在仆人的帮助下,手扶着铁栏杆才能慢慢地痛苦地走上海关大楼的石级,艰辛地走过楼面,到达在炉边的那只他坐惯的椅子上。他常常坐在那里,带着昏沉安详的表情凝视

---

① 米勒于 1819—1825 年任阿肯色地区总督。

着进进出出的人影，静坐在翻纸张的沙沙声、人们的发誓声、讨论公务声，以及工作人员的随意交谈声中。所有这些声音以及周遭的情况似乎对他的感官无多大影响，几乎没有进入他思绪的内层。在这种宁静状态下，他的面容温存慈祥，假如他的注意力集中到了一件什么东西上，他的脸上就会显现出彬彬有礼、饶有兴趣的样子。这证明他身上还存在着光亮，只是这盏智慧之灯的外罩使光线不能射出。你越是深入他的内心世界，你越发感到他的心智还是十分健全的。对他来说，说话或听话都非常吃力，因此不要求他讲话或听人讲话时，他脸上会短暂地露出原先愉悦安详的表情。看到他的这副表情，我们的心情也好受多了，因为虽然看上去还是很阴沉，但没有那种垂垂老者的痴呆之气。他原先强健魁梧的身躯看来还没有压垮，化为粪土。

可是，在如此不利的条件下，要观察和描述他这样一个人物是一件非常艰难的任务，好比看到一堆灰蒙蒙的废墟便要在想象中重建起一座像提康德罗格一样的古堡。或许，这里或那里有些墙垣还几乎完好无损，但在另外的地方可能只是一个不成样子的土墩子，笨重得动弹不得，又长期无人照管睬，上面杂草丛生。

然而，当我怀着深情瞧着这位老战士时，我可以看到他整个形象中的主要之点，尽管我与他之间交往并不密切，但是我对他的感情，像所有熟悉他的两足或四足动物对他的感情一样，用"深情"一词也许是很恰当的。他的形象以高尚和英勇品质而引人注目。这些品质表明他不是靠一个偶然的事件赢得显赫的名声，而是名正言顺，受之无愧的。我认为他的精神绝不是一时的心血来潮；这种精神要求他在生命的任何时候都有一个永恒的动力，一旦受到鼓动，要求去克服障碍，达到某个目标。这种精神不会在他身上使尽或消失,原先遍布他全身,至今尚未完全泯灭的热量绝不是那种闪烁几下就熄灭的幽光,相反,它是一种深沉的红光,就像在熔炉里铁水发出的光。沉重、凝聚、坚实,这就是他安详的表情,尽管在我说这话的时候,老朽不合时宜地潜入了他的肌体。但是,即令在那个时候我仍可以想象,只要有某种深入到他意识里的东西激励了他——一声响亮的号角把他搅醒,唤起他沉睡的,但还没有死去的力量——他还能够像丢弃号服一样把年迈体弱摒弃一边,放下拐杖,拿起战刀,再次像一个战士一样一跃而起。即令在如此紧张的时刻,他的神态依然十分平静沉着。不过,这种表现只是一种假想而已,并不是一种预见,也不是一种愿望。我在他身上看到的是顽固、笨拙和忍耐,这些特点就如我前面已经用过的那个最恰当不过的比喻——提康德罗格古堡周围牢不可摧的土墙。他的这些特点在他年轻时倒可用"犟"一词来概括。至于刚正不阿,跟他其他的禀性一样,沉甸甸的一大块,像一吨既不可锻造又难以对付的铁矿石。再说到慈善仁爱,虽然他在奇贝瓦和伊利堡两个战役①中带领部队展开了凶狠的白刃战,我还是把慈爱看成是他性格中的真正特性,正是这个品质鞭策了那个时代所有能说会道的慈善家。亦未可知,他还亲手杀过人——当然,在他所向披靡的冲刺面前,他们就像在大镰刀挥舞下的草叶纷纷倒下——尽管事实可能如此,但他内心绝不是冷酷无情的,他甚至不忍心扯下一只蝴蝶的翅膀。我还没有遇到过另外一个人,能够这般自信地向他内在的赤诚之心呼吁。

许多特点,包括那些与文章中描述的非常相似的特点,在我遇到老将军之前很可能已消失了,或已黯然失色了。一切仅以优美取

---

① 1814在尼亚加拉战线上的决定性战役。

胜的东西往往转瞬即逝；大自然也没有用艳丽的鲜花来装点人类的废墟，因为它们只能在瓦砾的夹缝和裂隙中扎根和汲取适当的养料，所以她给提康德罗格古堡的断垣残壁播下的是桂竹香这种花的种子。不过，在优雅与爱美方面还是有几点值得注意。不时闪现的幽默之火光会穿过阴沉面纱的阻隔，在我们的脸上亮起欢乐的光彩。那种在过了童年或少年的男子身上很少看到的天真烂漫却在将军喜欢观花赏花上表现出来。一个士兵常常被认为只喜欢戴上血红的桂冠，但是这里有一个士兵，他似乎有着一种少女般对琪花瑶草的沉浸醇郁之心。

英勇的老将军通常坐在火炉边上，而稽查官则喜欢远远地站在一旁，观察着他平静的、几乎昏昏欲睡的面庞。稽查官很少与他交谈，能避开就避开，因为跟他谈话实在是一件艰巨的任务。虽然我们抬头就能见到他，相距仅几码，却觉得他不跟我们在一起；虽然我们就在他身边经过，却觉得他在千里之外；虽然我们伸手就可以碰到他的手，却觉得远不可及。也许他在他自己的冥思苦想中，比在这个与他格格不入的税收官办公室里，过着一种更真实的生活。阅兵队列的演变、战斗的厮杀声、三十年前听到的那阵阵古老雄壮的乐曲，这样一些情景和声音也许都仍活在他的心际耳边。与此同时，商人、船长、衣冠楚楚的职员和举止粗鲁的水手，虽然他们进进出出，熙熙攘攘，可这种弥漫着商业气氛的海关生活的喧闹声，他却充耳不闻；这位老将军似乎对这里的人和事都漠然置之。他就像一把放错了位置的老战刀。这把曾经在战场上闪闪发光，而今锈迹斑斑的老战刀，尽管它的刀刃依然闪着一道寒光，却被放在副税收官办公桌上，与墨水台、文件夹、桃木戒尺混在一起。

有一样东西大大帮助我重新塑造了这位尼亚加拉边疆上的不屈

不挠的战士——一个真诚、朴实与强有力的人物。那就是我回忆起他讲过的一句刻骨铭心的话："长官，让我来干！"这话是在一场战斗处于生死存亡的危险关头说的，道出了新英格兰人英勇无畏，不怕一切艰难困苦的精神。如果在我们国家英勇行为也授予纹章的荣誉的话，那么这句话是可以作为刻在将军盾牌上最佳和最合适的格言了。这句话看起来很容易说，但是只有他，在面临这样一个危险而光荣的任务时，说了出来。

据说一个人经常与自己不相同的人结交做伴对于他的思想道德的健康是大有好处的。这些与己不同的人对他从事的事业不甚喜欢，他自己也必须超越自我去欣赏他们的领域和才能。我的生活经常给我提供这样的机遇，但是我在海关供职期间这种机遇尤为纷然杂陈。我在那里就遇到这么一个人，对他的性格的观察使我对什么是才能有了新的概念。他的天赋着重于实业方面：多谋善断、头脑清楚；一双眼睛能拨开迷雾，洞察秋毫；又能像魔术师那样一挥手中的小棒，烟消云散。由于他从孩提时候起便在海关里长大，所以这里是他最合适的活动场所。业务上许多错综复杂的事务，令外来的人伤透了脑筋，在他面前却有规有矩，井井有条。在我看来，他是那一类人中的典范。确实，他本身就是海关，或者，无论如何，他是使各种各样的齿轮转动起来的主发条，因为，在像海关这样的机关里，那里的官员都是上面任命的，各人都在谋私利图方便，而且很少有人来了解他们是否胜任工作，因此他们不得已要到其他地方去寻找他们自身没有的聪明才智。这样，不可避免地，像一块磁铁吸引钢锉屑一样，我们的这位实干家把其他人碰到的困难都引到自己身上来。他总是欣然答应帮助别人，对我们的愚蠢宽宏大量——本来对他这样聪明的人来说，愚蠢无异于犯罪——许多问题经他的手指轻轻一点拨,立刻迎刃而解,一目了然,如同白昼。商人们对他的尊重也不亚于我们这些小圈子里的朋友。他廉洁奉公,对他来说,这是一条自然法则,而不是一种选择或一个原则。在处理公务上诚实正派对他来说是保证他思想清晰缜密的首要条件。良心上的一个污点,任何有关他职业范围里的事,都会使他忐忑不安,就如同账目结算中出了差错,或在一本精美的记事本上溅了一个墨迹一样,尽管程度上远甚于它们。总而言之,我一生中极少遇到像他这样的人,他是如此彻底地适应他所处的环境。

  这些便是我与之交往的人中的几个。把我投放到与我过去的生活习惯毫不相干的工作岗位上,并让我自己兢兢业业地获取这个工作带来的一切利益,我欣然把它看成是天意。经过同布鲁克农场那些爱空想的兄弟们①共同劳动,实施不切实际的计划之后;经过同像爱默生这样的学者一起生活,受其熏陶三年之后;经历了在阿萨巴斯河上自由自在、狂野不羁的日子之后——在那些日子里我与埃勒里·钱宁守在篝火旁,耽于胡思乱想之中;经过与梭罗在沃尔登湖畔小屋里谈论松树和印第安人的遗址之后;经历了因同情希拉德文化中的典雅而变得爱挑剔之后;在朗费罗家中受到诗的情绪感染之后——在经历了这一切之后,最终,该是试试我其他才能的时候了,该是让我从以前不感兴趣的食品中吸取营养的时候了。对于一

---

① 布鲁克农场是19世纪40年代美国超验主义运动的一些活动分子,如这里提到的爱默生、钱宁、奥尔科特等人筹办的乌托邦式的农场。霍桑也曾参加过,他的小说《福谷传奇》就是以它为背景的。另外,这里提到的梭罗也是超验主义运动成员,他曾在沃尔登湖畔自己建造小屋,体验生活,后写成著名的《沃尔登湖》一文。朗费罗是美国浪漫主义诗人,霍桑的大学同学。希拉德是一名慈善家、律师,也是霍桑在波士顿结识的朋友。

个了解奥尔科特的人来说,甚至结交一下那位老稽查官作为换换口味也是可取的。我有一种能力,既能同这样一些难以忘怀的朋友们相处,又能同具有完全不同品质的人打成一片,而且对这种转变从不抱怨。我把这种能力在某种程度上看成是一种证据,证明这个机体和谐平衡,组织完整齐全,不缺少任何重要的部件。

文学,及其作用和目的,就我而言,现在已无关紧要。在这个阶段,我不关心书;它们远离我而去。天性,指在天地之间培养起来的天性,而非人生来的天性,在某种意义上,躲开了我;还有一切虚构的快乐,使之净化脱俗的快乐,也从我心中悄悄离去。如果有一种天赋或一种能力还没有全然消失,那么它在我身上也已不起作用,无所作为了。假如我已经意识不到我还可随心所欲地回忆过去一切有价值的东西的话,那么这里倒真的有些东西让人伤心,一种难言的忧伤。确实,这样一种生活不可能平平白白过得太久;要不然,它会使我永远不同于过去的我,而没有把我改变成我值得采取的样子。但是,我决不认为这不过是一种转瞬即逝的生活。有一种预知的本能总是在我耳边低语,说不要太久就会发生变化;还说新的生活习惯的变化一定会对我大有好处。

此时,我在海关担任税务署的稽查官,而且据我了解,还是一名称职的稽查官。一个有思想、爱幻想、重理智的人(如果他的这些品质超出一个稽查官要求具备的十倍),任何时候都可能是一个好管理人员,只要他不怕麻烦就是了。我的同事,以及跟我为公务打过交道的商人和海船船长都是这样看我的,很可能他们都不知道我性格的另一面。我猜想他们中没有人看过我写的一页诗文;或者即使他们把我写的东西全都读了,他们一点也不会把我放在心上;

再说，即使这些无利可图的书页是用彭斯和乔叟①那样的笔写出来的——这两人当年跟我现在一样也都是海关职员——也完全无补于事。对于一个朝朝暮暮梦想获取文学名声，希冀通过写作使自己跻身于世界名流行列的人来说，这是一个很好的教训——虽然它常常是一个沉痛的教训。它告诉他一旦走出他要求得到承认的那个狭小的圈子，他就会发现在那个圈子之外，他所成就的一切或力争达到的一切是多么的一文不值，毫无意义。我知道不是我特别需要接受这个教训，而是作为警告也罢，或作为责备也罢，我领会得最为彻底。但沉思起来让我暗暗高兴，这个真理虽然被我完全理会了，但它并没有使我感到痛苦，或者要求我在一声叹息中将它置之脑后。在谈论文学方面，有一名海军军官，他常来与我讨论他所喜欢的这个或那个题目，拿破仑或者莎士比亚等。他是个挺不错的人，跟我一块来到海关，比我离开得晚一些。税收官的年轻书记员也是一位不错的小伙子，据私下传说，他时常在公家的信纸上写上一些看上去像诗一样的东西，不过那是在几码远的地方看过去。他还不时跟我谈论书，把书看成是我很熟谙的东西。这些便是我与文人的全部交往，倒也满足了日常需要，绰绰有余。

我不再追求和关心我的名字印刻在书的封面上了，窃喜自己的名字有了另一种流传的方式。海关标号员用模板和黑漆把我的名字印在胡椒袋、染料筐、雪茄箱，以及各种上税商品的包装上，表明这些货物都已经征过税了，按规定办了手续。我搭乘上这样一辆奇怪的名字的列车，我的生活随我的名字一起出走，把我带到了我从未去过的地方，也是我希望永远不再去的地方。

---

① 乔叟于1374—1386年任伦敦海关的审计官；彭斯于1789—1791年任苏格兰邓弗里斯的海关税收员。

但是，往事是不死的。原来非常重要、非常活跃的思想，虽然被悄悄地搁置一边，但偶尔会再度复活。一个突出的例子便是昔日的习惯在我身上苏醒了，它要求我按照文学写作的规律奉献给公众我现在正在写的这篇随笔。

在海关二楼有一间很大的房间，砖墙和橡木都没有用木板和泥灰遮抹起来，赤裸裸地露在外面。这座大楼原先的设计规模很大，以适应旧时港口商业活动的需要，还考虑到以后的大发展，只是从未实现过，所以这楼的空间极大，远超过用户能处置的空间。因此，在税收官上面的这间空荡荡的大厅，尽管陈年的蜘蛛网布满了黑乎乎的橡梁，至今仍没有收场，等待着泥瓦木工来竣工。在房间的一端，在一个壁凹里放着许多大桶，一个挨一个，里面装着一捆捆的公文。地板上铺满了这类垃圾。想到在这些发着霉味的文件上浪费了多少个日日夜夜、年年月月的劳动，真让人寒心。它们现在成了一种累赘，躺在这个被遗忘的角落里，从没有人来看一眼。但是，又有多少成捆成捆的其他的手稿同样被遗忘了，这些手稿上填写的不是枯燥的公文报表，而是凝聚着智慧的思想和发自肺腑的丰富情感。再说，不像这些堆积如山的文件已完成了自己的使命，那些稿件当初就没有派上用途；最令人伤心的是，它们没有给作者换来舒适的生活，那种海关职员用他们的笔涂涂画画就能享受的舒适生活。当然，他们的涂涂画画并非毫无价值，也许可以用作写地方志的素材。无疑，从这些材料中可以找到以前塞勒姆港的贸易统计数字和当初塞勒姆富豪巨商们的历史记录——老船王德比、老比尔·格雷、老西蒙·福瑞斯特①以及其他许多商界巨头。不过，在

---

① 格雷曾任马萨诸塞的副总督；福瑞斯特是霍桑家的一个富裕亲戚。

他们的油头粉面进入坟墓前,他们堆积如山的财富便开始减少。现在组成塞勒姆贵族阶层的那些家族中大部分创始人的发迹史可以从这些材料里追溯到,他们都是从做不起眼的小买卖起家的,一般都是在革命后的时期发起来的,然后飞黄腾达,乃至他们的儿孙以为他们家族的地位源远流长。

现在缺乏革命前的资料,海关早期的文件档案也许都带往哈利法克斯去了,因为当时英王朝的官员都跟军队一起从波士顿逃跑了。这对于我常常是一件憾事,因为那些失落的文件一直追溯到克伦威尔摄政时期①,其中一定包括许多被人遗忘的和为人怀念的人物的史料,以及古时候风俗习惯的资料;它们带给我的愉悦就如同我在"古屋"附近的田野里捡到印第安人使用过的箭头一样。

一个下雨天,百无聊赖,我很幸运地发现了一件颇为有趣的东西。我在墙角上的一大堆垃圾里东翻西找,打开一份又一份文件,读着那些早已沉在海底或在码头边腐蚀锈烂的船只名字以及一些商人的名字,他们的名字在现在的证券交易所里从未听见过,甚至在他们长了青苔的墓碑上也难以辨认出来。我带着沮丧和厌倦的心情与强打起来的一点兴趣看着这些东西,就像在瞧一具干尸;同时运用我因很少使用而很不活跃的想象力,用这些枯槁的骨头勾勒出这座古镇的形象,描绘出它光辉灿烂的一面,如那时印度是美国新发展的一个贸易区,只有塞勒姆港与它通航。就在这堆东西里,我偶然发现了一个小包,细心地包在一张泛黄的羊皮纸里。这包东西看上去像是过去某个时期的官方记事,当时的书记员都用端端正正的正式字体手抄重要的材料。这里有一件东西引起了我本能的好奇

---

① 指1653—1660年奥立佛·克伦威尔及其子理查德统治时期。

心,促使我解开扎在包上的褪了色的红带子,带着一种马上要亮出一件珍宝的感觉,折开包得严严实实的羊皮纸套封,我发现这是一张委任状,由舍利总督①署名盖章签发的,任命乔纳森·皮尤为英国国王陛下驻马萨诸塞海湾地区塞勒姆港海关的稽查官。我记得大约在四十年前(很可能在《费尔特纪事》上)曾读到过一则关于稽查官皮尤先生去世的通告;同样,前不久在一份报纸上有一则消息,报道在重新修建圣彼得教堂时,在小基地里挖掘到他的遗骸。如果我没有记错的话,我的这位受人尊敬的前任,没有留下什么东西,除了一副不完整的骨骼、衣服的一些残片和一只庄严的卷曲假发套。这只假发套保存得很好,不像它曾装饰过的那个头。但是,在仔细看了包在这张羊皮纸委任状里的文件后,我找到了有关皮尤先生智力方面的,即他头脑内部运作方面的一些线索,它们大大超过戴在那个令人尊敬的骷髅上的卷曲假发所包含的线索。

  简而言之,它们是一些文件,非正式的,而是私人性质的,至少以他私人的身份写的,并且是他亲手写的。我能够用一个事实来说明这些文件怎么落到海关的破烂堆里来的。这是因为皮尤先生死得十分突然,这些他也许一直保存在办公桌里的材料,他的继承人闻所未闻,或者认为只与税收业务有关。因此,在向哈利法克斯转移档案时,这包东西因证明与公务无关被留了下来,此后就一直没有被打开过。

  这位老稽查官,我以为在早些时候对于他的本职工作很少伤神劳心,似乎把他的一部分悠闲时光用在研究当地的古物上或类似的调查上。这些嗜好让他的脑筋活动活动,要不然要生锈发霉了。他

---

  ① 威廉·舍利先后于1741—1749年和1753—1756年任马萨诸塞皇家总督。

记叙的一部分事实不久便被我用来写在一篇题为《大街》的文章里，收在现在这本集子里①。余下的部分或许以后可以派上别的同样有价值的用途；说不定可把它们写进一部塞勒姆镇的史籍中去，如果我对出生地的崇敬之情驱策我去完成这一虔诚使命的话。同时，这些材料任何人随时可以调用，只要他有意并有能力从我手里接过去这个无利可图的任务。作为最后的处置，我打算把它们交给艾萨克历史学会。

但是，在这个神秘包裹里最吸引我注意的是一件用精致红布做的东西，相当旧，褪了色。边上有用金丝线刺绣的痕迹，不过磨损得很厉害，已看不清楚了，也没有什么光泽了。很容易看出，这件东西是绝妙的手工针线活；其针脚（我相信是熟稔此道奥秘的女子缝的）说明这种手艺已失传，即令把线头拣出来重新加工也恢复不了原样。这块红色的破布——时间、磨损，还有一只破坏圣物的蛾子把它弄得真正成了一块破抹布——经仔细察看，呈现一个字母的形状：大写字母A。根据精确的丈量，字母的两条腿长三又四分之一英寸。毫无疑问，它是用作衣服上的装饰品；但是怎么佩戴，以及在过去它标志什么等级、荣誉和尊严则是个我猜不透的谜，因为这些东西的时尚款式一时一变，转眼便过时了。然而，我对它颇感兴趣。我目不转睛地盯住那个古老的红字。可以肯定这里含有深奥的意义，值得好好探究，但事实上，从这个神秘符号中泄出的意义可以与我的感情惟妙惟肖地交流沟通，却悄悄地避开我理智的分析。

我便这样迷惑不解，思忖种种假设，其中我曾设想这个字母会

---

① 这又是一个证据说明霍桑原来打算把几篇短篇小说和随笔与《红字》一起结集发表。

不会是白人设计出来戴在身上的一种装饰,以吸引印第安人的注意力,想到这里,我拿起它放在自己胸口试了一试。我似乎觉得——读者可以笑出声,但千万不要怀疑我说的话——我当时似乎经受了一种不完全是肉体上的感觉,而是像有一股滚烫的热流袭上身来;仿佛那个字母不是红布做的,而是一块烧红的烙铁。我一阵战栗,不由自主地松手让红字掉落在地板上。

我全神贯注在红字上,没有注意到还有一小卷脏兮兮的纸,拐拐扭扭地塞在边上。这时我把它打开,满心喜悦地发现上面竟是老稽查官的笔迹,相当详细地对整个事情做了解释,写了有好几张八裁大纸,包括了许多有关一个叫海丝特·白兰的女人的生平和谈话等细节。她似乎在我们先辈的心目中颇为引人瞩目。她生活在马萨诸塞初创至17世纪末叶之间。在稽查官皮尤先生时期活着的老人都还记得她,皮尤先生就是根据他们的口述记下了她的情况。在老人们年轻的时候,她已经年事颇高,但并没有老态龙钟,而是庄重端详。她从很早的时候起便养成了一个习惯,四处走访当一名义务看护,做力所能及的各种善事;同样,她努力给别人排忧解难,特别帮助那些心灵上受到创伤的人。通过这些手段,她像具有这样习性的人经常遇到的那样,赢得了许多人的崇敬,被视为天使;但是我也会想象到她被另外一些人看成是一个多管闲事的人,一个令人讨厌的婆娘。往下读这些手稿时,我发现还记载着有关这个不同寻常女人的其他活动和遭受的苦难,其中的多数情节读者可以参阅那篇题为《红字》的故事;应该牢牢记住,那个故事里的主要事实是以稽查官皮尤先生的文件为依据或佐证的。原始文件及那个红布做的字母——一件最引起人们好奇的遗物——仍然由我保管,凡对这个记述感兴趣的,想亲眼看一下这些东西的人,随时都可前来观看。人们不应该以为我在加工修饰这个故事,在想象故事里人物的思想动机和感情方式时,我自始至终把自己局限于老稽查官写的那六七大页材料里。相反,我在这些方面给我自己充分的自由,有的情节看来完全是我制造出来的。我力争做到的是故事梗概的真实性。

这件意外发生的事在某种程度上把我的思绪召回到原先的轨道上。这里似乎产生了一个故事的基础。它留给我这样的印象,仿佛老稽查官穿着他一百年前的服装,戴着他那个不朽的假发——它跟他一起下葬,但在坟墓里没有烂掉——在海关的这间废弃的房间里遇到了我。在他的姿态中有一种身怀国王陛下委任状的尊严,因此照得国王宝座光芒四射、令人头晕目眩的那束灿烂的光线也让他顿生光辉。天哪!跟共和国官员的卑怯表情是多么的不同啊!共和国官员作为人民的公仆,感到他们自己是他主人手下最贫穷、最低贱的人。这个外形模糊不清,但威风凛凛的人用他那只可怕的鬼手把那个红色的符号和那小卷说明文稿交给了我。他用他可怕的鬼嗓子对我说,考虑到我对工作的忠心耿耿和对他的敬重——他完全有理由认为他自己是我公务上的祖师爷——恳请我把他这份已发霉虫蛀的稿件,这份焚膏继晷精心撰写的材料公之于众。"干好这件事,"稽查官皮尤的鬼魂说道,用力点着他那个顶着假发显得很威严的头,"干好这事!它对你会大有好处的!你很快会需要钱;因为你现在跟我当初不一样,那时一个人的职务是终身的,而且往往是世袭的。但是,在白兰老太太这件事上,我要求你,相信你前任受之无愧的记忆!"我对稽查官皮尤先生的鬼魂说——"我一定照办!"

因此,我花了不少脑筋考虑海丝特·白兰的故事。每当我在房间里来回踱步,或者上百次从海关大楼的前门走到边门的路上,它成了我苦思冥想的题目，耗去了许多时光。在我楼下的老税收官和检查员们十分厌烦和恼火，因为他们的睡眠经常被我没完没了的来回脚步声无情地扰醒。回忆起他们自己从前的生活习惯，他们常常说稽查官像船长在后甲板上散步呢！他们或许在想我这样做的唯一目的——确实，一个有头脑的人使自己自觉行动的唯一目的——是使自己增加吃饭的胃口。说实话，我在走动时被通常刮的东风刺激起来的好胃口是这般不知疲劳的活动带来的唯一有价值的结果。海关的氛围与丰富细腻的想象和感情是格格不入的，所以如果在未来的十届总统的任期内继续让我留在这里工作，那么我怀疑《红字》这个故事会不会与读者见面。我的想象力成了一面失去光泽的镜子。它映照不出，或者只能模模糊糊地照出我竭力要写在故事里的那些身影。我思想熔炉里燃起的火焰无法加热与锻冶故事里的人物。他们既没有炽烈的激情，也没有温柔的情感，他们像一具具生硬的僵尸，带着蔑视一切的狞狞冷笑直勾勾地盯着我看。"你关我们什么事？"他们那副表情似乎在对我说。"原先你还有一点小小的权力，掌管一下那帮杜撰出来的人物，可现在这权力也没了！你把它换取了微薄的政府薪俸。去挣你的工资吧！"总之，这些我自己想象中的呆头呆脑的家伙还傻里傻气地挖苦我，不过倒也不是没有一点道理。

我就一直处于可怜的麻木不仁的状态之中，不仅仅在政府规定的每天三个半小时的办公时间里是如此，就是在现在偶尔为之、勉强从事的海滨散步或乡间漫游时也是如此。在这种时候，我总是激励自己去寻找大自然振奋人心的魅力，因为在过去每当我跨出"古屋"的门槛，大自然总是使我心旷神怡，思想活跃。这种思想迟钝、麻木不仁的状态还伴随我回到了家里；当我坐在那间我十分荒诞地称之为书房的房间里时,它深重地压在我心头。当夜深人静,我独自一人坐在空寂的会客室里时,它也不离开我。会客室里没有点灯,只有炉子里闪烁的煤火和月光带来的些微亮光。我努力描绘想象中的场景,第二天这些场景跃然纸上,栩栩如生。

如果在这样的时刻想象力拒绝活动,这倒是可以认为无药可救了。月光是最适合传奇作家认识他虚幻客人的媒介。在一间熟悉的房间里,月光在地毯上洒下一片白,把房里的事物映照得清晰异常,每个东西的细微之处都可以看得一清二楚,但是它的清晰度又不同于上午与中午时分。这里是一栋颇为著名的住宅的屋内场景:每把椅子都有各自的特色;中央的桌子上摆着的一只针线盒、一两本书和一盏熄灭了的灯,以及沙发、书柜、墙上挂的画,所有这些细节都可以看得清清楚楚。这种不同寻常的光线赋予它们一种灵气,使它们丧失了东西的实体,变成了抽象物。没有一件东西因太小了或太琐碎了而可以不经历这种变化,并借此取得某种尊严。一只小孩的鞋、放在枝条小筐里的洋娃娃、一匹玩具木马———一句话,不管是白天用的或玩耍的任何东西都被赋予了一种陌生遥远的品质,尽管此时还像在白昼一样栩栩如生。这样,我们熟悉的这间房子的地板成了一块中立区,介于现实世界和神话世界之间,实际的东西和想象中的东西可以在那里相会,相互渗透,相互影响。鬼魂也来到这里,没有把我们吓坏。要是我们环顾四周,发现一个可爱的,但已经消失的人形现在安详地坐在这一缕奇妙的月光下,那么保持这样一个引起我们惊喜的场景实在是太好了。那个人形带着这么一种样子使我们怀疑是否它从遥远的地方回来了,或者它一直待在火炉边从未动弹过。

这幽暗的炉火对产生我要描述的效果具有重大的影响。它给整个屋子蒙上了一层不太显眼的颜色,四壁和天花板呈一种淡淡的红色,家具的油漆则反射出微弱的闪光。火光的暖意与月光阴冷的灵气融合在一起;事实上,火光向想象唤起的形象传送了人间的温情和情感;它把这些冰冷的形象转变成有血有肉的男男女女。往镜子里瞧,我们看到——在鬼魂出没的地方——炉中煤块余烬发出的红光、地板上月亮的白光和重现的那幅画上的亮点和阴影,它们似乎离实际的世界更远了一步,与想象的世界则靠得更近了。在这样一个时刻,面前展现这样一个场景,要是一个人独自闭目静坐在那儿,不能想象出各种的奇异事物,并使自己身临其境,那么他不必试笔写什么传奇小说了。

但是,对于我自己来说,在海关工作的整个期间,月光、阳光和炉子的火光在我看来都是一样的,它们对我的用途都与烛光一样,毫无二致。我的全部感受能力和与之相连的才华——我并非才华横溢,才略过人,但我有我的优点——都悄然逝去。

然而,我相信,假如我写其他的东西,我的才能或许不会如此平庸无奇,一无成就。比如,我可以心满意足地写些记叙一位老船长、老稽查官的故事,对于这位老人我不提及他,那是情理所不允,因为没有哪一天我不被他令人惊叹的讲故事本事逗得捧腹大笑。如果我能保存他美丽如画的文笔,以及他的本性教会他如何给他的描绘渲染上幽默的色彩,那么我实实在在相信其结果会大不一样,会在文学上搞出点新东西。或者,我可以随时找到一个更为严肃的任务,在注重物质的日常生活的重压之下,我企图使自己回归到另一个时代去,并在一个虚无缥缈的东西里创造出一个酷似真实的世界。这实在是愚蠢到了极点,因为我那不可触碰的美丽的肥皂泡一跟实际情况接触便被粗暴地捅破了。聪明的做法是把思想和想象力散布到混沌的现实中去,从而使它变得光明透亮,使得压得人们透不过气来的生活重负轻松一些;坚定不移地从隐而不露的、我所熟悉的凡人凡事中寻找真正的、不可摧毁的价值。缺点归咎于我。展现在我面前的那一页生活看起来平淡无奇,只因为我没有探索到它深层的意义。这里有一本比我要写的更好的书,它向我一页一页地展示,就像是用刚刚逝去的现实生活写出来的,并很快地消失得无影无踪,只因为我的头脑缺乏远见卓识,我的笔缺乏圆熟的写作技巧。在将来某一天,也许我会记起零零散散的一些片断或段落,把它们写下来,发现这些字母在书里成了金子。

这些认识来得太迟了。此时,我只是意识到原来是一件很愉快的事现在却成了毫无指望的苦役。没有必要对这种状况抱怨过多。我已经不再是一名写点蹩脚故事和文章的作家,而成了海关一名马马虎虎的稽查官。事情就如此。但是,不管怎样,一个人老是疑神疑鬼担心自己的智力在不断萎缩,或者就像放在小瓶里的酒精不知不觉地在蒸发掉,所以,每瞧一次,你会发现剩下来的东西越来越少了,而且是些不易挥发的残渣了。对这个事实是不用怀疑的;看看自己,再看看其他人,我对于公务给性格产生的效果得出了一些对所谈论的生活方式非常不利的结论。或许,我以后会用别的形式来阐述这些效果。这里我只说一点,那就是长期从事海关工作并非是一件值得称赞的或可尊敬的工作,原因很多,其中之一是终身制,另一个则是工作的性质,虽然我相信这是一项正当的工作,但是从事这类工作的人并不参与人类的团结合作,共同努力。

有一个效果,我以为在海关工作的每个人身上都或多或少可以看到,那就是在他靠在共和国强大的臂膀上时,他自己本身的力量就离开了。他丧失了他自立自助的能力,丧失的程度与他原来本性的弱点和力量恰成正比。如果他天生具有非凡的力量，或者待在使人萎靡不振的地方及邪气在他身上作用的时间都不算太长久，那么他被削弱的力量也许还可以弥补过来。那位被迫离开的职员——非常幸运，无情地一推及早把他送到了一个充满激烈斗争的世界里去拼搏——很可能反而起死回生，恢复他本来的面目。但是这种情况很少发生。通常他总是死守阵地，延长时间，自我作践，然后被甩出去，此时他已筋疲力尽，动作迟钝，沿着人生的坎坷小路蹒跚而行。他意识到自己年迈体弱，钢一般的韧性与弹性已丧失殆尽，从此后他愁眉苦脸，四处张望，寻求外界的帮助。他始终抱有一种希望，一种幻觉，那就是最终，或者不久之后，某种巧合，他重返职位，继续工作。这种幻觉在他活着的时候，经常萦绕在他脑际，全然不顾屡遭令人灰心丧气的挫折，也不在乎能否实现；甚至在他死后，我想象他会像患了霍乱一样频频抽搐多受一阵子痛苦的折磨。正是这种信念，远甚于别的一切，窃走了他梦寐以求要从事的事业的精髓和有用的部分。他为什么要辛勤劳动，不辞艰难把自己从泥沼中拔出来？实际上过不了多久，山姆大叔的坚强手臂会把他拉出泥沼并赡养他。他为什么要在这里干活谋生，或到加利福尼亚去挖金子？实际上他很快可以安享幸福，每个月山姆大叔会从口袋里掏出一摞金光闪闪的硬币给他。这确实让人感到既有趣又难受，看到一个人浅尝一下当公务员的滋味便会使这个可怜的人染上这样一种奇特的病。山姆大叔的金子也许具有像魔鬼的工资一样的魅力——这样说并无对我们值得尊敬的老先生有不尊敬的意思。凡是触摸政府饷银的人都该好好照看好自己，否则他会发现那家伙会跟他过不去，如果不是把他整个灵魂勾去，也要搞掉他的许多好的品性，如坚强、勇敢、始终如一、恪守真理、自力更生及一切突出男子气概的品质。

不过前景美好！这并不是指稽查官对这个教训有深切的感受，或者指他认识到无论他继续留任，还是被迫离去，他都不可能完全毁了。然而，我思忖起来还是很不愉快。我变得忧郁和不安，不断刺探自己的思想，想了解一下哪些品质已经消失，而余下的部分又受到何等程度的损伤。我努力算计我还可以在海关待多久，然后走出来还是堂堂正正一个人。说老实话，由于任何政策或措施决不会把像我这样安分守己的人扫地出门，而主动辞职又不符合公务员的本性，所以我最大的担忧，也是我主要的麻烦是我很可能就在稽查官的工作岗位上工作下去直至白发苍苍、年迈体衰，变成像老稽查官一样的行尸走肉。在我面前横着沉闷乏味的公务生活，最终这种生活对于我就如同对这位可尊敬的朋友一样，使吃饭时间成为一天的核心，余下的时间就像一条老狗一样无所事事，在阳光下或在阴凉处昏昏欲睡。这一切难道不可能吗？对于一个认为幸福的最好定义是生活得充实，能最充分地发挥他的聪明才智和思想感情的人来说，这是一个多么阴森可怕的前景啊！但是，我的这种惊恐是完全不必要的。上帝考虑事情比我可能想象的还要周到。

在我担任稽查官的第三年发生了一件了不起的事——采用《教区司铎》一书的语气来说，那就是泰勒将军当选总统①。为了对公务生活做出一个全面的评估，非常必要在新的敌对政府接任之际看一看这个在职者。他的职位是最为恼人的了，而且在一切情况下是一个人可能据有的职位中最不愉快的了；极少有选择的余地，虽然

---

① 扎卡里·泰勒（Zachary Taylor）于1849—1850年任总统，他的当选导致了霍桑的免职。《红字》发表时他还活着，1850年7月9日去世。

对他来说看起来最坏的情况说不定是最好的情况。但是，对于一个有自尊心和敏感的人来说，他感到很不自在，当他知道自己的利害关系置于一些既不爱他又不理解他的人的控制之下，他宁肯受到他们的伤害，也不愿为他们效力。对于一个在整个竞争过程中一直保持冷静的人来说，看到在胜利的时刻那副杀气腾腾的样子，并意识到自己就在被宰的对象之列，他同样感到很不自在。在人性中很少有比这种倾向——即因为他们握有了加害他人的权力而变得更为残忍的倾向——更丑恶的特性了。我看到人类身上的这种倾向跟禽兽无异。如果说把公务人员送上断头台是一个事实，而不是一个比喻，那么我真诚地相信赢得了胜利的党派中的积极分子一定会激动不已，把我们的头统统砍掉，感谢老天给了他们这么个机会！对于我——无论在胜利或失败时，都一直是一个平静与好奇的旁观者——这种充满刻毒的恶意和残忍的复仇精神从来没有使我对自己党派的许多胜利显得更突出，更惹人注意，就如辉格党现在做的那样。一般来说，民主党人担任公职，因为他们需要这些职位，同时因为多年的实践已经成了一种政治斗争的惯例，除非宣布一套不同的制度，抱怨这种惯例只能是软弱和怯懦的表现。但是，长期的胜利使他们养成了宽宏大量。他们在必要时知道如何宽恕；在需要狠狠打击时，他们的斧子是锐利的，但是很少在刀刃上涂上恶意的毒药，他们也不会卑鄙地把他们砍下的头再踢上一脚。

总而言之，虽然我的处境充其量是令人不快的，但是还是有理由庆幸自己是在输的一方，而不在赢的一方。如果在此之前我一直不是一个热忱的党派人士，现在，在这个危险和对抗的时期，我反倒对自己偏向哪个党派变得相当敏感起来；说来也不无后悔和羞愧，根据对机遇的合理推算，我看到我自己留任的可能性比之我的那些民主党的弟兄们要大一些。但是,谁能看清楚鼻尖外一寸之遥的未来呢?我的头竟是第一个掉地的。

我倾向于这样的看法,一个人的头落地之时很少或绝不是他一生中最愉快的时刻。然而,像我们遭遇到的大多数不幸一样,即令出现了这样一个非常严重的情况,随之总会带来弥补的办法和慰藉之处,只要受害者善于把落在他身上的坏事变成好事,而不是把坏事弄得更糟。就以我这件事为例,可资慰藉的方面唾手可得;确实,在把它们付诸实现之前,我思量了很长一段时间。考虑到我原来就很厌倦我的工作,并隐约出现过辞职的念头,因此我的幸运有点类似这样一种人的幸运,他本来正在考虑自杀,却遇上个好机会成了他杀,尽管他并不希望如此。在海关,就像以前在"古屋"一样,我整整度过了三个年头。这段时间长得足以使一个疲倦的头脑得到休息;足以戒除旧的思想习惯,培养起新的习惯;这段时间对于过一种很不自然的生活是足够长了,长到已不堪忍受了,此时这种生活对任何一个人来说已既无好处又无乐趣,须及早使自己从这种至少让人烦躁不安的劳役中摆脱出来。再者,至于他被很不礼貌地逐出海关一事,这位过去的稽查官倒对被辉格党认作是敌人并不以为然,并不为此闷闷不乐,因为他在政治上的不活跃有时使得民主党的弟兄们都怀疑他不配称作朋友。他喜欢在人们相聚的广阔而平静的田野里随心所欲地漫步,而不喜欢把自己围于那些曲径小道上,与同室的弟兄分道扬镳。现在,在他赢得了烈士的王冠之后(虽然他已没有头可戴上它),这个问题可以看作已经解决了。最后,虽然他谈不上多么英勇,不过让他同他喜欢与之站在一起的党一道被推翻倒台,比之让他在许多更值得尊敬的人纷纷下台之时,还孤零零地留下来,最终在一个敌对政府的宽恕之下苟延残喘地生活了四年之后,那时不得不重新确定自己的立场,并哀求一个友好的政府赐予他更令人屈辱的宽恕,似乎要正派体面些。

同时,有人报道了我的事,使我有一两个星期没头没脑地在各种报刊上横冲直撞,就像华盛顿·欧文《睡谷传奇》里的那个无头的骑士,阴森可怕,渴望像一具政治僵尸一样给埋葬起来。这就是比喻里的我。而那个真实的我在这个时期肩膀上一直安安稳稳扛着脑袋,给自己找到了一个舒舒服服的归宿,一切事情终归有了好结果;我花钱购置了笔墨纸张,重新启用我那张搁置多年不用的写字桌,又当起文人来了。

就在此时,我的前任稽查官皮尤先生呕心沥血写出来的东西发挥了作用。由于懒散悠逸多年,思想生了锈,需要有一点时间,让我的思想机器开动起来,潜心写作这个故事,以达到某种程度上令人满意的效果。然而,尽管我全神贯注、全力以赴来写作,但故事在我看来显得太严峻,太阴沉;和煦的阳光难以使它变得高兴些,温柔亲切的影响也难以使它轻松一些。通常这些影响使几乎每一个自然景色和实际生活场景变得柔和温存,无疑也应该使故事中的每一个画面变得柔和温存些。这个让人兴味索然的效果也许是因为这个故事形成的时间正处于革命尚未完成,社会动荡不安,一片紊乱的时期。不过,这并不表明作者心中缺乏欢乐。实际上,当他在这些没有阳光的阴沉的幻想中遨游时,他比自从离开"古屋"以来的任何时候都快乐。组成这个集子的有些较短的文章同样是在我身不由己退出公务生活的辛劳和荣誉后写的,余下的那些是从年刊和杂志中搜集得来的,它们都是很久以前发表的,转了一个圈子,回来又成为新东西了。为了继续沿用政治断头台的比喻,整个集子可以视为《一个丢了脑袋的稽查官的遗作》。这篇他行将结束的随笔,如果对于一个谦逊的人由于过多地涉及个人的生平事迹而不宜在他活着时发表的话,那么倒可以把它看成是一位绅士从坟墓那边写来的。愿天下太平!我祝福我的朋友!我宽恕我的敌人!因为我已入净土。

海关的生活犹如一场梦。那位老稽查官——顺便提一句,我遗憾地告诉大家,他不久前从马上摔下来给踩死了,否则他会永久活下去——他和那些曾同我一起坐在海关里收税的其他可尊敬的人们在我看来都只是一些影子;这些白发苍苍、满脸皱纹的形象,过去我的想象常常跟他们一起逗乐,现在则永远弃之一边。那些商人,如平格里、菲利普斯、谢波德、厄普顿、金布尔、伯特伦、亨特——对这些名字,还有其他许多名字,在六个月前我的耳朵异常熟悉,如雷贯耳——这些巨商大贾似乎在世界上占有非常重要的地位——但无须多少时间,我与他们脱离了一切关系,不仅在行动上,而且在记忆中!我费了很大的努力,才回想起他们中几个人的形态和面貌。同样,不久我故乡的那个老镇透过记忆的薄雾隐现在我眼前,烟雾黑压压的一片笼罩在它的四周;仿佛它不是现实世界的一部分,而是在云端里的一个杂草蔓生的村子,只有一些想象中的居民住在木头屋子里,走在简陋的小巷和冗长而不甚美观的大街上。从此以后,它不再是我现实生活的一部分。我是另外一个地方的老百姓了。我的乡亲们不会因失去我而感到遗憾;因为——虽然这个小镇在我的文学工作中曾经像任何东西一样是十分珍贵的,在他们的眼中是很重要的,并且这块我的许多祖先生息安葬之地也为我留下了难忘的记忆,但是,对于我它从来没有那种和蔼可亲的气氛,而这种气氛对于一个文人来说是必不可少的,因为它促使他的思想成熟,获取丰收。我将在另外一些人中间安度余生，无须赘言，原来我熟悉的人们没有了我同样会过得幸福自在。

然而，多么令人心旷神怡，欢欣鼓舞！每当我想到也许我们的子孙后代有时会发思古之幽情，怀念起那位记述往昔生活的拙劣作家，那时未来的古代文物研究者将站在这个城镇的历史遗址上指出"小镇唧筒井"的所在地①！

---

① 《小镇唧筒井的自述》一文是霍桑1835年写的，为其最佳随笔作品之一。

主要人物表

海丝特·白兰 　　一位出身破落贵族的女子,年轻美丽,婚姻十分不幸,在移居波士顿后与牧师丁梅斯代尔相爱,因为追求爱情而触犯了清教教义,遭受了种种羞辱。为捍卫爱人的名誉和纯洁的爱情,她宁愿一人受罚也不肯说出同犯。她一生佩戴着耻辱的通奸者的符号,然而她代人受过、助人为乐、含辛茹苦等美德使得她赢得了人们的敬重。

阿瑟·丁梅斯代尔 　　一位受过良好教育、文雅而持重的牧师,在教区中有着极高的声誉。与海丝特相爱犯下通奸罪却没有勇气认罪,为此饱受良心的谴责,以致健康每况愈下,在他最终向人们宣布自己所犯下的罪行后,因心力交瘁而气绝身亡。

罗杰·齐灵渥斯 　　海丝特的丈夫,一位畸形而丑陋的学者,内心极度自私和阴险。为一己之私将爱变成疯狂的恨,以复仇作为自己唯一的生活目标。他假装成知己和医生的身份接近丁梅斯代尔,迫使丁梅斯代尔备受精神的煎熬。

珠儿 海丝特与丁梅斯代尔的私生女。纯真美丽,如同精灵般的狂野可爱。

一 狱门

一群蓄着胡须、身穿暗色衣服、头戴灰色尖顶帽子的男人,中间也夹杂着一些女人,有的戴着风帽,有的光着头,他们林林总总聚集在一座木头的大房子前面。房子的大门是用厚实的栎木制的,上面钉满了尖尖的铁钉。

新殖民地的创建者们,不管他们原先计划建立的是什么样的人类美德与幸福的乌托邦,一定会在处女地里圈出一块做墓地,另一块修建监狱,因为他们认为这两者都是殖民地草创时期不可或缺的东西。按此惯例,我们可以有把握地估算出波士顿的先民们在康海尔附近建造第一座监狱的时间:它大体上同在艾萨克·约翰逊①的属地里划出一块地作为第一座墓地的年代相近。后来便以约翰逊的墓为核心,四周又建了许许多多坟墓,扩展成了英王礼拜堂②的老墓地。有一点是确定无疑的,在该城镇建立十五年至二十年之后,

---

① 艾萨克·约翰逊(1601—1630):北美马萨诸塞英国殖民地的创始人。殖民地建立后的第一年便死去;他的土地归公共使用。
② 指英国国教会1688年在波士顿建立的第一座教堂。

这木结构的监狱由于风吹日晒已经显露出种种苍老的痕迹,给那扇狰狞和阴森的大门平添了一层凄楚黯然的景象。栎木大门上沉重的铁器锈迹斑斑,看上去像是新大陆历史最悠久的老古董。跟一切与罪恶相关的事物一样,监狱似乎从来没有青春。在这座丑陋的建筑物前面,从房子的外墙到压印着车辙的街道之间有一块草地,上面杂乱地长满了牛蒡、茨藜、毒莠等这样一些不堪入目的野草。野草显然有着跟这块土壤意气相投的东西,因为这块土壤早就让文明社会的一朵黑花——监狱在它上面扎根蔓生。说来凑巧,就在大门的一侧,几乎就在门槛边,倒真的长着一丛野玫瑰。在当前的六月里,像宝石般精致的花朵争妍竞放,使人浮想联翩,觉得它们仿佛在向步入监狱的囚徒或步出监狱走向刑场的死囚奉献一份温馨和妩媚,借以表达大自然对他们由衷的怜悯和仁慈。

这丛野玫瑰由于某种奇妙的机缘,历尽劫难,而永葆生机。我们暂且不去费神确定究竟是什么原因使这丛野玫瑰存活下来,是仅仅因为曾遮蔽它的那些巨大的松树和栎树的伐倒败落,从而使它在严峻的荒芜中幸存下来了呢,还是因为据可靠的证据所确证的那样,传说圣徒安妮·哈钦逊①在她踏进监狱大门时踩踏了这块土地,从而使花儿在她脚下破土而出呢。不过,我们要讲述的故事恰好是从这里开始的,也就是说从这扇显示不祥之兆的大门处开始的。既然这丛花近在咫尺,唾手可得,我不免要摘下一朵来呈献给读者。但愿它能用来象征在讲述这个有关人性脆弱和人生悲哀的故事的过程中随处可见的芳菲清新的道德之花,并用它来缓解一下故事令人黯然神伤的结局。

---

① 安妮·哈钦逊(1591—1643):出生于英国的美国教士。由于传播唯信仰论被驱逐出马萨诸塞。唯信仰论认为灵魂的拯救与其说通过个人的善行,还不如说依靠上帝的恩典。后被印第安人杀死。

二 市场

两百多年前，一个夏天的早晨，波士顿监狱街大牢门前的那块草地上人头攒动，众人的眼睛都牢牢地盯着布满铁钉的栎木大门。要是在其他居民区，或者在时间上推迟至新英格兰后来的历史时期，这些蓄着胡须的男子脸上的严峻表情，一定会被人认为是将要发生某种可怕事端的先兆，很可能预示一个臭名昭著的罪犯要给押出来受宣判，尽管当时对人的宣判只是确认一下公众舆论对他的裁决而已。但是在清教徒清规戒律非常严厉的早期，这种推测往往就不尽恰当。也许，受惩罚的是一个偷懒的奴仆；或者是一个不守规矩的顽童，其父母把他交给当局，让他在笞刑柱上受管教。也许，是一位唯信仰论者、一位贵格派①的教友，或者其他异端的教徒，他们要被鞭挞出城。也许，是一名游手好闲的印第安人，喝了白人的烈酒在大街上胡闹，为此要挨鞭打，然后被赶进终年不见阳光的

---

① 又称"教友派"或"公谊会"，基督教宗派之一。17世纪中叶英国人福克斯所创。宣称教会和《圣经》都不是绝对的权威，反对设立牧师，不举行宗教仪式，反对一切战争。

森林中去。也完全可能是一个巫婆,就像那个地方官的遗孀西宾斯老太太一样刻毒的老巫婆,要被判处死刑,送上刑台。不管属于哪种情况,前来观看的人总是摆出肃穆庄严的姿态,那种跟他们的身份相一致的姿态。他们把宗教和法律几乎完全视为一体,而两者在他们的性格中又完全融为一体,不分彼此,因此一切有关公众纪律的条例,无论是最温和的,还是最严厉的,他们全都看得既神圣又庄严,恭而敬之,不容违犯。确实,一个站在刑台上的罪人从这些旁观者身上乞求得到的同情,只会是微乎其微,冷淡漠然。此外,在我们今天只会引起某种冷嘲热讽的惩罚,可是在当时却如死刑般被赋予令人望而生畏的威严。

  就在我们故事开始的那个夏天的早晨,有一个情况颇需注意:挤在那人群中有好几个妇女,看来她们对即将发生的任何宣判惩处都抱有特殊的兴趣。那年月没有那么多的讲究,这些穿着衬裙和圈环裙的女人毫不在乎地出入于大庭广众之间,而且只要有可能,还扭动她们结结实实的身躯向前挤,挤进最靠近刑台的人群中去,毫无有失体统之感。在英国本土土生土长的那些妇女和少女,比之相隔六七代之后她们的漂亮后代,无论在体魄上还是在精神上,都具有一种更粗犷的品质。因为在世代繁衍的过程中,每代母亲遗传给她们女儿的,就体质而言,往往要比她们自己纤弱一些,容貌更为娇嫩,身材更为苗条,纵然在性格方面,其坚毅顽强的程度未必逊色。当时站在狱门附近的妇女,跟那位堪称代表女性的、具有男子气概的伊丽莎白女王①相距不足半个世纪。她们是那位女王的同胞乡亲,家乡的牛肉和麦酒,以及丝毫没有经过加工的精神食粮大量地进入她们的躯体滋养助长。因此,灿烂的晨曦所照射的是她们宽厚的肩膀、丰满的胸脯和又圆又红润的双颊——她们都是在遥远的

---

① 指伊丽莎白一世(1533—1603),在位时期为1558—1603年。

祖国本岛上长大成熟的,还没有受到新英格兰气氛的熏陶而变得苍白或瘦削些呢!再者,这些妇女,至少是其中的大多数人,说起话来都是粗声粗气,直截了当,要是在今天,无论是她们说话的内容,还是嗓门的大小都会使我们瞠目结舌,叹为观止。"娘儿们!"一个凶相毕露,半百老娘先开了腔,"我要跟你们说说我的想法。要是我们这些上了年纪、在教会里有名声的妇道人家,能把像海丝特·白兰那样的坏女人处置了,倒是给公众办了一件大好事。你们是怎么想的,娘儿们?要是把那个破鞋交给我们眼下站在这儿的五个娘儿们来审判,她会获得像那些可敬的地方长官们给她的判决,而轻易地混过去吗?哼,我才不信呢!"

"听人说,"另一个妇女说,"她的教长、尊敬的丁梅斯代尔牧师,为他自己的教会里发生这样的丑事伤透了心。"

"那些地方长官都是些敬畏上帝的好好先生,心肠太软——那倒是实话。"第三个老气横秋的婆娘接着说,"最最起码,他们该在海丝特·白兰的额头上烙上个印记。我敢说,这个海丝特小贱人才会有点畏忌。但是,现在他们在她衣服的胸口上贴个什么东西,她——那个贱货——可不在乎呢!嗨,你们等着瞧吧,她会别上一枚胸针,或者异教徒爱佩戴的其他什么装饰品,把它遮住,然后照样大模大样地在街上走动,招摇过市!"

"啊,不过,"一个手头牵着孩子的年轻妇女比较温和地插嘴说,"随她把那个记号遮起来也罢,痛苦还总是留在她心里的嘛!"

"我们扯什么记号、烙印,管它贴在她衣服的前胸,还是烙在额头上?"另一个女人吼道,她是这几个自封的法官中长得最丑、也是最不留情的。"这个女人让我们大家都丢了脸,实在该死。有没有管这号事的法律?是有的,《圣经》和法典上都有明文规定。让那些不照法规办事的官老爷们的老婆女儿也去干这号事,去自作自受吧!"

"老天啊，娘儿们，"人群中有一个男人叫喊道，"难道在女人身上除了对刑台的恐惧之外，就没有别的什么德性吗？那话儿都说得太绝了，娘儿们，别嚷嚷了！正在开牢门的大锁呢，白兰太太就要出来了。"

牢门由里向外打开了，首先出现的是一个面目狰狞、阴森可怖的狱吏，他身佩一把剑，手持一根权杖，犹如一个黑影霎时窜进了阳光。这个人物的模样充分体现和代表了清教徒法典那种阴森森的威严。他的职责就是对触犯法律者执行最终的、最直接的制裁。此时，他伸出左手的权杖，同时用右手抓着一个年轻妇女的肩膀，拽着她往前走。但是，到了牢门的门槛处，这位女子用颇能表明尊严和人格力量的动作，推开了狱吏，然后迈步走出大门，仿佛完全是出于她自己的意志。她怀里抱着一个差不多三个月大的女婴。孩子不停地眨着眼睛，然后转过小脸蛋，以避开过于耀眼的阳光，因为在此之前，她一直生活在地牢或监狱等那些幽暗的地方，习惯了昏暗的光线。

当那年轻的妇女，也就是那个婴孩的母亲，伫立在众人面前，一展全身风貌时，她做出的第一个动作好像是手臂用力一搂，把婴孩紧搂在自己的怀里。这一搂与其说是一种母爱的冲动，还不如说她是在用婴孩来掩藏某个标记，一个缝制或佩挂在她衣服上的标记。然而，很快她明智地意识到用象征她耻辱的一个标记来掩盖另一个标记是无济于事的，于是她干脆把婴孩置在胳膊上，虽然她脸上泛起火辣辣的红晕，却傲然一笑，用一种从容不迫的眼光，环视了她周围的同镇居民与街坊邻居。在她长裙的胸前，亮出一个字母A。这个A字是用细红布做的，四周用金色的丝线精心刺绣而成，手工奇巧。这个A字做得真可谓匠心独运，饱含了丰富而华美的想象，配在她穿的那件衣服上真成了一件至善至美、巧夺天工的装饰品，而她的那身衣服也十分华美，与那个时代的审美情趣相吻合，却大大超出了殖民地崇尚俭朴的规范。

　　这个青年妇女身材颀长，体态优美绝伦。她的秀发乌黑浓密，在阳光下光彩夺目。她的面庞皮肤滋润，五官端正，在清秀的眉宇间还有一双深邃的黑眼睛，使之极为楚楚动人。她有一种高贵女子的气质，具有那个时代女性优雅的举止仪态：某种特有的稳重端庄，而没有今日认为是高贵女子标志的那种纤弱、轻柔和难以言喻的优雅。即使用古时候对贵妇人一词的解释，海丝特·白兰在步出监狱时的仪态也是名实相符的。原先认识她的人，本以为她在这样灾难性的阴云笼罩下一定会黯然失色，结果她却叫众人惊讶不已，甚至惊得发呆了，因为他们看到她依然光彩照人，竟把笼罩她的不幸和耻辱凝成了一轮光环。不过，对于一个敏锐的观察者来说，不难发现这其中有一种微妙的痛楚。她在狱中专门为这个场合，大体按照自己的想象设计与缝制的这套服饰，似乎表达了她的这种心态，以其特有的既大胆狂放又精美别致的风格来宣泄她由绝望进而变为无所顾忌的情绪。可是，吸引大家目光的，而且事实上也改变了那套服饰穿着者形象的，却是那个红字。这个字绣得绝妙异常，在她胸前熠熠发光。过去熟识海丝特·白兰的男男女女见到她这般模样，有面目一新、初次相见的感觉。这个红字具有一种魔力，使她超凡脱俗，超脱了一般的人间关系，而把她封闭在自身的天地里。

　　"她做得一手好针线活，那没错。"一个围观的女人说，"不过，还有哪个女人，会像这个不要脸的贱货想到用这来露一手！哎，娘儿们，这不是在当面嘲弄我们那些规规矩矩的地方长官吗？不是利用那些尊敬的大人们对她的惩罚来卖弄自己吗？"

　　在场的老妇人中最铁面无情的那个老婆子叽咕道："要是我们能够把海丝特小妇人的那件华丽的衣裳从她那俊俏的肩膀上扒下来就好了。至于那个红字，那个她缝得那么稀奇古怪的红字，我倒愿意给她一块我自己患风湿时裹关节的法兰绒破布,那做起来才更合适呢!"

"噢,安静,街坊们,安静!"她们当中最年轻的一个同伴悄悄地说,"别让她听见你们说的话!她绣的那个字,针针线线都扎在她的心上呢!"

这时那个面目阴沉的狱吏用权杖做了一个手势。

"闪开,闪开,劳驾了,劳驾了!"他喊道。"让开一条道,我向大家保证,我一定叫白兰太太站在男女老少全能看得清楚的地方,从现在到午后一点大家都有机会瞧一瞧她那件漂亮的衣裳。祈求上帝赐福给光明正大的马萨诸塞殖民地,把一切罪恶暴露在光天化日之下!来吧,海丝特小妇人,在这市场上展览一下你的红字吧!"

围观的人群中立刻闪出了一条道。狱吏为先导,紧跟着一溜脸色严峻的男人和面带怒气的女人,海丝特·白兰走向指定的地方,受罚示众。一群好奇的来看热闹的小男孩跑在她的前面,不时地转过脸来盯上一眼她的脸,瞧一下在她怀里不停眨眼的小婴孩,还有她胸前的那个不光彩的红字。这些男孩对于眼下发生的事不知所以,只知道学校放了半天假。在那时,从狱门到市场没有多少路。不过,按照囚徒的体验来丈量,那可算作很长的一段路程;虽然她傲然前行,但在众目睽睽之下,她每迈出一步都感受到一阵剧痛,似乎她的心给抛在街上,任凭他人吐唾沫和踩踏。然而,在我们人的本性中,有一个奇妙而又仁慈的特点:遭受苦难的人在承受痛苦的当时不知道其强烈的程度,而常常是在事后才感受到那撕心裂肺的痛楚。因此,海丝特·白兰几乎是以一种安详的神态来应付这一阶段对她的折磨。她走到了市场西端的刑台边。那刑台几乎就竖立在波士顿最早的教堂的屋檐下,像是教堂的附属建筑物。

事实上,这个刑台是整个惩罚机器的一部分,从过去两三代人到现在，它在我们心目中，只是一个历史和传统的纪念物了；但在当年，它却像法国恐怖党人的断头台一样，人们把它视为教育人弃恶从善的有效工具。简单说来，这刑台是一座颈手枷的平台，上面立着那个惩罚用的颈手枷，枷套把人的头颈紧紧地夹住，使人只得引颈翘首供人观瞻。这个用木与铁制造的刑具充分体现了要让人蒙辱示众的思想。依我看来，没有别的暴行比它更违背我们常人的人性；不管一个人犯了什么过失，没有别的暴行比不准罪人因羞愧而隐藏自己的脸孔更为险恶凶残的了，因为这恰好是实行这一惩罚的本质。就海丝特·白兰的例子来说，同其他的许多案例一样。她受到的裁决就带有这个丑恶的惩罚机器的最邪恶的特点：罚她在台上站立一段时间示众，尽管无须把头伸进枷套，备受扼颈囚首之苦。刑台大约有人的肩膀那么高，海丝特完全知道自己应该做什么。她沿着木头阶梯走上刑台，将自己展示在众人面前。

在这群清教徒中假如有一个罗马天主教徒，他看到了这个美丽的妇人，她那美丽如画的服饰和神采，以及她怀中的婴孩，自然地会想起圣母的形象，即那个令无数杰出的画家竞相表现的形象。确实，这个形象是只有通过对比才能使人想起的，想起那个怀抱为世人赎罪婴孩的圣洁清白的母亲。然而在这里，人类生活中最圣洁的品性却为最深沉的罪孽所玷污，产生了这样的结果：这个妇人的美丽反而使世界更黯淡，她所生的婴孩使世界更沉沦。

现时的这个场景中并非不掺杂着一种敬畏之情，这种敬畏在社会还没有堕落到目睹罪恶和耻辱只付之一笑，而不为之颤栗之前，都会在人们的心中油然而生的。目睹海丝特·白兰受辱示众的人们尚未完全丧失他们纯朴的天性。要是她被判处死刑，他们会十分严峻地看待她的死，而不会抱怨说什么判刑过于严苛，但是他们中也不会有谁像处于另一个社会状态下的人们那样冷酷无情，把目前的示众当作一种笑柄。纵然有人想把这件事变成笑料嘲弄一番，但在众多尊贵的大人物在场的庄重气氛下,也不得不抑制收敛一下,因为总督本人以及他的几位参议、一名法官、一名将军和城里的牧师都在议事厅的阳台上,或坐或立俯视着刑台。有这样一些大人物成为观众的一个组成部分,而不失他们地位的显赫或职务的尊严,我们由此可以有把握地推断,这次案件的判定肯定是认真的,具有实际意义的。因此,群众也显得肃穆阴沉。这个不幸的罪人承受着巨大的压力,成千双无情的眼睛注视着她,目光都紧盯住她的前胸,但她还是尽一个妇人最大的能耐支撑着自己。这实在是难以忍受的。她是一个热情奔放容易冲动的女人,现在她竭力使自己坚强起来,以应付公众用形形色色的侮辱向她发泄愤懑,抵御投向她的匕首和毒箭。但是在公众那种庄重的情绪里有一种更可怕的东西,她宁可看到一张张绷紧的面孔扭曲成轻蔑的嬉笑,而她自己成为嬉笑的对象。要是在这群人中能响起一阵笑声,由男人、女人和声音尖利的孩子一起纵声大笑,那么海丝特·白兰会向他们报以一丝苦涩的、轻蔑的微笑。但是在她注定要忍受的这种沉重的痛苦之下,她时时感到她好像要使出全身的劲撕心裂肺地大喝一声,然后从刑台上跳到地上。否则,她立刻就要发疯了。

然而,在她成为整个场景中最引人注目的目标期间,她不时感到场景在她眼前消失了,或者至少变得朦朦胧胧,不甚清晰,像一大堆支离破碎、光怪陆离的形象。她的思想,尤其是她的记忆,此时超乎寻常地活跃,不断地出现了其他的种种景象,而不光是这条在西部荒野边陲小镇上的粗陋街道;除了那些从尖顶帽子的帽檐下露出的蔑视她的面孔之外也出现了其他一些面孔。最琐碎和最无关紧要的回忆,包括童年时代的和学生时代的游戏嬉闹以及少女时代家中种种琐事的回忆——涌上心头,其间还夹杂着她后来生活中最重大事件的回忆。每一幅景象都栩栩如生,历历在目,它们都同等重要或者如同一出戏。很可能这是精神上的一种本能的应变方法,通过展示这些变幻莫测的形象,使自己的精神从眼前残酷无情的重压下解脱出来。

但是,不管怎样,这个竖着颈手枷的刑台是一个观察点,它向海丝特·白兰显现了她从幸福的孩提时代以来走过的全部历程。她站在那个凄惨苍凉的高处,再一次见到了她在古老英格兰故乡的小村子以及她父母的家园。那是一座凋敝的灰色石屋,虽然看上去是一派破落的样子,但门廊上还保留着一块依稀可辨的盾形家族纹章,标志着古老的家世。她看到了她父亲的面容,他那宽广的额头,那飘拂在伊丽莎白时代旧式皱领上令人肃然起敬的银髯;她也看到了她母亲的面容,那充满无微不至和牵肠挂肚爱护的神情。母亲的面容时时刻刻萦绕在她的脑际,即令在母亲过世之后,仍在她女儿的人生道路上经常留下温馨的指点与告诫。她看到了她自己的面容,焕发着青春少女的容光,照亮了她经常照的那面镜子,使黯淡的镜面荧荧发亮。在那镜子里,她又看到了另一个面孔,那是一个年老体弱者的面孔,苍白瘦削,一副学究的样子,他的那双眼睛,黯然无光,长期在昏暗的灯光下披阅浩繁的典籍使之老眼昏花。但就是这对昏花的眼睛,在它们的主人立意要窥探人的灵魂时,它们可有着奇特的洞察力。海丝特·白兰的女性想象力不想去回忆他,但是那个长期把自己幽禁在书房和斗室里的老学究的身形还是出现了:他有一点畸形,左肩稍稍高于右肩。在她记忆的画廊里接下来出现在眼前的画面是欧洲大陆某个城市①里纵横交错的狭窄街道,高高的灰色住宅,宏伟的天主教堂,古色古香、风格奇特的公共建筑物。在那里一个崭新的生活曾经等待着她,但仍然跟那个畸形的学者密切相关,这个崭新的生活像长在残壁断垣上的青苔

---

① 指荷兰的阿姆斯特丹,可参阅下一章。据说,当年英国的许多清教徒被允许在殖民地定居前都聚居在该城市。

靠腐质废料养育自己。最后,这些不断变动的场景倏然消失了,又回到了这个清教徒殖民地的粗陋市场上来。全城镇的人都聚集在这里,一双双严厉的眼睛都紧盯着海丝特·白兰——是的,就是紧盯着她本人——她站在颈手枷刑台上,怀里抱着一个婴孩,胸前有一个用金黄色的丝线绝妙地绣着花边的鲜红的 A 字!

这一切难道是真的吗?她使劲地把孩子往自己的怀里搂,孩子哇的一声哭了起来。她把眼睛往下朝自己衣襟上的红字看了看,甚至用手指触摸了一下,为的是让自己相信婴孩和耻辱都是真实的。是的!这些便是她的现实,其余的一切都已烟消云散!

三　相认

　　这个佩戴红字的人终于从这种把自己视为众人严厉注视的目标的强烈思绪中解脱了出来，因为这时她注意到在人群的外围有一个人的身影，此人不可抗拒地占据了她的思想。有一个身穿土著服装的印第安人站在那里，但在这块英格兰殖民地上红种人不是稀客，所以在这样的一个时刻，一个印第安人是不会引起海丝特·白兰的多大注意的，他更不能把其他的事物和思绪从她心里排除出去。在印第安人身旁，站着一个白人，衣着奇特，文明与野蛮的服装混穿，一看就知道他跟那个印第安人是同伴。

　　这个白人身材矮小，满脸皱纹，不过还不能称为老人。在他的眉宇之间有一股灵气，好像一个人的智力部分得到了充分的发展必然会影响到他的体貌外形，使之表现出一些显著的特征。他装束随便，虽然他穿上那套土著人的衣服试图掩盖或减少他体形上的奇特之处，但是海丝特·白兰一眼便看出这人的肩膀是一高一低的。当她第一次看到这个瘦削的面庞和微微畸形的身躯时，她不由得再一次把婴儿紧搂在胸前。由于她用力过猛，那个可怜的孩子又一次痛苦地哭叫起来，但她的母亲似乎听而不闻。

这个陌生人来到市场,在海丝特·白兰还没有看到他之前,他的目光却早已盯住了她。最初他显得毫不在乎的样子,像一个经常习惯于观察人们的内心活动的人那样,认为外表的东西除非与内心有关,否则都是微不足道的、毫无意义的。然而,他的目光很快就变得锐不可当,犀利透骨。一种令人极度痛苦的恐惧布满了他的面容,像一条蛇一样在上面迅速地蜿蜒缠绕,稍一停顿,盘缠的形状便毕露无遗。他的脸色因强烈的情绪而变得阴暗,不过,他立刻用意志把自己控制住,除了那个短促的瞬间外,他的表情一直显得十分镇静。过了一会儿,局促不安的情绪几乎完全不见了,最后深深地隐没在他的天性之中。当他发现海丝特·白兰的目光紧盯着他的时候,并看出她似乎已认出他时,他慢慢地、镇静地举起他的手指,在空中做了一个姿势,然后把手指放在自己的嘴唇上。

随后,他碰了一下站在他旁边的一个本镇居民的肩膀,彬彬有礼地对他发问。

"先生,请问,"他说,"这位妇女是谁?为什么她要站在这儿示众受辱?"

"朋友,你也许新来乍到,一定不是本地人,"那个本地人一边回答,一边好奇地瞧了一下这个问话的人和他那个印第安人同伴。"要不然你早该听说过海丝特·白兰太太,还有她干的那宗事了。我敢对你说,她在尊敬的丁梅斯代尔牧师的教区里已闹得风风雨雨臭不可闻了。"

"你说得对,"陌生人回答道,"我是外地人,身不由己,一直在外颠沛流浪。我在海上和陆上的旅途中屡遇不测。在去南方的路上,被异教徒关押禁闭了很久,现在这个印第安人带我到这里来找人赎身。因此,请你告诉我海丝特·白兰——不知我是否说对了她的名字——这个女人究竟犯了什么过错?为什么要把她带到那边的刑台上呢?"

"不错，朋友，我想你在荒山野地历尽艰难来到这里，一定很高兴，"那个本地人说，"你终于发现自己到了一个地方，有罪必惩，犯罪者得当着长官和老百姓的面受到惩罚。我们这里，这块信奉上帝的新英格兰地区就是那样。先生，你知道，那边的那个妇女，是个有学问人家的妻子，原籍英国，不过一直居住在阿姆斯特丹。后来，几年前，不知为什么，她丈夫想起要漂洋过海到马萨诸塞这里来跟我们一起生活。为此，他先把他的妻子打发走，自己留下来料理一些非办不可的事。天哪，老先生，这个妇女在波士顿这儿一住约有两年光景，或许还不到一年，而那位有学问的白兰先生却杳无音信。这个年轻的女人，你瞧瞧，就自个儿走到邪路上去了——"

"啊！啊哈！我明白了。"那陌生人说道，并苦笑一声。"一个按你说的那么有学问的人也应该在他的书本里学到这一点啊！那么，先生，再请问谁是那个抱在白兰太太怀里的婴孩的父亲呢？我猜这小孩该有三四个月了呢！"

"朋友，这事还是一个谜，解谜的但以理①还没有找到呢！"本地人答道。"海丝特小妇人闭口不说。地方长官挖空心思，但仍一筹莫展。

"说不定那个罪人就站在这里观看着这个伤心的场景。他可以背着世人，但别忘了上帝可明察秋毫疏而不漏啊！"

"那个学者，"陌生人说道，又冷冷一笑，"应该亲自来调查，破这个谜。"

"要是他还活着，该由他来干，"那个本地人应和道。"嗯，老先生，我们马萨诸塞地方当局考虑到这个妇人年轻漂亮，认为她是

---

① 但以理：据传为《旧约·但以理书》的作者，被视为贤明的裁判者。

受了极大的诱惑才堕落的。再说，非常可能，她的丈夫已葬身海底了。所以，他们不敢贸然施行我们正义的法律从严处置她。按法律她是该判死刑的。

"但是，长官们心肠软，大发慈悲，只判决白兰太太在绞刑台上站三个小时。另外，在她的有生之年，必须在胸前佩戴一个耻辱的标记。"

"绝妙的判决！"那个陌生人一边说，一边沉重地垂下头，"这样她就成了劝恶从善的活榜样了，直至那个可耻的字母刻在她的墓碑上为止。不过，犯罪的同伙没有跟她一起站在刑台上总让我感到心里不舒服，好在我相信他一定会让人知道的！一定会让人知道的！一定会让人知道的！"

他恭恭敬敬向那个告诉了他许多情况的本地人鞠了一躬，又跟他的印第安人随从低声说了几句话，他们两人便挤到人群里去了。

在此期间，海丝特·白兰一直站在台上，两眼直盯着那个陌生人。她盯得那么专注，以致完全入了神，在全神贯注的片刻，仿佛世间万物全都消失了，只留下他和她两个人。或许，她此时此地与他相遇比在其他场合与他邂逅要更可怕。此时，烈日当空，强烈的阳光烧灼着她的面庞，点燃起了她脸上的羞愧；在她的胸前佩戴着那个鲜红的丑恶标记，在她的怀里抱着那个罪孽生下的婴孩；全城镇的人像是赶集一样蜂拥而来，目光全都集中在她身上，而她的姿容本来只该出现在壁炉的恬静火光中，出现在家庭安详的隐蔽处，出现在温柔的面纱下或庄严气氛笼罩下的教堂里。虽然这次相遇十分可怕，但是有成百上千的旁观者在场，她反倒有一种受庇护之感。她这样站着，有如此多的人隔在她与他之间，比他们两人面对面单独相遇要好受些。她确实把这次当众受辱当作避难所，唯恐它提供的保护到时候会被撤销。她凝神冥想，竟然没有听到有人在她身后说话的声音，直至有人用响亮和严肃的语调，再三呼叫她的名字,才猛醒过来。那声音之大全广场上的人都能听得清清楚楚。

"听我说,海丝特·白兰!"那个声音高喊道。

前面已经提及,就在海丝特·白兰站立的台子正上方,有一个阳台,或者叫作露天长廊,是议事厅的附属部分。当初,每逢地方长官开会,要发布什么公告,为此而要举行种种仪式时,就在这里集会。今天,为了一睹我们描写的场面,贝灵汉总督亲临现场,端坐在椅子上,座边四个持戟的警卫环立,充作仪仗。他帽子上插着一根黑色的羽毛,大氅上绣着花边,里面穿着黑丝绒的紧身衣。他是一个年迈的绅士,脸上的道道皱纹表明他饱受风霜。他出任这一地区的首脑和代表是再合适不过了。因为这块殖民地的起源和发展,乃至目前的进步,并非依赖于青年人的冲动,而是有赖于成年人充沛而又有节制的精力,以及老年人的睿智和谋略。他们取得如此卓越的成就,正因为他们不想入非非,不好高骛远。在总督周围的其他的显要人物也个个威风凛凛,风度翩翩,因为在那个时代一切权力机构都被认为具有神权制度赋予的神圣性。毫无疑问,他们都是善良的人,公正贤明。但是,要从整个人类大家庭中遴选出同等数目的英明贤达之士就非易事了,因为这些人要能坐下来审判一个犯了错误的女人的心灵,条分缕析善与恶,就此而言,他们一定会比海丝特·白兰现在举首面对的那些铁面无私的圣贤们要逊色多了。确实,她似乎意识到了这一点,不管她希冀得到什么样的同情,那只存在于公众广博和温暖的胸怀里。因此,当这个不幸的妇女举目向阳台看去时,她的脸色立时变得苍白,浑身颤栗。

大声呼唤她的人是德高望重的约翰·威尔逊牧师,他是波士顿最年长的牧师,像大多数他同时代的神职人员一样,他是一位大学者,同时又是一个和蔼可亲的人。不过,他和蔼的禀性没有像他的聪明才智那样受到细心的培育,所以实际上,和蔼可亲与其说是他具有的一个值得为之自我庆幸的好品性,还不如说是一件自感羞愧的事。他站在那里,无檐便帽底下露出一绺绺灰白的头发,他的那双习惯于书房昏暗光线的灰色眼睛不时地眨着,就像海丝特的婴孩的眼睛在这强烈的阳光里不断闪眨一样。他那样子看上去就像我们在古老的经书卷首看到的黑幽幽的木刻肖像。他跟这些肖像上的人一样无权站出来,正如他此刻所做的,干预人的罪孽、情欲和痛苦等此类问题。

"海丝特·白兰,"老牧师说道,"我曾跟我这位年轻的兄弟争论过——你是一直有幸在他那儿听布道的,"这时,威尔逊先生把他的一只手放到坐在他身旁的一个脸色苍白的年轻人的肩膀上,"我说,我竭尽全力说服这位虔诚的年轻人,要他面对苍天,在这些英明正直的长官面前,在全体人民的旁听之下,来处理你的问题,触及你卑劣和见不得人的罪孽。因为他比我更了解你的天性,他知道应该采用何种论据——是刚是柔——来战胜你的顽固不化,从而要你不再隐瞒那个诱使你堕落者的名字。但是,他不同意我的意见,(尽管他年少老到,但仍有着年轻人的通病,即过于温存。)认为在光天化日之下,大庭广众之前,强迫一个女人供出内心的隐私是蹂躏妇女的天性。确实,我试图说服他,对他说罪恶的耻辱在于冒犯之际,而不在于袒露之时。丁梅斯代尔兄弟,请再说一遍,你对此怎么看?究竟由你,还是由我来处理这个可怜罪人的灵魂?"

阳台上那些道貌岸然、可尊可敬的大人们窃窃私语起来。贝灵汉总督把他们的意思说了出来,虽然他因要表现出对年轻牧师的敬意而有所克制,但语气具有一种权威性。

"尊敬的丁梅斯代尔先生,"他说,"你对这个妇女的灵魂负有很大的责任。因此,要由你来规劝她悔过自新,坦白招供,以此来证明你的尽心尽责并非枉然。"

这番直截了当的话使群众的目光一下子集中到丁梅斯代尔牧师身上。他是一位青年牧师,曾就读于英国的一所名牌大学,给我们这块荒蛮的林地带来了当代的全部学识。他那雄辩的口才和宗教的热情早已预示了他将蜚声教坛。他的外貌也是一表人才：额头白皙、高耸而严峻，眼睛呈褐色，大而略显忧郁，嘴唇在不用力紧闭时微微颤动，表明他既具有神经质的敏感，又有巨大的自制力。虽然这位年轻的牧师有极高的天赋和学术造诣，他总是显出一副忧心忡忡、诚惶诚恐的神色，好像自感到在人生的道路上偏离了方向，惘然不知所从，唯有一人独处时才觉得安然自如。因此，工余，他总是孑然一身在枝叶扶疏的幽径上散步，借此保持他自己的纯真和稚气；需要他讲话时，他精神清新盎然，思想如朝露般晶莹透彻，所以许多人说，他的话如同天使的声音一样感人肺腑。

威尔逊牧师和总督大人公开向大家介绍的并引起众人注意的，正是这样一个年轻人。他们要他在众人面前盘问那个妇女，要她袒露灵魂深处的隐私，而她的灵魂即令受到了玷污，依然是神圣不可侵犯的。他左右为难的境地顿时使他脸上血色全无，双唇颤抖。

"劝劝这个女人吧，我的兄弟，"威尔逊先生说，"现在对她的灵魂至关重要，同时正如德孚众望的总督大人说的那样，因为你对她的灵魂负有责任，因此对于你自己的灵魂也关系重大，劝她忏悔，讲出实情吧！"

丁梅斯代尔牧师垂下头，仿佛在默默祈祷，然后走向前。

"海丝特·白兰，"他俯身探出阳台，目光凝视着她的眼睛，说道，"你已经听到这位善心的大人所讲的话了，也一定明白了我身负的重大责任。如果你觉得那样会使你的灵魂安宁些，从而你现世所受到的惩罚会更有效地拯救你的灵魂，那我责令你说出与你同伙的罪人和难友的姓名！不要出于对他错误的怜悯与温情而保持沉默。海丝特，相信我的话，虽然他要从崇高的地位上跌下来，跟你站在一起，站在刑台上，但这样也比终生隐藏一颗罪恶之心要好受些。你的沉默对他有什么好处呢？只会引诱他——不，简直是强迫他——给自己的罪孽增添一层虚伪！上天已经允准你公开丑行，那么你何不借此机会光明正大地战胜你内心的邪恶和外表的忧伤呢？我要提请你注意，你是怎样在阻止他喝下现在端在你唇边的那杯辛辣却有益的苦酒，而要知道那个人自己很可能没有勇气把酒夺过去喝下的啊！"

青年牧师的声音甜美、丰润、深沉，微微颤动，时断时续。那明显表达出来的感情，要比言辞的直接的意蕴，更强烈地拨动所有人的心弦，因而博得了听众的一致同情。甚至在海丝特怀里的那个可怜的婴孩也受到了同样的感染。此时，她把始终茫然的目光转向丁梅斯代尔牧师，举起两条小胳膊，发出喜忧参半的喃喃声。牧师的规劝听来极有说服力，以致人们竟然都相信海丝特·白兰就要说出那个罪人的姓名了，否则，那个罪人本人，不论其职位高低，也会在内心必然的驱使下站出来，被迫登上刑台。

海丝特摇了摇头。

"啊！你不要违背上天的仁慈，宽恕不是无边的！"威尔逊牧师声色俱厉地喊叫道，"就连你那个小小的婴孩，都用老天赐给她的声音，表示附和和赞同你听到的那些忠告。说出那个人的名字吧！说了出来，加上你本人又悔改了，就可以帮你把胸前的那个红字取下来。"

"我不说！"海丝特·白兰回答道，眼睛没有看威尔逊先生，而是直望着那青年牧师深邃而忧郁的眼睛。"这红字烙得太深了，你无法把它取下来。但愿我能忍受住我自己的痛苦，也能忍受住他的痛苦！"

"说吧，女人啊！"从刑台旁的人群里传来一个冷酷严厉的声音。"说吧，让你的孩子有个父亲！"

"我决不说！"海丝特脸色变得惨白，她是在回答那个她十分熟悉的声音。"我的孩子应该寻找一个天国里的父亲，她永远不会知道人世间的父亲!"

"她不会说!"丁梅斯代尔低声自语,身子俯前探出阳台,一只手按在心口上,一直在等待着对他那番规劝的反应。这时,他长长地吐了一口气,把身子缩了回来。"一个妇人的心胸是多么坚强,多么宽大啊!她不会说!"

那个年长的牧师看出这个可怜的罪人执迷不悟的心态,并对此早已有所准备,便向公众发表了一通论罪孽的演说,列举了滋生繁衍的种种罪孽,而且还一再提到那个可耻的字母。在长达一个多小时的演说里,他的那些迂阔之论在人们的耳边反复翻滚。他对红字这个标志的阐述尤为着力,以致在听众的想象中平添了几分新的恐惧,好像它的猩红颜色是从炼狱的火焰中得来的。与此同时,海丝特·白兰始终端立在耻辱台上,双眸凝视,神情疲惫,无动于衷。那个上午,她承受了人性能够忍受的一切;她的气质不同凡响,不以昏厥来逃避强烈的苦难;她的精神能够躲藏在没有感觉的石头般的外壳里,而有血有肉的生命机体依然保持完整。就在这种状态下,那个布道者的声音在她耳边残酷无情地轰鸣,然而她仍无动于衷。在她备受折磨的后一段时间里,那婴孩的尖声哭叫刺破长空,她机械地哄着孩子,想让她安静下来,但看来她对婴孩的痛痒并不同情。她就这样带着这副木然的神态,给押送回了监狱,从众人的眼前消失了,走进了布满铁钉的大门里。那些窥视她背影的人在窃窃私语,说那个红字在狱门黑暗的通道里投射出一道道火红的闪光。

四 会见

　　海丝特·白兰回到监狱后，处于神经质的高度兴奋状态之中，必须有人时刻监护着她，以防止她伤害自己，或者在半疯半癫中对那可怜的婴孩施虐。入夜以后，人们看出，用大声呵斥或以威胁来平息她的狂躁不安都已无济于事了。狱卒布莱基特先生认为应当请一位医生来看看她。据他说，有一位医生精通基督教的各种医术，同时还熟谙从印第安人那里学来的生长在森林里的各味草药。说实在的，需要医生帮助的，不光是海丝特本人，更迫切需要的倒是那婴孩，因为那孩子在从母亲的乳汁中吸取营养时，似乎也把散布在母亲肌体中的烦躁、痛楚与绝望吸吮了进去。这时，婴孩正在痛苦地抽搐，她幼小的身躯集中体现了海丝特·白兰那一天所忍受的精神痛苦。

　　紧随狱卒进入阴森牢房的是一个相貌奇特的人，他在人群中的出现早已引起红字佩戴人的深切关注。他寄住在监狱里，不是因为有犯罪的嫌疑，而是因为这样处置他最为便捷，他一直要待到地方长官与印第安人谈妥他的赎身问题。据称他的名字叫罗杰·齐灵渥斯。狱卒在把他领进牢房之后，稍留片刻。使他大为诧异的是，此人一进来,囚室就安静下来,因为海丝特·白兰立刻就变得死一般沉寂,尽管婴儿仍在呻吟呼号。

"朋友,请让我跟病人单独待一会儿,"那医生说道,"相信我吧,好看守,这屋子马上就会安静下来,而且我敢担保,白兰太太此后将会安分守法,不会再像你原先见到的那样了。"

"嘿,要是你老先生真能做到这一点,"布莱基特先生答道,"我就认定你是一个有真本领的人!真的,这个女人像是中了魔,我什么办法都用上了,就差用鞭子抽她来赶走恶魔了。"

那个陌生人进屋时显得十分镇静,那模样跟他自称为医生的职业相匹配。现在狱卒退了出去,他与那个妇人面面相对,依然镇定自若。他在人群中出现时,她曾经那么专心地注意他,表明了他们之间有着异常密切的关系。他首先是诊治那孩子。婴孩躺在小床上辗转啼哭,闹得人不得不放下其他事,先调理安顿好她。他对小孩子做一番仔细的检查,然后从衣服下面拿出一只皮匣子,打开盖子。里面好像装了一些药品,他取了一份,把它放在一杯水里搅拌。

"我原先研究过炼金术,"他说,"过去一年多,我又生活在精通草药的一个部族中间,这样使我比许多科班出身的医生更高明。听我说,夫人,这孩子是你生的,与我毫不相干,她也不会把我的音容笑貌认作是她父亲的。所以,我看还是你亲手给她喂药吧。"

海丝特推开了他递过来的药,疑虑重重地凝视着他的脸孔。

"你要在这个无辜的婴孩身上泄恨报仇吗?"海丝特低声说道。

"傻女人!"医生半冷不热地应声道,"加害于这个不幸的私生婴孩对我有什么用处呢?这药品很有效力,要是她是我的孩子——是的,我自己的,也是你的!——我也只能给她这个药。"

她仍然迟疑不决,事实上,她此时已神志不清了。所以他就把婴孩抱到自己怀里,亲自给她服了药。药马上见效了,证实了医生的话确实可信。小病人不再呻吟了,痉挛般的滚打也逐渐止住了。过了一会儿,跟通常小孩解除痛苦后的情况一样,她很快进入了香甜的酣睡里。现在那个当之无愧的医生来给孩子的母亲诊治了。他安详地、全神贯注地替她搭脉,查看眼睛——他的目光使她的心紧缩发颤,因为原先那么熟悉的眼睛,现在变得那么陌生与冷酷——最后,他认为自己的检查已完毕之后,开始调配另一剂药。

"我不懂什么迷魂汤,什么忘忧草这类药,"他说,"但是我在荒山野林中学到了许多新的秘方,这就是其中的一个——一个印第安人教我的偏方,以报答我传授给他的如巴拉塞尔苏斯①那样一些古老的炼金术。喝下去吧!这药也许不及一颗纯洁无罪的良心让人舒心荡气。这样一颗心我无法给你。不过这药如倾倒在波涛汹涌的海面上的油一样,可以平息你沸腾翻滚的情感。"

他把杯子递给海丝特。她接杯子时,眼睛缓慢地、认真地望着他的脸,目光中不能说全是恐惧,而是充满疑惑,探究他的用心何在。她也看了看她熟睡的婴儿。

"我想过死,"她说,"真巴不得死去,甚至还祈求过上帝让我死去,如果像我这样的人还能祈求什么的话。不过,要是死亡就在这只杯子中的话,在你看到我把它喝下去之前,我请你再仔细想一想。看,杯子已在我的唇边了。"

"那就喝下去吧!"他回答道,依然冷漠沉着。"难道你这么不了解我吗,海丝特·白兰?我的用心会如此浅薄吗?即使我心里有一个复仇的计划,我也要让你活着——给你服药,祛邪消病,让你安康无恙——因为这样做就可让灼热的耻辱继续在你的胸口燃烧,难道还有比这更高明的办法吗?"看到她身不由己做出的那个姿势,他抿嘴一笑。"还是活着吧,在众人的注视下,在你称作丈夫的那

---

① 巴拉塞尔苏斯(1493—1541):瑞士的炼金术士和医生。

个人的注视下，在你孩子的注视下，承受你注定的命运吧！为了你好活下去，喝下这剂药吧。"

海丝特·白兰不再争辩和拖延，她拿起杯子，一饮而尽。这个有医术的人示意她坐在婴孩躺着的床沿上，而他自己拉过房里唯一的一把椅子坐在她身边。她对于这样的安排不由得颤抖起来。因为她感到，如果说到目前为止不论是出于人道还是出于原则，或者也可以说出于一种高雅的残忍，他无可奈何地做出了一些解除她肉体痛苦的事情，那么下一步，他就要作为一个被她深深地、无可挽回地伤害过的人来对待她了。

"海丝特，"他说，"我不追问你为什么或是怎样跌进深渊的，或者不如说是怎样登上那个耻辱台的——即我找到你的那个地方。原因不难找到，那就是我的愚蠢，你的懦弱。我——一个有思想的人，一个博览群书的书虫，一个把自己的最好的年华都用来满足如饥似渴的求知欲望的老朽学究——像你那样的青春美貌于我又有什么用处呢？我生来畸形，何以还要欺骗自己，认为聪明才智在一个青年女子的心目中可以用来掩饰生理上的缺陷！人们都认为我聪明。如果智者哲人真有先知先觉的话，我早该预见到这一切了。我早就应该料到，在我走出那浩渺阴暗的大森林，进入这个基督教徒的殖民地时，我会看到的第一件事物就是你——海丝特·白兰，像一具耻辱的雕像，耸立在众人面前。唉，在我们作为一对新婚夫妇手挽手从古老教堂的台阶上往下走的时候，我就应该看到那个红字的烽火在我们道路的另一端熊熊燃烧！"

"你知道，"海丝特说，——尽管她十分沮丧，但她还是忍受不了刚才他用手指对她那个耻辱标记轻轻地一戳——"你知道我一直是对人很坦白的。我从未对你有过爱，也没有假装爱过你。"

"千真万确！"他回答道，"那是我的愚蠢！我已经说过了。但是，在我生命的那一个时期之前，我是白白地活过来了。整个世界是那么郁郁寡欢！我的心可以容下许许多多客人，但是我孤独，我凄凉，没有一个烧着炉火的家。我渴望点燃炉火！这总不算是非分之想吧——我是老了，我是脾气不好，我是有残疾——但是，在普天之下随处都有的、人人都可以摘取并享用的那种朴实的幸福，也应该有我的一份啊！就这样，海丝特，我把你拽进了我的心，拽进了我心房的最深处，想用你在那里产生的温暖来温暖你！"

"我使你受委屈了。"海丝特喃喃地说。

"我们彼此都委屈了，"他回答道，"是我首先委屈了你，我断送了你含苞欲放的青春，让你跟我这个老朽别别扭扭地结合在一起。因此，作为一个还不是不知书达理的人，我不想报复，不想对你施用阴谋诡计。在你我之间，那天平是相当平衡的，但是，海丝特，伤害了我们两人的那个人却安然无恙。他是谁？"

"不要问我！"海丝特·白兰回答说，眼睛坚定地盯着他的脸孔。"你永远不会知道。"

"永远不会，你说的吗？"他接口说，脸上露出阴沉而带自信的笑意。"永远不会知道他！听我说，海丝特，世界上没有什么东西，无论是外部世界的，还是深藏在内部的，在看不到的思想领域里的，能够隐瞒得过一个殚精竭虑、不惜一切代价要揭开奥秘的人的眼睛。你可以在刨根问底的人群面前把你心中的秘密隐藏起来。你也可以在牧师和地方长官面前闭口不说，就像你今天做的那样，即使他们竭力想从你心底挤榨出那个人的名字，让你在耻辱台上有个同伴。但是，就我来说，我要用他们没有拥有的知觉来解开这个谜。我一定要像我在书本中探索真理，像我在炼金时提炼黄金那样，找出那个人。有一种感应作用会使我意识到他。我一定会看到他浑身发抖。我自己也会突然颤栗不止，不省人事。迟早他会落入我的掌心。"

这个满脸皱纹的学者，一双眼睛炯炯发光，直逼海丝特·白

兰,吓得她用双手紧捂胸口,生怕他立即窥视出她心底的秘密。

"你不愿透露他的名字吗?反正他逃不出我的掌心,"他接着说,露出十分自信的样子,似乎是他主宰一切。他一边说,一边把长长的食指放到那个红字上。那红字立刻像烧红了的烙铁一样烫进了海丝特的胸膛。

"他的衣服上没有像你那样戴上那个耻辱的字母,但是我在他的心上看到了它。不过,你不必为他担心!别以为我会干扰上天惩罚的方式,或者我自己吃亏把他交给人间的法律来制裁他。你也不要以为我会设法害死他。不,我也不会损害他的名誉,如果我判断不错的话,他是一个颇有名望的人。让他活着吧!只要他愿意,让他隐藏在荣耀的外表下面生活吧!反正他逃不出我的掌心!"

"你的所作所为好像很慈悲,"海丝特又困惑又惊恐地说,"可是你的言辞叫人听起来像在恐吓!"

"有一件事,那就是你曾经是我的妻子,我责成你不要说出去,"这个学者继续说,"你一直替你的奸夫保守秘密。同样,也替我保守秘密吧!在这一方土地上没有人认识我。不要对任何人露出一点口风,说你曾经管我叫丈夫!在这里,在地球的这块荒蛮边陲之地,我要扎起帐篷,安身立命,因为在别处我是一个流浪者,与世人隔绝,各不相干,而在这里我找到了一个女人,一个男人,一个孩子,我和他们之间存在着最密切的联系。不管这种关系是爱还是恨,是对还是错!海丝特·白兰,你和你的一切都属于我。我的家就在你所在的地方,在他所在的地方。但你千万不要把我泄露出去!"

"你这样做为的是什么呢?"海丝特问道,她自己也不太明白为什么她对这个要求保密的契约感到畏缩。"为什么你不公开宣布自己的身份,把我立刻抛出去呢?"

"也许,"他回答道,"这是因为我不愿意蒙受一个不忠贞女人给丈夫带来的耻辱。也许为的是其他的原因。我的心愿是生死无人知晓，遂此心愿也心满意足了。因此，让你的丈夫对世人而言就当作一个死人，再也不会有关他的消息了。你的言谈举止，神态表情，都要装成不认识我！别泄露一点口风，尤其对你那个恋人。要是你做不到这一点，你就小心点吧！他的名字、地位、生命统统掌握在我手里，小心点！"

"我愿替你保守秘密，就像我替他保守秘密一样。"海丝特说。

"发誓！"他接着说。

于是她起了誓。

"好了，白兰太太，"老罗杰·齐灵渥斯说——此后我们就这样称呼他，"我不打扰你了，跟你的婴儿，你的红字待在一起吧！怎么样，海丝特？判决是不是要求你睡觉时也要戴着那个标记？你不怕睡魔和噩梦吗？"

"你为什么要这样冲着我笑？"海丝特问道，对他眼睛里露出的神情困惑不解。"你是不是要像那个出没在周围森林里的黑人那样来纠缠我们？你不是已经诱我起誓立约，从而证明我的灵魂已经堕落了吗？"

"不是你的灵魂，"他说道，又咧嘴一笑，"不，不是你的！"

五　海丝特做针线活

　　海丝特·白兰的拘禁期结束了。牢门打开，她迈步走进阳光。对于她这颗孱弱病态的心来说，普照众生的阳光，似乎只是为了暴露她胸前的红字才这般明亮。在她独自跨出牢门门槛的第一步时，她感受到的真正痛苦，或许比之前面描写的游街示众，遭众人指责唾骂反要难受得多。因为那时她为一种超常的神经紧张和她性格中的全部战斗力量所支撑，使她能够把那种场面变成一种惨淡的胜利。再说，这是一次个别的、孤立的事件，在她的一生中仅此一次，因此为了对付那个场面，她可以不惜一切，调动起在平静的生活中多年用之不尽的生命力。而那个谴责她的法律，如同一个容貌严厉的巨人，其铁腕既可消灭一个人，亦可支撑一个人。正是它当初扶持了她，帮助她挺过了示众受辱的严峻考验。但是此时，在她独自走出狱门、开始日常生活之时，她必须用她天资中通常的力量来支持她前进，或者就此沉沦下去。她不能再向未来透支，帮她渡过目前的悲痛。明天有明天的考验，后天有后天的考验，依此类推。每天各有各的考验，但有一点是相同的，即在当时都有难以言喻与难以忍受的痛苦。遥远的未来的岁月步履艰辛，要她背起沉重的负担，伴随终身，不容丢弃。日积月累，年复一年，耻辱之上堆积起层层苦难。她将在长年累月之中，逐渐放弃她的个性，而成为布道师和道学家众手所指的一般象征。他们以此来具体说明和体现他们关于妇女的脆弱本性与罪恶情欲的形象。他们教导纯洁的年轻人好好看看她——这个胸前佩戴红字的女人；看看她——这个有着可尊敬父母的淑女；看看她——这个有着一个今后将长成为妇人的婴儿的母亲；看看她——这个原来纯洁无邪的女人，如今要把她看作罪孽的形象、罪孽的肉体和罪孽的存在。她必须带入坟墓的耻辱，将是竖立在她墓前的唯一的墓碑。

这事看来实在令人觉得不可思议：既然在她面前展现着一个广阔的世界，而且在她的判决书中没有条款规定她非留在这块既遥远又偏僻的、清教徒聚居的殖民地里，她完全可以自由地回到她的出生地，或者任何其他欧洲国家，隐姓埋名，改头换面，以崭新的面貌出现，重新开始生活。或者，既然在她面前有着通向深不可测莽莽森林的小路，那里人民的生活习惯跟制裁她的法律格格不入，却跟她奔放不羁的本性倒可融为一体，她也可一走了之。但不可思议的是这个女人反把这个地方称为她的家，留在这里，而恰恰在这里，她偏偏成了耻辱的典型。然而，确实存在着一种天数，一种感情，这种感情是如此之强大，使人无法抗拒，无法回避。它具有决定命运的力量，几乎无可改变地迫使人们逗留在某个地方，像幽灵一般地出没在那里，因为这个地方曾经发生过给人的一生增彩添色的重大事件。而那事件的悲伤的色彩愈是浓重，人也就愈发舍不得离开那个地方。她的罪孽，她的耻辱，便是她扎在这块土壤里的根。她仿佛在这里获得了新生，比她的第一次诞生具有更强大的同化力量。这一新生把这块对于其他移民和流浪者仍格格不入的林地，变成为海丝特·白兰的家，虽荒凉又阴郁，但可安身立命，苟且终生。世上别的地方，甚至包括她度过幸福的童年和无邪的少女时期的英格兰的乡村，像是好久以前换下来的衣服，任由她母亲去保管了。相比之下，那些地方反而成了她的异乡客地了。把她拴在这块土地上的锁链是由铁环制成的，深深地嵌进了她灵魂的深处，永远也不可能断裂。

也许是——不，应该说确定无疑是——另一种感情把她留在这块土地上，留在这条与她命运息息相关的小路上，虽然她把这种感情深藏心底，秘而不露，但一旦它像蛇那样探头出洞时，她就会面无人色。在那块土地上住着一个人，在那条小路上踩踏着他的足迹。虽然世人并不认可，但她自认与此人已结为一体，终有一天会把他们带到末日审判的法庭前，就让那法庭变为他们举行婚礼的圣坛，立誓共同承担未来永无止期的报应。灵魂的诱惑者一次又一次把这个念头塞进海丝特的脑海里，继而对她为之欣喜若狂的神情嘲弄一番，然后竭力要她摒弃这个念头。对于这个念头，她一瞥了之，便匆匆把它深藏在地窖里。最后她终于发现并迫使自己相信，作为她继续留在新英格兰动机的东西，一半是真理，一半是自欺。她对自己说，这里是她犯下罪孽的地方，这里也就应该是她受人间惩罚的地方。或许，她这样日复一日的受凌辱受折磨，最终会净化她的灵魂，并造就出一个比她失去的更纯洁、更神圣的灵魂，因为这正是她殉道的结果。

为此，海丝特·白兰没有远走高飞。在城镇的郊外，在半岛的边缘处，但又不靠近任何别的居民区，有一间孤零零的小茅屋。这座小茅屋原先是由一个早期的移民建造的，后来被遗弃了，因为附近的土壤十分贫瘠，不宜耕作，而且它离城较远，使它与社会活动隔离，而当时社会活动已成为移民生活中的重要习惯。小茅屋位于海边，朝西隔开一湾海水，与对面森林覆盖的小山遥遥相望。在半岛上唯一生长着的一丛矮树，非但没有掩遮住小茅屋，反倒像是在暗示这里有一个目标，而那个目标原本是情愿被掩遮起来，或者至少应当被掩遮起来的。在这间孤陋的小屋里,海丝特靠着她拥有的菲薄资产,带着她的婴孩,栖身营生。她的那些资产是得到一直严密监视她的地方长官的准允后带来的。她的来到给这个地方立即蒙上了一层神秘的、令人疑惑不解的阴影。年幼无知的孩子们不能理解为什么这个女人要被拒之于人类仁爱的范围之外。他们常常蹑手蹑脚地挨近小屋,窥视她在小屋边穿针走线,或伫立门旁,或在小花园里劳作,或沿着通向城镇的道路徐徐走来;一旦他们看清她胸前的那个红字,就会像生怕传染上莫名其妙的瘟疫似的飞速逃走。

　　海丝特虽然处境孤寂,世上没有一个朋友敢来造访露面,但是她却并不缺衣少食。她习得一门好手艺,虽然这地方还不能让她充分施展本事,但靠它也足以养活她自己和正在茁壮成长的婴孩。这门手艺就是针线活。无论在当时或现在,它几乎是妇女唯一力所能及的技艺。她胸前佩戴的那个刺绣得十分奇妙的字母,是她精巧而富于想象力的技艺的一个标本。甚至宫廷贵妇也会非常乐意利用这技艺来给她们的夹金银丝的织物增添一份经人工妙手装饰的绚丽和灵气。确实,在这里,清教徒的服饰一般以黑色和简朴为特点,她的那些精美的手工活儿不一定常有人来问津。不过,时代的品位对这类精美制品的要求也难免要影响到我们严肃的祖先们。他们自己就曾摒弃过许多似乎难以废弃的旧款式。一些公众的典礼,如圣职加委、官吏任职,以及新政府可以对人民显示威仪的其他种种仪式,按惯例都执行得庄严有序,表现得既阴森又故作炫耀。齐颈的环状皱领、编织精美的饰带和刺绣华丽的手套,都被认为是显耀官吏权势必不可少的东西;同时尽管反对奢侈的法律禁止平民百姓效法这类铺张浪费,但是有财有势的人仍可以随心所欲,禁而不止。在葬礼中,无论是死者的装裹,还是亲属致哀穿着的黑色丧服或白色长袍上,各式各样象征性的图案,都时时在向像海丝特·白兰这样的能工巧匠提出需求。而婴孩的服装——当时是穿一种袍服——

也为她提供了干活挣钱的机会。

没过多久,她的针线活就渐渐地成了现在称作的时髦款式了。不知是出于对这个苦命女子的怜悯,还是出于一种病态的好奇心,即对普普通通又无价值的东西故意抬高其身价的心理;也许出于另外一种不可捉摸的情况,就和现在一样,有的东西有些人苦求不得,而有些人却天赐神赋,绰然有余;也可能因为海丝特确实填补了一个空缺,做了原先没有人做的事。总之,不管什么原因,反正求她做针线活的人不少,她愿意干多长时间活,就有多少活可干,收入颇丰。一些人可能为了抑制自己的虚荣心,特意在堂皇庄严的典礼上,穿着她这双罪恶的手缝制的衣服。于是,她做的针线活便出现在总督的皱领上、军人的绶带上、牧师的领结上、婴孩的小帽上,甚至死人的棺木里,封闭在那里发霉腐烂。可是唯有一种情况是在记录里没有的,那就是从来没有人来求她为新娘刺绣遮盖在她们纯洁的羞赧红颜上的白面纱。这一例外说明社会对她的罪孽始终疾首蹙额,深恶痛绝。

海丝特除了维持生计之外别无所求,自己过着最俭朴、最艰苦的生活,孩子的生活则稍稍宽裕些。她自己穿的是粗布做的衣裙,颜色是最暗淡的,佩戴的唯一装饰品就是那个红字——那是她注定非戴不可的。相反,孩子的服装却别出心裁,给人一种富于想象或者可以说,充满奇思妙想的印象。它确实给这个小女孩早已开始表现出来的那种飘逸的妩媚增加了几分魅力,不过它也许还会有更深一层的意义。这一点我们以后再详谈。海丝特除去打扮她的婴孩稍有花费之外,她把全部多余的收入用于救济他人,而这些人并不比她生活得更凄苦,而且还时常忘恩负义地侮辱施惠于他们的人。本来她可以用很多的时间来提高自己的手艺,但她却替穷人缝制粗布衣服。很可能她这样做有一种忏悔的念头,而且很可能她花这么多时间做这些粗活,是要主动放弃许多闲情乐趣。在她的天性里,有一种丰富的、肉感的、东方人的特质——一种追求艳丽华美的趣味。但这种情趣在她的全部生活中,除了在她那精美的针线活里可以显露一下外,已无处可施展了。妇女从针线的劳作中所获得的乐趣对于男人来说是无法理解的。对于海丝特·白兰来说,它可能是抒发她生活激情的一种方式,以从中得到一些慰藉。但是,她把它跟其他欢乐一样看作是种罪孽。这种把良心跟一件无足轻重的事掺和在一起的病态心理,恐怕并不能说明其真心实意的悔改之情,在内心深处可能还有某种大可怀疑、十分错误的东西。

海丝特·白兰就以这样的方式在世上有了一个扮演的角色。由于她生性坚强,手艺出众,虽然世人让她带上一个标志,对于一个妇女来说,它比之烙在该隐①额头上的印记还要难以忍受,但社会不能彻底摒弃她。然而,在她与社会的一切交往中,没有一件事使她感到她是属于那个社会的。凡是跟她有过接触的人,他们的一举一动、一言一语,甚至他们的沉默不言,都暗示或常常明确表达了这样的意思:她是被社会排斥在外的,孤苦伶仃,仿佛居住在另一个世界里,用不同于其他人的器官和感觉来与自然交流。她对尘世间的利害关系超然置之,但它们又近在身边,难以摆脱,恰似一个重返故宅的幽灵,你不再能见到它或触摸到它,不能跟家人共欢乐同悲泣,如果它流露出不该流露的同情,也只是引起恐惧与可怕的厌恶。事实上,这些情绪以及最辛辣的嘲讽似乎是她留在公众心目中的唯一的一份东西。那个时代不是一个感情细腻的时代。虽然她十分清楚自己的处境,一刻也不敢忘记,但是人们还是常常十分粗野地触碰她最嫩弱的地方,使她感受到一阵阵新的剧痛,把她的处境生动地展现在她的自我意识里。如前所述,她竭力接济的那些穷

---

① 该隐:亚当和夏娃的长子,据《旧约·创世记》,他因妒忌而杀死弟弟亚伯。

人，时常辱骂向他们伸出援助之手的人。同样，她因干活的需要出入于一些显要富贵人家，那里的夫人太太也惯于把苦汁滴进她的心里。有时她们采用冷言冷语、恶意伤人的策略，女人用此策略能够把琐碎小事调制出微妙的毒药来；有时她们就用粗鄙的语言攻击她毫无防范的心灵，犹如在溃烂的创口上再击一拳。海丝特经受过长期的磨炼，已锻炼成钢，对于这些攻击不予理会，只是在她苍白的面颊上不可遏制地泛起一阵红晕，然后潜入自己的内心深处。她忍气吞声——一个真正的殉道者——但她不准自己为敌人祈祷，因为尽管她宽恕为怀，却怕祝福之词会不由自主地变成对他们的诅咒。

　　清教徒法庭十分狡黠诡谲，给她设计的那种永不休止、永远有效的惩罚确实每时每刻以各色各样的方式使她感受到无穷无尽的悸痛。牧师们会在街上停步，对她劝诫一番，结果招来一群人围着这个可怜的、罪孽深重的女子蹙眉狞笑。如果她去教堂，满心以为自己会分享众生之父在安息日的微笑时，她往往会不幸地发现她自己就是讲道的内容。她对孩子们渐生畏惧，因为他们从父母那里接受了一种模模糊糊的概念，认为这个在街上悄悄行走、无人陪伴（除了一个孩子）、郁郁寡欢的妇女，身上一定有什么骇人之处。因此，他们先让她过去，然后远远地追随着她，尖声叫喊。那些话在他们心里本来没有什么明确的含义，只是无意识地脱口而出，可她听来却同样可怕。这似乎是在说她的耻辱已广为传播，天地宇宙间万物无不知晓。但是无论林中树叶的窃窃私语，议论她的隐私，还是夏日的微风絮絮叨叨，传送她的丑闻，冬日的朔风劲吹狂吼，厉声呵斥她，都不可能给她带来比这更深刻的痛苦。她感受到的另一种特殊的痛苦是陌生人的凝视。当陌生人好奇地瞧着那个红字时——没有人不这样做的——他们再次把它烙进了海丝特的灵魂，所以她常常情不自禁地想要用手捂住那个象征符号，然而又每每克制住自己不去捂它。其实，熟人的眼神照样叫她备受痛苦。那冷冷的不以为奇的眼光叫人无地自容。总而言之,海丝特·白兰自始至终无处不感受到被人注视那个记号的痛楚。那块创伤永不会结疤;相反,随着逐日的折磨似乎变得益发敏感了。

但是,有的时候,那是好多天,甚至好几个月才有那么一次,她感到有一双眼睛——一个人的眼睛——注视着她那个耻辱的烙印。它像是给了她片刻的慰藉,仿佛分去了她一半的痛苦。然而,下一个瞬间,痛楚又涌回心头,带来更深刻的刺痛,因为,在那简短的会见中,她重新犯了罪。难道是海丝特独自一人犯罪吗?

由于她奇特、孤寂和痛苦的生活经历,她的心智神态多少受到了影响。假如她的精神和思想素质再软弱些的话,受的影响会更厉害。她迈着孤独的脚步,在这个只是表面上跟她发生联系的狭小天地里踯躅徘徊。海丝特不时地仿佛觉得——如果全然出于幻觉,那么其潜在的力量也是无法抗拒的——她身上的那个红字赋予了她一个新的知觉。她战战兢兢不敢相信,却又不得不相信,那个字母使她对别人心里隐藏的罪孽有了恻隐之心。她对由此带来的启示诚惶诚恐。那么是些什么启示呢?它们无非是那个邪恶的天使对她散布的流言蜚语。除此之外,还可能是什么呢?他很想说服这个还在苦苦挣扎,还未完全成为他牺牲品的女人相信:贞洁的外表只是一种骗人的伪装;要是把各处的真实情况都抖搂出来,那么许多人的胸前就该像海丝特一样佩上闪亮的红字。海丝特是否必须把这些既含糊不清,又清晰明白的暗示当作真理来接受呢?在她全部不幸的经验中,再没有别的东西比这种知觉更可怕难受的了。这种感觉不顾场合,不合时宜,大不敬地袭上心头,使她既惊讶不安,又困惑不解。偶尔,她走近一位德高望重的牧师或地方长官,她胸前的红色耻辱会感应到一种同病相怜的悸动。而这些人可都是虔诚和正义的榜样,在那个崇尚古风的时代,人们对他们景仰备至,敬奉为人间天使啊!此时,海丝特会自言自语道:"眼前是什么凶神恶煞?"当她勉强抬起眼睛瞧时,在她的眼界里,没有其他人影,只有那个现世圣人的身形!还有的时候,当她遇到某位一脸圣洁的太太时,心中便会油然生出一种神秘的姐妹之情,而那位太太却是有口皆碑,公认为一生玉洁冰清。可是,这些太太胸中未见到阳光的冰雪与海丝特·白兰胸前的灼热逼人的耻辱,这二者之间又有什么共同之处呢?再有一次,她像触电一般全身为之一惊,仿佛有人在提醒她:"瞧,海丝特,这位可是你的同伙啊!"待她抬头一看,她看到的是一双少女的眼睛,羞怯地瞟了一眼她的红字,然后匆匆躲开,双颊上泛起一阵淡淡的、冰冷的红晕,仿佛她的贞洁给这瞬间的一瞥玷污了。啊,恶魔,以那个符号为护符的恶魔,你为什么不在年轻人或老年人身上给这个可怜的罪人留下一点值得尊敬的东西?——像这样的丧失信仰从来都是罪恶最悲惨的结果之一。不过,海丝特·白兰还在努力让自己相信活在世上的人中间谁也没有像她自己那样罪孽深重,承认这一点,就足以证明:她,这个因自身的脆弱和男人的无情法律而成为可怜牺牲品的人,还没有完全堕落。

  在那些郁郁寡欢的古老年代里,凡夫俗子总爱给他们感兴趣的子虚乌有的事添上一层离奇恐怖的色彩。他们就此杜撰了一篇关于红字的故事,我们很可以据此编写成一个骇人听闻的传说。他们曾经断言那个象征性的标志不单单是在人间染缸里染出来的红布,而且还是用炼狱之火烧红了的,所以每当海丝特·白兰夜间在外走路时,可以看见那红字闪闪发光,光芒四射。我们必须说那个深深烙在海丝特胸膛里的红字也许在有关它的传说里所包含的真理要比不轻信的现代人愿意承认的真理多得多。

六 珠儿

我们至此几乎还没有谈及那个婴孩呢！那个小精灵，她无辜的生命是秉承神秘莫测的天意降生的，是在一次罪恶的情欲恣行无忌的冲动中绽开的一株可爱而永不凋谢的花朵。对于那个忧伤的妇人，眼看着她出落成长，眼看着她与日俱增的美丽，眼看着那闪烁在她稚嫩小脸上的智慧之火，她感到多么的奇妙呀！她的珠儿！海丝特这么叫她。倒并不是这个名字表达了她的相貌，因为她绝没有珍珠的那种恬静的洁白与淡泊的光泽。她给婴孩取名"珠儿"，是因为其价值贵重——她倾其所有购得的——是她做母亲的唯一财富！确实，多么奇妙啊！人们用一个红字标明这个女人的罪孽，而这个字母具有如此强大和灾难性的效应，以致除了跟她犯有同样罪孽的人之外，其他人都无法向她表示同情。然而，对于人类如此憎恶的这个罪恶，上帝却赐给了她这样一个可爱的孩子，作为严惩的直接后果。这个婴孩被置于那同一个不光彩的怀抱里，使她成为她母亲同人类及其后裔联系在一起的纽带，而最后还要让孩子的灵魂在天国受到祝福！不过，这些想法常常带给海丝特·白兰的是忧虑多于希望。她知道她原先的行为是罪恶的，因此她无法相信结果会是良好的。她每天忧心忡忡地观察着孩子逐渐成长的个性，唯恐发现某种阴郁或狂野的癖性，即那些跟产生这个小生命的罪恶相一致的癖性。

当然，孩子没有生理缺陷。婴孩体形完美，生机盎然，稚嫩的四肢活动自然灵活，真可以说是在伊甸园里成长的，也可以说是在世界上第一对父母被逐出后给留在那里当作天使宠物的。这孩子具有一种天生的优雅，这种优雅并非总是与无瑕的花容月貌同生共存的。她穿的衣服，不管怎样简朴，看见的人总觉得那件衣服她穿最合身，极尽其美。当然，小珠儿穿的不是粗布衣服。她的母亲怀有一种病态的动机——这一点我们以后会有更深的了解——购买衣料时总是寻找最奢华的衣料；并充分发挥她自己的想象力来剪裁缝缀孩子穿戴的衣裙，让众人观赏。这个小家伙这么一打扮实在是雍容华丽，当然这只是珠儿本身天生的丽质，透过穿在她身上的衣裙体现了出来，若是披在另一个不那么可爱的孩子身上，就难免要黯然失色了。她美丽的光彩映在那晦暗的茅屋地面上，就如一轮光环围绕着她。不过，即令一件粗布裙袍，并且因为孩子们玩耍粗野的游戏，而弄得满是尘土，撕破扯烂，可穿在她身上，依然完美如初。珠儿的外貌蕴含着一种变化无穷的魅力，在她身上，综合了从农家幼女野花似的纯美到小公主具体入微的华美。然而，贯穿其中的是一脉热情，一种永不消失的、富有特色的和色调浓郁的热情。如果在她发生变化的时候，这种特色和色调变得暗淡或苍白了，那么她也就不再是她，也就不再是珠儿了！

她外表的这种可变性说明——实际上并未明确地表现出来——她内在生命的种种特质。她的天性看来不仅丰富多彩，而且也很深沉凝重。但是，她对她所降临的世界缺乏了解和适应的能力——这也许是海丝特的忧虑误导所致。这孩子生来就不爱循规蹈矩。给予她生存本身就违了大法，而其结果是产生了一个生命，构成这个小生命的元素也许是美丽卓绝的，但排列无序，或者是一种特殊的排列次序，其中变化和安排的重点难以发现，甚至不可能发现。海丝特只能通过回忆来判断孩子的性格，回忆在珠儿从精神世界汲取养料充实灵魂，从物质世界摄取营养滋育胚胎的那个重要时期，想用当初的情况来说明孩子性格的形成，但即令如此，记忆也是十分模糊的，不完全的。当时母亲亢奋的激情便是将道德生活的光束传送给珠儿的媒介。不管这些光束原先是如何洁白明净，也都不免沾上了中间插入物的绯红与金黄色的斑点、烈焰的光泽、漆黑的阴影，以及飘忽不定的闪光。尤其是海丝特刚强不屈的精神也在那个时期渗透进珠儿的肌体里。她在珠儿身上能够看到她自己的狂野、绝望和反抗的情绪，任性的脾气，甚至当时像密云一般笼罩着她心灵的某种阴郁和沮丧。如今，这一切在孩子的气质中似晨曦初露，而在今后的人生岁月中，也许会带来狂风暴雨。

　　当时的家规要比现在严厉得多。皱眉怒视，厉声责骂，以及用戒尺抽打，这些《圣经》允许的手段全都使用有加，不仅用于对错误行为的惩罚，而且也用来作为培养儿童品德的有益措施。然而海丝特·白兰与珠儿是寡母孤儿，她不会对孩子过于苛刻严厉。她考虑到自己的过失和不幸，很早就竭力想对托付给她的婴孩施以慈爱而又不失严格的管教。但是这个任务非她能力所及。每当她笑脸相劝和厉声呵斥都一一试过，而两者都不能奏效时，她只好站到一边，听凭孩子随心所欲。当然，施行体罚或强制手段有时还是有效的。至于其他的管教办法，无论是启发她的思想或打动她的感情，珠儿可以听从，也可以不听从，全看她当时的情绪兴致了。在珠儿还在襁褓中的时候，她母亲就渐渐熟悉她的一种特别的神情，珠儿出现这种神情时，那么无论命令、劝诱或请求对她都无济于事。那一种神情是极为聪慧，而又极为费解，极为顽强，有时却又非常凶狠，但是通常总有一股狂野的精神伴随着她，所以在这样的时刻，海丝特不禁要问，珠儿究竟是不是一个尘世间的孩子。她似乎更像一个缥缈的幽灵，在茅屋的地面上玩过一阵异想天开的游戏之后，面带嘲弄的微笑飞逝而去。每当那种神情出现在她狂野、明亮、深黑的眼睛中时，她身上就带有一种遥远的、不可捉摸的神秘色彩。她仿佛在空中翱翔，随时可以消失，像一束来无踪去无影的闪光一样。海丝特一看到这种情景，便赶紧扑向那个孩子——去追逐那快要逃跑的小精灵，抓过来紧紧搂在怀里，热切地吻她。这样做倒不是出于一时涌起的爱，而是要使自己确信珠儿是个血肉之躯，并非虚幻之物。但是当珠儿被抓住的时候，她的笑声，虽然欢乐悦耳，仍然使她的母亲愈加疑惑。

　　海丝特付出了高昂的代价所取得的珠儿是她唯一的宝贝，也是她全部的世界。因此，她对于时常出现在母女之间的这种令人困惑和沮丧的魔障伤心备至，时常潸然泪下。此时，珠儿或许会——因为谁也无法预见到那魔障会如何影响她——蹙起眉头，攥紧小拳，板直她小小的面孔，露出一副不满的表情，严峻得不通人情。也有不少时候，她会再次放声大笑，笑得比前一次还响，就像一个对人类的哀伤无情无义、无知无识的小东西一样。也有的时候——不过这是极罕见的——她也会悲痛得全身抽搐，还会向她母亲抽抽噎噎地说出几个不连贯的词来表达她对母亲的爱，似乎一心要使自己的心破碎来证明她确实有一颗心。不过，海丝特很难使自己安然相信这种旋风似的温情，因为它来也突然去也突然。这位母亲反复思索这些事情，觉得自己像一个召唤精灵的人，但是在施展魔法的过程中没有按规定办事，结果没有掌握可以制服这个难以理解的新精灵的咒语。只有当孩子安然入睡时，她才能有一点真正的安慰。那时，她确信她的存在，浅尝一下短暂的恬静、忧伤和甜美的幸福，直到小珠儿一觉醒来，可能就在她睁开眼皮时那个倔强的眼神又开始闪烁了。好快啊！——真是快得出奇！珠儿一下子到了能与社会交往的年纪，不满足于母亲频频的微笑和逗乐的话语。要是海丝特能够在别的孩子叫嚷声中听到珠儿那莺啼燕啭般清脆的嗓音，能够从一群嬉戏的儿童的喧哗中辨认出她自己宝贝儿的声调，她该是何等的幸福啊！但是这是绝不可能的。珠儿生来就是儿童世界的弃儿。她是一个邪恶的小妖精，是罪恶的标志和产物，无权跻身于受洗的婴孩之中。最令人惊叹的是，这孩子似乎有一种理解自己孤独处境的本能；醒悟到在自己周围已经划出了一个不可逾越的圈子的命运。简而言之，她理解到自己与其他孩子迥然不同的特殊地位。自从海丝特出狱以来，她在公众面前从来没有一次不带珠儿的。她在城里来来往往，珠儿也始终跟着她；开始作为婴孩抱在怀里，后来长大成小姑娘，便成了她母亲的小伙伴，一手抓住她母亲的一根指头，蹦蹦跳跳小跑三四步才赶上海丝特的一步。她看到当地的孩子们在街道边的草地上，或在家门口，在玩清教徒教规所允许的种种古怪的游戏：扮演上教堂做礼拜啦；或是拷打贵格派教徒啦；或是假装跟印第安人打仗，剥头皮啦；或是模仿巫师的怪样子互相吓唬。珠儿在旁观看，全神贯注，但是从不想跟他们结交朋友。如果有人跟她讲话，她不予搭理。如果孩子们围住她——像他们常常做的那样，珠儿会大光其火，气急败坏，抓起石子向他们扔去，同时发出尖声怪叫，连她母亲听了都要浑身发抖，因为她的叫声跟巫婆用无人懂得的咒语喊叫极其相似。

事实上，这伙小清教徒是有史以来最不容人的家伙。他们早就隐约地感到这母女俩有点古里古怪，不像世上凡人，与众不同，因此在心底里蔑视她们，还时常用脏话侮辱她们。珠儿感觉到这种情绪，便用一个孩子的心胸中可能激起的最刻毒的仇恨来回击。她这样大发脾气对于她母亲来说具有某种意义，甚至是一种安慰，因为在这种情绪里至少有一种让人可以感触到的真诚，替代了常使孩子的母亲伤心难受的任性撒野。不过，这事还是让海丝特惊愕不安，

因为从中她再次看到了曾经存在于她自己身上的那个罪恶所投下的阴影。珠儿理所当然地从海丝特的心中继承了这一切的仇恨和偏激情绪。母女俩处在与人类社会隔绝的同一个小圈子里。在珠儿诞生之前那些使海丝特·白兰忐忑不安的因素似乎都深深地浸润到孩子的天性里去了，但在珠儿出生以后，这些因素由于受到母性温柔的影响逐渐平息了下来。

在家里，在她母亲的茅屋里及其周围，珠儿并不想广泛结识各种各样的人。从她那无穷无尽的创造力迸发出来的生命魔力同千万种物体交流，正如一个火炬碰到什么东西便燃起熊熊大火。一些极不起眼的东西，如一根棍子，一团破布，一朵小花，都是珠儿巫术的玩偶，而且，无须经过任何修改变动，她通过想象都可以把它们变成道具，在她内心世界的舞台上演出任何戏剧。她用自己的童声扮演老老小小的各种人物，与它们相互交谈。那些在微风中飒飒呻吟或哀叹悲嘘的苍劲古松，无须变形就可用来充当清教徒的长者，而园中最丑陋的杂草便成了它们的子孙，珠儿会毫不怜悯地把它们踩在脚下，再连根拔起。真是奇妙！她凭自己的智慧构思的各种形体，虽然缺乏连贯，但都活灵活现，始终处于一种超自然的活动之中——它们很快消失了，仿佛被湍急汹涌的生命浪潮消耗殆尽，然后为具有同样旺盛精力的形象所代替。这和北极光的变幻不定极其相似。然而，仅以想象力的发挥，仅以一个正在发育成长的心灵所喜好的游戏而言，难以看出珠儿比其他天资聪颖的儿童有多少不同之处。只是由于珠儿缺少一些玩耍的同伴，更专注于她自己创造的那些幻想中的人物。她的奇特之处还在于她对她自己心灵和头脑所产生的这些人物都抱有一种敌对情绪。她从不创造一个朋友，总像是在播种龙牙①，从而长出一支敌军，她跟他们冲杀。对于一个母亲，看到如此年幼的孩子便能时刻认识到自己面对的是一个敌对的世界，从而狠命地锻炼自己的力量，确保在未来的斗争中取得胜利，这时她内心的痛苦是多么的深切和难以言表啊！因为她感到这一切都是起因于她。

海丝特·白兰时常呆呆地望着珠儿，不由得手中的活儿落在膝盖上，失声痛哭起来。她原来竭力想隐藏起自己的痛苦，但是禁不住哭出了声，似怨似诉。"噢，天上的圣父啊！如果您还是我的圣父的话，请告诉我，我带到这个世界上来的是一个什么样的生命啊！"珠儿偷听到这种从内心迸发出来的呼叫，或是通过某种更为微妙的渠道，感受到那种痛苦的悸动，她常常会转过她动人美丽的小脸朝她母亲微微一笑，透出精灵般的智慧，然后继续玩她的游戏。

这个孩子的举止中还有一个特点，需要说一说。她一生中第一眼看见的是什么东西呢？不是母亲的微笑。别的婴孩见到这种微笑会用小嘴报以轻弱、稚气的一笑。以后人们在回忆起这种微笑时，对它能不能称得上微笑还有所怀疑，争论不休。珠儿首先看到的绝不是微笑！珠儿最先看到的那个东西——还要我们说出来吗？——是海丝特胸前的红字！一天，她母亲俯身在摇篮边，婴儿的目光被字母四周金色刺绣的闪光吸引住了。举起小手向那个字母抓去。她微微一笑，不存半点疑惑，眼睛里闪烁着坚毅的目光，这种神情使她的脸孔看起来像一个大得多的孩子。这时，海丝特·白兰喘着大气，紧紧抓住那个致命的标记，本能地试图把它撕下来，珠儿那只灵气的小手轻轻的触摸给她带来的痛苦真是无穷无尽。而此时，珠

---

① 据希腊神话，腓尼基王子卡德马斯杀死一条龙，种其齿，遂长出一支军队并自相搏杀，最后仅存五人，与卡德马斯建底比斯国。

儿仿佛以为她母亲痛苦的姿势只是在逗她玩,她凝视着母亲的眼睛,又嫣然一笑!从那个时候起,除了孩子睡着的时候,海丝特没有感到过片刻的安全,没有瞬间的安静和欢乐。确实,有时珠儿一连几个星期不看一眼那个红字。然而她会冷不丁地扫上一眼,像人在猝死时的猛然一抽,脸上总露着那奇特的微笑,眼睛也总带着那古怪的表情。

一次,海丝特像许多母亲喜欢做的那样,在孩子的眼睛里看着自己的影像,突然,珠儿的眼睛中又出现了那种不可捉摸的小精灵的神情——因为妇女在孤寂烦闷时常被莫名其妙的幻觉所困扰——她想入非非,觉得在珠儿瞳仁里看到的不是自己的缩影,而是另一张脸。那是一张魔鬼般的脸,堆满恶意的微笑,可是这张脸的相貌又跟她非常熟悉的一个人的脸十分相似,虽然那个人很少微笑,也从不怀有恶意,仿佛一个邪恶的精灵附在这个孩子的身上,并正探出头来嘲弄一番。后来,海丝特曾多次受到这种幻觉的折磨,不过再没有这一次那么清晰生动。

一个夏天的午后,那时候珠儿已经长大,能够满地乱跑了,她自娱自乐,采集起一把把野花,然后一朵朵地掷到母亲胸口上,每当打中那个红字时,她就像小精灵似的手舞足蹈起来。海丝特的第一个反应就是想合着双手捂住她的胸膛。但是,不管是出于自尊心,还是出于忍让,或者是出于一种赎罪的感情,认为只有用这种难以说出来的痛苦才能最好地完成自己赎罪的苦行,她抵制了这种冲动。她直挺挺地坐在那里,脸色惨白,伤心地呆视着珠儿狂野的眼睛。花朵依然接二连三地打来,几乎每一下都击中那个标记,使母亲的胸口伤痕累累,但是她不可能在这个世界上找到医治这种创伤的膏药,她也不知道如何在另一个世界里找到它。最后,孩子的子弹全部用完了,她静静地站在那里,注视着海丝特,从她那深不可测的黑眼睛里,那个恶魔的形象又探出头来了——它探头不探头,全是她母亲的想象罢了。

"孩子,你究竟是什么呀?"母亲叫道。

"噢,我是你的小珠儿!"珠儿回答道。

但是,珠儿一面这么说,一面大笑,并开始手舞足蹈起来,其调皮的样子活像一个小妖怪,她的下一个恶作剧也许会是从烟囱里飞出去。

"你真的是我的孩子吗?"海丝特问道。

她提这个问题不完全是漫不经心的,而在当时确实是相当认真的,因为珠儿是这样的机灵绝顶,她母亲不相信她一点不知道自己的身世秘密,也许她现在不透露而已。

"是的,我是小珠儿!"孩子又说了一遍,还是那股淘气样儿。

"你不是我的孩子!你不是我的珠儿!"母亲半开玩笑地说。在最为痛苦的时刻,她常有开玩笑的冲动。"那么,告诉我,你是什么?是谁送你上这儿来的?"

"妈,你告诉我吧!"孩子走到海丝特跟前,把身子紧贴着她的双膝,一本正经地说,"你得告诉我!"

"是你的天父送你来的!"海丝特·白兰回答说。

但是,她说这话时显得有点犹豫,难逃孩子犀利的目光。说不上是受她平时的调皮习性的驱使,还是因为受到妖魔鬼怪的唆使,珠儿举起她小小的食指,摸了摸那个红字。

"他没有送我来!"她断然说道,"我没有天父!"

"嘘,珠儿,别闹!不许这么讲!"母亲咽下一声哀叹,回答道,"我们大家都是天父送到这个世界上来的。连我,你的妈妈,也是他送来的。你就不要说了!要不然的话,你这个奇怪的小鬼,打哪儿来呢?"

"告诉我!告诉我吧!"珠儿反复叫喊,这次她不再一本正经,而是边笑边跳在地上乱转。"你非告诉我不可!"

但是,海丝特解答不了这个问题,因为她自己尚深陷迷宫,一筹莫展。她面露微笑,却全身寒颤,记起了城里这一带人的说法,他们因为到处找不到孩子的父亲,又见到她身上的一些古怪的特性,就声称可怜的小珠儿是恶魔的孩子。自从古天主教时代以来,世上常见这种孩子,他们都是由于母亲的罪孽才生下来的,专干些卑鄙龌龊的勾当。按照路德①的敌对派散布的谣言,路德本人就是那种恶魔的孽种,而且在新英格兰的清教徒中间,有这种可疑渊源的,珠儿也并非独此一人。

---

① 马丁·路德(1483—1546):德国神学家,宗教改革领袖。

七　总督府大厅

　　一天,海丝特·白兰到贝灵汉总督的宅邸去,带去了一副手套。这手套是她按总督要求镶边刺绣的,以备他出席某盛典时戴的。虽然在一次普选中,这位前统治者从最高的职位上降了一两级,但他在殖民地的官员中仍有着受人崇敬与举足轻重的地位。
　　还有一个比之递交一副绣花手套更重要的原因,促使海丝特此时前去求见这么一位在殖民地事务中有权有势的人物。她听说,有几位在宗教和治理方面力主加强训导、严厉治理的头面人物,正在策划夺去她的孩子。正如前面已经暗示的,既然认为珠儿是魔鬼的孽种,这些善良的人们便不无理由主张,出于基督教对母亲灵魂的关心,他们就得从她的道路上搬走这样一块绊脚石。另一方面,如果这个孩子当真能够接受道德和宗教的教化,并且具备最终得到拯救的因素,那么,把她交给比海丝特·白兰更明智更好的监护人,就会使她更充分地利用这些条件,享有更美好的前途。在赞成这个计划的人中间,据说贝灵汉总督是最积极的一员。这样一件事,在晚些时候,最多交给城镇行政委员会这一级去处理就行了,而现在居然要让公众讨论,而且政界显要人物还要参与,看来不免有点稀奇，也确实有点滑稽可笑。不过，在世风纯朴的时代，那些与公众的利益关系很小，甚至比海丝特母女的生活福利问题更为次要的问题，都跟议会审议和政府立法奇怪地搅和在一起。就在我们这个故事发生前不久，曾经发生过关于一头猪的所有权的争议，结果，不仅在殖民地的立法机构中引起十分激烈的辩论，而且还导致了立法组织机构的重大变动。

因此，海丝特·白兰从她孤零零的小茅屋出发时，内心充满着忧虑，但是她深知此事与自己的利害关系，因此不顾双方力量的悬殊——一方是广大公众，另一方则是她一个单身妇女，仅以自然的同情为后盾——毅然前去。当然，小珠儿是她的同伴。她如今已经长大了，能够在母亲身边轻快地跑动，从早到晚从不闲着，所以比这更远的路，她也可以走得了。不过，常常并非因为走不动，而是撒娇，她要母亲抱她，但没抱几步，就又迫不及待地要下来，在海丝特的前面蹦蹦跳跳，不时还在长着青草的小路上摔滚，好在没有受伤。我们曾谈过珠儿绰约多姿的美，一种光彩夺目、生动深沉的美，肤色白皙亮丽，双目炯炯有神，炽烈而又深邃，头发此时已呈润泽的深棕色，再过几年会变得近乎乌黑了。她全身上下是一团火，像是感情激越时刻不期而孕的果实。她的母亲给孩子设计服装时，把她爱慕华丽的想象力发挥得淋漓尽致。她用鲜红的天鹅绒为她裁制了一件式样别致的束腰裙衫，还用金色丝线在上面绘影绘色绣了各色图案。这样浓烈的色彩如果用来衬托一个不够红润的面颊，只会使它显得更加苍白暗淡，却与珠儿的美貌十分相配，使她成了在地球上闪耀的火焰中最明亮的一株小火苗。

不过，这身衣裳，还有这孩子的整个外貌，实在是引人注目，也使看见她的人不可避免地、无法遏止地想到海丝特·白兰注定要佩戴在胸前的那个标记。这个孩子是另一种形式的红字，是被赋予了生命的红字！这个红色的耻辱仿佛深深地烙进了这位母亲的头脑，因此她的一切观念都采用了它的形式，从而精心地炮制出这个类似的东西。她不惜花费很多时间，绞尽脑汁创造出这么一个作品，它既是她爱情的对象，又是她罪孽和痛苦的标记。但是，事实上，珠儿二者兼而有之，而且正是由于这个同一性才使海丝特如此完美地用孩子的外表来代表红字。

当母女俩一路走来，进入城区时，一群清教徒的孩子们停止了游戏——或者说这些一脸阴沉的小淘气们充作游戏的玩意儿——抬起头望着她们，煞有介事地交谈起来："看，真的，戴红字的女人；再看，还真的有一个像红字的东西在她身边跑！来吧，往她们身上扔泥巴！"

但是珠儿是一个天不怕地不怕的孩子。她皱了皱眉，跺了跺脚，用各种威胁性的姿势挥舞小拳头，然后，猛地朝这伙敌人冲去，吓得他们狼狈逃窜。她紧追不放，活像个小瘟神——猩红热，或者像一个羽毛未丰的专司惩罚的小天使，肩负惩罚新一代人罪孽的使命。她尖声嘶叫，大声呼喊，其声音大得可怕，显然使得那些逃跑者心惊胆寒。珠儿大获全胜，悄悄地回到母亲身边，仰起脸向她笑了笑。

之后，她们一路平安无事地来到总督贝灵汉的住所。这是一座木结构的大房子，建筑的样式，在我们较古老的城镇的街道上仍可找到此类样本，不过如今青苔丛生，倾颓欲倒。在那些阴暗的房间里发生过或消逝了的许多悲欢离合的故事，有的依然记忆犹新，有的已游丝难觅，但都让人触景生情，黯然神伤。但在当时，这座大宅还保持着清新如初的外表，从洒满阳光的窗户里传出居家的欢声笑语，死亡还没有降临此屋。确实，住宅呈现出一片欢快的景象，墙面涂着一层拉毛灰泥，上面镶嵌着许多玻璃碎片；这样，当阳光斜照在大厦的正面时，便会闪闪发光，好像是捧了一大把钻石往墙上扔去。这种光彩倒是更适合于阿拉丁①的宫殿,而对于一个庄重的清教徒统治者的宅邸则不甚相称。现在大厦的正面还装饰着许多怪模怪样、神妙莫测、适合当年崇尚的古色口味的人物与图案。它们都是在抹泥灰时画上去的,此时已变得坚硬牢固,长期供后人观赏。

珠儿望着这座色彩斑斓、奇妙无比的房子,手舞足蹈起来,一个劲地嚷着要她母亲把墙面上的阳光剥下来供她玩耍。

"不,我的小珠儿,"她母亲说,"你应该搜集你自己的阳光,我可没有阳光给你!"

她们走近了大门,门呈拱形,两边各有一座窄窄的塔楼或者说是大厦的突出部,上面装着格子窗,里面还有需要时可关上的木制的百叶窗。海丝特·白兰举起挂在门口的槌子,敲了一下门。总督的一名家奴应声前来,他本是一个英国的自由民,但已当了七年奴仆。在这期间,他是主人的一份财产,跟一头公牛或一把折椅一样是一件可以任意买卖的商品。这名奴隶穿着一件蓝色号衣,一身那个时期以及早先英国世袭古宅中仆人们习惯的装束。

"贝灵汉总督大人在吗?"海丝特问。

"是的,在家,"那奴仆一边回答,一边睁大眼睛瞪着那红字,因为他刚来这个地方,所以还从来没有看见过那个标记呢!

"是的,大人在里面。不过,现时有一两位牧师在跟他谈话,还有一名医生也在里面。你现在恐怕见不上大人。"

"不管怎样,我要进去,"海丝特·白兰回答道,那个奴仆也许看她毅然决然的神气以及她胸前闪闪发光的标记,以为她是当地的一位贵妇人,也就不加阻止了。

---

① 阿拉丁:《天方夜谭》中的青年,灯神赐予他一神灯,借此建造宫殿,金碧辉煌。

于是，母女俩被引进到外厅里。贝灵汉总督是按照他故乡大庄园主的住宅样式来设计他的新居的，只是由于当地建筑材料的质地不同，气候的差异，以及社交方式的变化做了少许变动。因此，这里有一个宽敞和相当高大的客厅，贯通整个住宅，跟其他的房间直接或间接相通，成为整个住宅的交通枢纽。在这座敞亮的大厅的一头，由两座塔楼的窗户透进阳光，在门的两侧则各构成一个小小的凹室。另一头，有一扇让幔帐遮住一部分的凸肚窗，但阳光照得室内仍十分明亮。这种凸肚窗是我们在古书里读到过的那种，深深地凹进墙中，窗边还摆着一张铺了垫子的大椅子。在那坐垫上，放着一本对开本的厚书，可能是《英格兰编年史》这一类的大部头书，正如同今天我们还会将一些烫金的书卷散放在屋子当中的桌子上，以备来客随手翻查。大厅的家具包括几张笨重的椅子，椅背上精雕细刻着一簇簇栎树花，还有一张同样格调的桌子。整个陈设是伊丽莎白时代的，说不定还要更早些，反正都是从总督老家搬来的祖传遗物。在桌子上有一个锡镴单柄大酒杯，以表示英格兰人好客的遗风犹存。如果海丝特或珠儿往杯里瞅上一眼的话，还可以看到杯底上残留着刚喝完的麦芽酒的泡沫。

墙上挂着一排贝灵汉家族祖先的肖像画，有的身披铠甲，有的穿着带有庄严的环状皱领的文官大袍，个个面目威严肃穆。那是早年旧肖像画固有的特点，似乎他们都是已故显赫人物的鬼魂，而不是画像，正用苛刻与毫不留情的批评目光，注视着世人办公做事和寻欢作乐。

大厅的四周镶着栎木的护墙板，在墙的中央悬挂着一副铠甲，不像那些画像属于古老文物，而是当时最新产品，是在贝灵汉总督来新英格兰那一年，由伦敦的一位技艺高超的工匠制造的。铠甲包括一具铜盔、一件护胸、一个颈套、一对护胫、一副臂铠和挂在下面的一把剑。这全套铠甲，尤其那头盔和胸甲，都擦得锃亮，白色的光芒四射，把周围的地板照得通明。这套光亮的铠甲不是只作为摆设用的，总督确实曾在许多庄严的阅兵式和演武场上穿戴过它，而且在皮廓德之战①中，穿着它走在团队的前面威风凛凛，闪闪发光。因为，贝灵汉总督虽是律师出身，而且张口闭口培根、柯克、诺耶和芬奇②，将他们引为同行，但这个新生国家的时势把贝灵汉总督造就成一名军人，当然同时也是一名政治家和统治者。

小珠儿，正如她刚才看见光彩熠熠的宅邸面墙时兴高采烈一样，此时面对那明晃晃的铠甲也兴奋不已，久久地对着胸甲上的镜子照了又照。

"妈妈，"她喊道，"我看见你在里面。你瞧！你瞧！"

海丝特想以此来逗孩子高兴瞧了一下。由于护胸是凸面镜，映出来的红字被变形放大了，成了她全身最显著的特征。事实上，她似乎完全给红字遮住了。珠儿往上指，指着头盔上映现出来的一个相似的图像，同时对母亲微微一笑，小脸上又露出了那个非常熟悉的鬼精灵的表情。她那个又调皮又开心的神气也同样映现在盔甲的凸镜里，显得更夸大更强烈，使海丝特感到那不是她自己孩子的形象，而是一个精灵的形象，一个正在千方百计把自己变成珠儿模样的精灵。

"过来，珠儿，"她一边说，一边把她拉开。"过来瞧这漂亮的花园。说不定，我们在那里可以看见许多花，比我们在树林里看到

---

① 皮廓德之战：皮廓德为印第安人一部落，多居于北美康涅狄格之东部。此战发生在1636—1638年，该部族被英殖民者全部消灭。

② 四人均为英国16、17世纪法学家、文学家和政治家。弗朗西斯·培根（1561—1626），英国著名散文家、哲学家和政治家；爱德华·柯克（1552—1634），英国法理学家和法律学作家；威廉·诺耶（1577—1634），曾任英国首席检察官；约翰·芬奇（1584—1660），曾任英国下议院议长和首席法官。

的花还要漂亮。"

珠儿于是跑到大厅另一头的凸窗边,沿着园内小径望去。那小径铺着修剪得短短的青草,两旁稀疏地栽着几株未长好的灌木。不过园主似乎觉得在大西洋的这一边,在这样生硬的土壤里,在这样剧烈的自下而上竞争中,要把英格兰点缀园艺的趣味移植过来,那是枉费心机,毫无希望的,因而放弃了一切努力。圆白菜长得平平常常,远处长着的一根南瓜藤,爬过了中间空地,恰好在大厅窗下,结了一只巨大的南瓜,似乎是有意在提醒总督:这个金黄的大瓜就是新英格兰大地可能奉献给总督的最华丽的装饰品了。不过,也有几丛玫瑰花和好几株苹果树。它们大概是最初移民到这半岛上来的勃莱克斯通牧师①所种植的草木的后裔,这位半神话的人物在我们早期的编年史里常出现,说他骑在牛背上四处漫游。

珠儿一眼看见玫瑰花就嚷着要摘一朵红玫瑰,说什么也不听劝阻。

"别闹,孩子,别闹!"她母亲认真地说,"别嚷嚷,好孩子,我听见花园里有人说话。总督过来了,还有几位先生跟他一起过来了!"

事实上,可以看见从花园林荫路的那一头,有几个人正朝大厅这边走过来。珠儿对母亲要她安静的劝告毫不在乎,反而发出一声奇特的尖叫,然后才不吱声。不过并不是她真的听话了,而是因为她天性中变化莫测的好奇心,此时被走进来的几个人又激发起来了。

---

① 威廉·勃莱克斯通牧师(1595—1675):原为英国国教会牧师,是波士顿的第一位传教士,老年常骑牛行市。

八 小精灵和牧师

贝灵汉总督身穿一件宽松的长袍,头戴一顶便帽,一身上了年纪的绅士居家独处时常见的装束。他走在最前面,边走边比画,好像是在炫耀他的家业,高谈他的宏伟蓝图。他的灰白胡子下面,围着詹姆斯国王①统治时期的老式宽大皱领,因而他的脑袋看上去有点像放在托盘上的施洗者约翰②的头颅。他的相貌这么刻板严厉,加之垂暮之年,鹤发鸡皮,由此给人的印象跟他竭尽全力营造的世俗享乐的环境与设施很不相称。我们严肃的先祖们,虽然习惯于这么想,也这么说,人类的生存不过是一场艰苦的战斗,并且要心甘情愿地为了恪守义务随时准备牺牲财富与生命,但是如果认为他们因事关良心而会拒绝唾手可得的享受,乃至奢华,那可就大错特错了。譬如,那位可尊敬的牧师约翰·威尔逊,就从来没有宣讲过这

---

① 指詹姆斯一世,斯图亚特王朝的国王 1567 年起为苏格兰王,1603 年继伊丽莎白女王统治英国。
② 据《新约·马太福音》,赫洛提王庆寿以施洗者约翰之头盛于盘中,赏给舞姬莎乐美。

一信条。此时他正站在贝灵汉总督的身后,捋着他雪白的胡须在谈论,说梨和桃可以生长在新英格兰的气候里,紫葡萄也可能勉强在向阳一面的墙上蔓生滋长。这位在英国教会富裕的怀抱里长大的老牧师,早已对一切优良和舒适的物品具有合法的嗜好。虽然在布道坛上他显得多么严肃,或在大庭广众间惩办如海丝特·白兰那样的罪孽时多么声色俱厉,但是他平日待人接物还是很仁慈宽厚,因而深得民心,他赢得的爱戴之情远远超过他同时代的其他神职人员。

在总督和威尔逊先生的背后,另外有两个客人:一个是阿瑟·丁梅斯代尔牧师,也许读者还记得他在海丝特·白兰示众的场面中曾匆匆地扮演了一个勉为其难的角色;另一个便是那个与他形影不离的同伴老罗杰·齐灵渥斯,他在城里已定居了两三年了。这位博学的学者既是那个年轻牧师的朋友,也是他的医生,因为年轻牧师近年来由于在教会事务上呕心沥血,劳累过度,健康严重受损,请老学者当他的医生也就很容易理解了。

走在客人前面的总督登上一两级台阶,打开大厅的窗门,发现小珠儿就在他跟前,而窗帘的阴影恰好罩在海丝特·白兰的身上,遮住了她部分的身形。

"这是什么啊?"贝灵汉总督说,吃惊地望着眼前这个红彤彤的小人儿。"老实说,自从我受老国王詹姆斯恩宠,万幸被召去参加宫廷假面舞会,风风火火过了那阵子以来,我从没有见到这样的小人儿了!当年每逢节假日,总会有这么一大群小精灵,我们把他们叫作节庆老爷①的孩子。可现在这样的一位客人怎么进到我的客厅来了呢?"

"哎,真的!"威尔逊老先生叫道,"长着这么鲜红羽毛的小鸟是什么鸟呢?我想在阳光穿过五彩缤纷的窗户,在地板上投射出金

---

① 英国15和16世纪时圣诞节等狂欢活动的主持人。

黄和鲜红的形象时,我看到过这样的小人儿。不过,那是在故乡老家啊!请问你,小家伙,你是谁呀?你母亲为啥把你打扮成这个稀奇古怪的模样?你是基督徒的孩子吗——呢?你回答教理问答吗?也许,你就是那种调皮的小妖精或小仙女吧?我们一直以为,他们跟罗马天主教的其他遗物,全都留在快乐的老英格兰了呢!"

"我是妈妈的孩子,"那个鲜红的幻象回答道,"我叫珠儿!"

"珍珠!还不如叫红宝石,或者红珊瑚!从你的颜色看,至少叫红玫瑰!"老牧师边应答,边伸出一只手想拍拍小珠儿的面颊,但是没有拍上。"那你的妈妈在哪里?啊!我明白了,"他补充道,然后转过身来,对贝灵汉总督低声说,"这就是我们一起谈论过的小孩,瞧这儿,那个不幸的女人,海丝特·白兰,就是她母亲!"

"你真的这么说吗?"总督喊叫道,"不,我们早可以做出判断,这样一个孩子的母亲一定是个绯衣妇,典型的巴比伦荡妇①!不过,倒来得正是时候,我们就把这件事处理了吧!"

贝灵汉总督跨过落地窗门,走进大厅,三个客人跟随在他的身后。

"海丝特·白兰,"他说道,生来严厉峻冷的目光盯住这个佩戴红字的人,"最近,关于你的问题议论不少。有一点我们已经做过慎重的讨论,那就是我们这些有职有权有影响的人是否能把一个不朽的灵魂,比如说那边的那个孩子,托付给一个失足跌倒、落入人间深渊的人去培育教导,而心安理得,无所作为?你说呢,孩子的母亲!想一想吧,要是把她从你身边带走,让她衣着庄严朴素,严格管教,懂得天上人间的真谛,那不是对这小孩的眼前和将来都有好处吗?在这方面你又能为孩子做些什么呢?"

---

① 据《新约·启示录》,巴比伦的卖淫妇身穿紫红色衣服,故称绯衣妇。

"我可以教小珠儿学会我从这里学到的东西!"海丝特·白兰回答道,同时把手指放到那个红色标记上。

"女人哪,那可是你的耻辱牌啊!"那位严厉的官员答道,"正因为那个字母表示的污点,我们才要把你的孩子交给别人。"

"不过,"那个母亲的脸色益发苍白了,然而镇静地说道,"这块牌子已经教会了我——它每日每时都在教育我,此时此刻也正在教育我。我要接受教训,让我的孩子从中得到启发,变得更聪明,更美好,尽管它们对我本人没有多少好处。"

"我们会慎重决定的,"贝灵汉说,"而且也会慎重从事。善良的威尔逊先生,我请你考察一下这个珠儿——既然那是她的名字——看看她有没有像她这个年龄的孩子应具有的基督教徒的教养。"

老牧师在一张安乐椅上坐下后,想把珠儿拉到他的膝间。但那个孩子除去她母亲外,不习惯别人触碰她或做出其他亲热的举动,立即穿过敞开的窗门,逃了出去,站到最高一级的台阶上,像一只羽毛斑斓的热带鸟儿,准备飞上天空。威尔逊先生对于这个突发的举动大为吃惊,因为他是一个慈祥的老爷爷式的人物,通常深受孩子们的喜爱——尽管如此,他还是继续他的检查。

"珠儿,"他十分严肃地说,"你一定要好好接受教育,这样,到时候,你才能在你胸前戴上珍贵的珠宝。能不能告诉我,我的孩子,是谁造出了你?"

珠儿此时已经懂得是谁造出了她,因为海丝特·白兰是一个虔诚教徒家的女儿,在她跟珠儿谈过天父之后不久,就开始向她灌输那些真理,那些思想远未成熟的孩子也会感兴趣的真理。因此,珠儿虽入世仅三年,却已懂得不少事情,完全能够经得起《新英格兰初阶》或《西敏寺教理问答手册》①初级的测验,尽管她连这两部名著的样子都没有见过。孩子们都或多或少有股倔强劲,而小珠儿本来就甚于别的儿童十多倍,如今,在这个最不合时宜的时刻,她却使起犟性子,不是闭口不语,就是给逼得说岔了。小孩把手指放在嘴里,一再不客气地拒绝回答善良的威尔逊先生提出的问题,最后干脆说她不是造出来的,是她母亲从长在牢门旁边的野玫瑰丛里摘下来的。

这种奇思狂想大概是因为珠儿这时站在窗边,离总督园里的红玫瑰很近,加之想起了她来这儿的路上经过牢门旁的玫瑰丛,由此受到启发而产生的。

老罗杰·齐灵渥斯在年轻牧师的耳边说了几句。海丝特·白兰瞧了一眼这个通权达变的人。即令当时,她的命运悬而未决,心神不定,她还是看出他的相貌发生了多大的变化。自从她和他熟识以来,他变得益发丑恶了。黑色的皮肤似乎变得益发灰暗,他的身躯益发畸形。她和他的眼睛只接触了一瞬间,然后立即把她的全部注意力集中在眼前正在进行的谈话上。"太可怕了!"总督失声惊叫起来,缓慢地从珠儿的回答带来的震惊中恢复过来。"一个三岁的孩子,竟说不出谁造她出来的!毫无疑问,她对自己的灵魂,现下的堕落以及未来的命运一无所知。诸位先生,我认为我们无须再问了。"

海丝特一把抓住珠儿,猛力地把她拽进自己的怀里,带着几乎一脸凶狠的表情怒视那个老清教徒长官。她已经被这个世界所抛弃,孑然一身,唯有这一件珍宝使她寸心不死,藉以为命,她感到她拥有不可剥夺的权利与这个世界抗争,并准备誓死保卫她的这些权利。

---

① 此两书为宣传基督教教义的启蒙读物。

"上帝给了我这个孩子,"她叫道,"他把她交给我,是为了补偿你们从我手中夺去的一切。她是我的幸福!——也是我的痛苦!是珠儿使我活着!也是珠儿叫我受惩罚!你们看见没有?她就是红字,只是她讨人喜爱,并具有千万倍的力量来赎偿我的罪孽!你们不能把她夺去!我宁愿先死!"

"我可怜的女人,"那个并非无仁慈之心的老牧师说道,"这孩子会受到很好的照料!——远比你能做的要强得多!"

"上帝把这孩子交给我抚养,"海丝特·白兰重复说,嗓门大得几乎等于嘶叫了,"我绝不会放弃她的!"说到这里,一阵突然的冲动袭来,她转身面对年轻牧师丁梅斯代尔先生。在这一刻之前,她从未正眼看过他。"你来替我讲话!"她叫道,"你从前是我的教长,负责过我的灵魂,比这些人更了解我。我不愿意失去这个孩子!替我说句话吧!你了解我,你具有这些人所缺乏的同情心!你了解我心里想的是什么,也了解一个母亲的权利是什么,尤其当一个母亲只有那个孩子和红字时,对这些权利的渴望又是多么的强烈!请你关心一下吧!我绝不能失去这个孩子!关心一下吧!"

这种狂野而奇特的恳求表明,海丝特·白兰已经被逼得快要发疯了。那个年轻牧师看到这种情形,立刻走上前来,面色苍白,一只手捂在心口上——每当他独特的神经发作时,他就会做出这个习惯的动作。他此时的样子,比起我们在海丝特示众受辱那场景中看到时更疲惫,更憔悴。不管是由于每况愈下的健康状况,还是其他什么原因,他那双又大又黑的眼睛的深处,隐藏着无限的烦恼和忧郁的痛苦。

"她说的话有道理,"年轻的牧师开口说,嗓音甜美,微微发颤,但是强劲有力,余音在大厅中回荡,连挂在墙上的空铠甲也震得发出共鸣。"海丝特说的话确有道理,她迸发的情感也是合情合理的!上帝给了她那个孩子,同时也就赋予了她了解孩子天性和要求的本能——这孩子的天性和要求看起来又与众不同——而母亲的这种本能是其他人不可能有的。再者,在这个母亲和这个孩子的关系中难道就没有一种令人敬畏的神圣的品质吗?"

"哦!这是怎么回事,善良的丁梅斯代尔先生?"总督打断他的话,"我请你把话说明白些!"

"就是那么一回事,"牧师接着说,"因为,要是我们不这样来看待这件事,岂不是等于说,创造一切肉体的天父轻易地承认了一次罪过,也不是对亵渎的淫秽和神圣的爱情不加区别吗?父亲的罪孽和母亲的耻辱产生的这个孩子,同样是来自上帝之手,而上帝正是千方百计地要感化她母亲的心,因此她才这么诚挚地、痛心疾首地苦苦哀求赐予她养育孩子的权利。这就是说她在祈求幸福,祈求她生命中唯一的幸福!毫无疑问,正如这位母亲给我们说的那样,她也在祈求报应,祈求痛苦的折磨,让人在许多意想不到的时刻感受到的那种痛苦的折磨;她在祈求剧痛,那种针扎似的剧痛,在不安的欢乐中反复出现的剧痛。她不是已经在这个可怜孩子的衣着上表达了这种思想吗?难道这身衣服还不够强有力地提醒我们那个烙进她胸口的红色符号吗?"

"说得好!"善良的威尔逊先生喊道,"我本来怕这个女人只是拿孩子当幌子,再没有别的好念头呢。"

"噢,并非如此!并非如此!"丁梅斯代尔先生继续说道,"请相信我,她承认孩子的生命是上帝创造的神圣奇迹,而且也许她也感到——我想这是千真万确的——上帝赐给她这个孩子的意图首先是要救活她母亲的灵魂,防止她进一步跌入黑暗的罪恶的深渊,要不然撒旦他们就会设法把她推进那个深渊。因此,给这个可怜的、而又罪孽深重的女人留下一个永生的婴孩,一个能够带来永恒欢乐和悲伤的生命,交给她照顾,是大有好处的。让她来培养孩子成为一个正直的人,让孩子时时刻刻提醒她自己的堕落;但同时又教她,告诉她——正如造物主许下的神圣保证那样:假如她能把孩子带上天国,那么孩子也会把她的母亲带到那里!这一切都是对她大有好处的。就这一点而言,那个犯罪的母亲要比那个有罪的父亲幸福些。所以,为了海丝特·白兰,也同样为了这个可怜的孩子的缘故,我们还是不要管她们,让天意对她们做出安排吧!"

"我的朋友,你说的话至诚至爱得有点出奇。"老罗杰·齐灵渥斯说道,对他莞尔一笑。

"而且,我看我这位年轻兄弟的话含义还挺深呢,"威尔逊牧师先生补充说,"尊敬的贝灵汉先生,你怎么看?他替这个可怜的妇女不是申辩得挺有道理吗?"

"确实说得有道理,"那长官回答道,"而且还引证了这么些论据,我们就暂把这个问题搁一下吧,至少,在这个妇女没有传出别的丑闻之前,就这样吧。不过,我们还得注意,还得劳驾你或者丁梅斯代尔牧师对这孩子定期进行《教理问答手册》的测验。另外,适当时候,十户联保委员①要关照她去上学和做礼拜。"

那年轻牧师说完话之后,便往后退了几步,离开那一伙人,站到窗边,把半个脸隐藏在厚厚窗帘的褶皱中。此时阳光把他的身影照在地板上,从影子中可看出他因刚才激烈的申辩身体在微微颤动。珠儿,这个狂野轻飘的小精灵,蹑手蹑脚地溜到他身边,用自己的双手握住他的一只大手,把自己的面颊贴在上面。那轻抚是多么的温柔,多么的从容,使得在一旁看着的海丝特不禁问她自己:"那是我的珠儿吗?"然而她明白,在孩子的心中藏着爱,尽管那爱大多是以激越的感情表现出来的,自从她出生以来恐怕还没有第二次像现在这样温情脉脉。对于那个牧师呢——除了求之已久的女性的关怀体贴之外,再没有比这种孩子气的钟情更甜美的了。由于这

---

① 教区官员。

种爱是发自精神的本能,因此它似乎是在暗示,我们身上确实存在一些值得爱的东西——此时他环顾四周,将手放在孩子的头上,犹豫了一会儿,然后在她的额头上亲吻了一下。小珠儿的那种不同寻常的情绪到此结束。她放声大笑,往大厅另一头跑去,她蹦跳得如此轻盈,以致老威尔逊先生不禁要问她的脚尖是否碰着地。

"这个小东西,我敢说,肯定有巫术附体,"他对丁梅斯代尔说,"她根本用不着老女巫的笤帚就能飞行①!"

"一个怪孩子!"老齐灵渥斯说,"很容易在她身上看到她母亲的成分。诸位,请你们想一想,通过分析孩子的天性,并根据其形态和气质来猜测谁是她的父亲,这样做是不是超出了哲学家研究的范畴?"

"不行。在这样一个问题上,用非宗教的哲学来寻根探源是罪过的。"威尔逊先生说,"还是通过斋戒和祈祷来解决吧!也许更好的办法是留着这个奥秘不去管它,让天意自然而然地泄露好了。这样,每一个善良的男基督徒都有权利向这个可怜的弃儿表示一份父爱。"

这件事就此圆满地解决了,海丝特·白兰带着珠儿离开了宅邸。在她们走下台阶时,据说有一间房间的格子窗打开来了,贝灵汉总督的脾气古怪的姐姐西宾斯太太把头探出来,伸到阳光下。也就是她,几年之后,作为巫婆被处决了。

"喂,喂!"她喊道,她那不祥的外貌像是给这座欣欣向荣的住宅蒙上了一层阴影。"你今晚能跟我们一起去吗?树林里要举行一次联欢会。我已经答应了那个黑男人,说海丝特·白兰会来参加的。"

"请你替我向他道歉,谢谢啦!"海丝特回答道,面带胜利的微

---

① 据传女巫施展巫术,能骑在笤帚柄上飞行。

笑。"我得待在家里,照看我的小珠儿。要是他们把她从我手里夺走,我会心甘情愿跟你一块到森林里去,在黑男人的名册上签上我的名字,而且还要用我自己的鲜血签呢!"

"我们下次在那里见吧!"那个巫婆皱了皱眉头,说罢把头缩了回去。

如果我们设想,西宾斯太太和海丝特·白兰之间的这次会面,并非是一则寓言,而是确有其事的话,那么,年轻牧师反对拆散一个堕落的母亲和因她一时的脆弱而诞生的女儿的论点,就已经得到了证明:这孩子早在此时已把她母亲从撒旦的陷阱中拯救了出来。

九　医生

　　读者会记得，在罗杰·齐灵渥斯的称呼背后，还隐藏着另外一个姓名，不过叫原姓名的人已经下决心不再让人提起。前面已经叙述过，在目睹海丝特·白兰示众受辱的人群中，曾站着一个上了年纪的男人。他风尘仆仆，刚刚逃出危险的荒野，一眼撞见了这个女人。他原来希望在她身上找到家庭的温馨和欢乐，没料到她却站在众人面前成了罪孽的典型。她主妇的名声任众人践踏，她的臭名在市肆街坊沸沸扬扬。如果这些消息传到她的亲属或者她洁白无瑕时代的同伴那里，他们除了沾染上她的一份不光彩之外，别无其他了，而份额的大小则严格根据他们原先关系的亲密与神圣的程度按比例分配。那么跟那个堕落的女人曾经有过最亲密、最神圣关系的这个人，在他还可以自己做出选择的时候，为何要前来当众承认这么一份无人贪求的遗产呢？他决心不跟她并肩站在耻辱台上受罚。除了海丝特·白兰之外，没有其他人认识他，而且他手中掌握着关键，能操纵控制她使之缄口不言，所以他宁愿把他的姓名从人类的花名册上勾销。至于考虑到他从前的关系和利益，他也愿意从生活中彻底消失，仿佛他当真像很久以前传说的那样早已葬身海底了。

这个目的一旦达到，新的利益会立即出现，于是，又有了新的目标，这个目标即使不是罪恶的，也实在是见不得人的，但它却具有强大的能量，足以驱动他的全部才智与精力，全力以赴。

为了实现这个决心，他在这座清教徒的城镇里，以罗杰·齐灵渥斯的名字居住下来。他无人荐介，靠的是他拥有的异乎寻常的学识和智慧。由于他前一个时期从事的学术研究使他十分熟谙当代的医学，所以现在当他以一名医生的面貌出现时，他自然受到热情的欢迎。当时在殖民地，精通内外科医术的人可谓凤毛麟角。看来，这类人很少具有促使其他移民横渡大西洋的那种宗教热情。这些人在研究人体构造时，也许把比较高尚的、比较微妙的能力都化为物质了，从而使他们在错综复杂的人体结构面前，丧失了用精神观点来看待生命的能力，似乎认为人体结构包含了足以组成其内在全部生命的艺术。总而言之，波士顿全城的健康，凡是与医学有关的事，以前全置于一位年老的副牧师兼药剂师的监督之下，他对宗教的笃信和虔诚的举止，比任何文凭证书，更为有力，更能赢得人心。城里唯一的一个外科医生，就是那个每天挥动剃头刀的人，他偶尔有机会把练习那门高尚的艺术与他习惯的手艺结合起来。跟这样的同行相比，罗杰·齐灵渥斯是一名杰出的人才了。他不久就表现出对博大精深的古老医术的熟悉与精通。古医术里的每一个偏方都包含了无数多方搜求的、各色各样的成分，其配制之精良似乎可以与长生不老药相媲美。再说，他在当印第安人俘虏期间，又学了许多有关各种草药性质的知识。同时，他对他的病人也不隐瞒，说这些大自然恩赐给未开化野蛮人的简单药物，同那些经过数世纪许多名医精心研究而调制出来的欧洲药剂相比，毫不逊色，他对之同样深信不疑。

这位博学的陌生人，至少从宗教生活的外表形式来看，堪称楷模。他到这里不久，便选定丁梅斯代尔牧师先生做他的精神导师。

这位年轻的圣徒备受崇敬，他的学者声誉至今犹存牛津。一些更为狂热的崇拜者认为，只要他活到和工作到常人的寿命，他便可以为当前软弱无力的新英格兰教会做出伟大的业绩，正如古代圣徒在基督教信仰初期所完成的那样。不过，就在这一时期，丁梅斯代尔先生的健康显然开始衰退。据那些最熟悉他日常起居的人说，这位年轻牧师的面颊之所以如此苍白是由于他在研究学问上过于刻苦专心，在教区工作上过于认真，一丝不苟。尤为重要的是，为了使这个粗俗的尘世环境不损伤和遮蔽他精神上的明灯，他常常实行斋戒并彻夜不眠。有人宣称，如果丁梅斯代尔先生果真要死的话，那无非是因为这个世界不配再踩在他的脚下。可是，他本人却以他特有的谦逊申明：如果天意认为应该把他除掉，那是因为他不配在世上执行上帝交给他的那份最菲薄的使命了。虽然关于他健康状况恶化的原因，众说不一，但是事实却是不容置疑的。他的身体日见消瘦，他的嗓音虽然仍十分丰润甜美，但已经有一种忧伤的、衰败的预兆。人们时常注意到他，只要稍受惊吓或者发生什么突然事件，他便用手捂住心口，脸上红一阵白一阵，痛苦万状。

　　这位青年牧师的身体状况就是如此。当罗杰·齐灵渥斯初到城里的时候，情况十分危急。年轻人的生命曙光即将过早地陨灭。齐灵渥斯第一次登场时，几乎没有人知道他从何处来，是从天上掉下来的，还是从地下钻出来的，所以他的出现带有一种神秘的色彩，从而很容易被说成是一种奇迹。现在大家都知道他是一名技艺高明的人。有人观察到他采集药草，摘取野花，挖刨树根，或是从大树上折取细枝。在常人眼里这些没有价值的东西，他都能从中发掘出隐藏在内中的奥秘。人们听他谈起坎奈姆·狄戈比爵士①和其他名

---

① 坎奈姆·狄戈比爵士（1603—1665）：英国作家、航海家和外交家，发现植物对氧的需要。

人——他们在科学上的成就被誉为是超自然的——说他们和他通过信或是共过事。既然他在学术界有这样高的地位，那么为什么他还要到这里来呢？既然他的活动范围是在大城市里，他跑到这块蛮荒野地来寻找什么呢？为了回答这些疑问，就传出种种谣言，而且不管多么荒诞，一些有识之士也会信以为真。有谣言说上帝创造了一个大奇迹，把一名著名的医学博士从德国的一座大学凌空运送过来，安放在丁梅斯代尔先生的书房门口！但是，确实有一些头脑更为聪明的人，他们知道上帝要达到其目的不一定要求助于所谓奇迹的干预来产生戏剧效果，而倾向于认为罗杰·齐灵渥斯如此及时地来到，内中有天助神佑之意。

医生对青年牧师从一开始表现出来的强烈兴趣进一步支持了这种想法。他以一个教民的身份紧随牧师形影不离，并且竭力想战胜他天生的内向和敏感的特性，赢得他的友好和信任。他对教长的健康状况深表震惊与不安，急切地希望能给予治疗，并坚持认为若及早诊治，似乎不会不取得满意的疗效。丁梅斯代尔先生教团中的长老、执事、修女，以及年轻貌美的姑娘们，都众口一词，恳求他去试试那位医生诚心诚意提供的治疗。但是丁梅斯代尔先生却委婉地拒绝了他们的恳求。

"我用不着医治。"他说。

可是，年轻的牧师怎么能这样说呢？一个接一个安息日，人们看见他的面颊越来越苍白，越来越消瘦，声音也比以前更加颤抖，而且他用手捂住心口的动作，已经不是偶尔为之，而成了经常的习惯。是他厌倦工作了吗？是他希望死吗？波士顿年长的牧师们严肃地向丁梅斯代尔提出这些问题，他教堂中的执事们，用他们自己的话说，也屡屡向他"进谏"，指出拒绝天意如此明明白白伸出的援助之手是有罪的。他默默地听着，终于答应跟医生谈一谈。"如果这是上帝的旨意，"丁梅斯代尔牧师在履行自己的诺言，向老罗杰·齐灵渥斯医生请教时说,"那么我会心满意足地让我的辛劳、我的忧伤、我的罪孽,以及我的痛苦很快跟我一起同归于尽,将其中世俗的部分埋在我的坟墓里,精神部分随我同去永恒之境。我对这种满足,甚于你为了我的缘故施展医术,验证病情。"

"啊,"罗杰·齐灵渥斯安详地答道,不管这种安详是做作的,还是自然的,反正是他一切举止态度的特点。"一个年轻的牧师确实喜欢这么讲。年轻人入世不深,就这般轻生!在尘世跟上帝同行的圣人们都愿意随上帝一起登上新耶路撒冷的黄金大道。"

"不,"青年牧师接上去说,一只手捂在心口上,额角上掠过一抹痛苦的红晕,"要是我还配跟上帝同行去那里,那么我倒更心甘情愿在这里做苦工。"

"好人总是把自己说得过于卑劣。"医生说。

就这样,神秘的罗杰·齐灵渥斯成了丁梅斯代尔牧师先生的健康顾问。由于医生不仅对牧师的病症感兴趣,而且他有一种强烈的动机想要了解病人的性格和品质,所以这两个人虽然年龄悬殊,在一起相处的时间却慢慢多了起来。为了牧师的身体健康,同时也为了使医生能采集到有奇效的药草,他们常在海边或在森林里作长距离的散步,边走边聆听海浪的拍击和低语,或树梢和风萧瑟的吟诵。同样,他们彼此经常在对方的书房或卧室做客。在同这位科学家做伴相交中,牧师觉得有一种魅力吸引住他。在医生身上具有一种非常博大精深的知识修养,同时思想广阔自由,而这在他自己的同行中是可遇而不可求的。说实在的,牧师发现医生身上这一特质时,要不是说给吓呆了,也起码吃了一惊。丁梅斯代尔是一个真正的牧师,一个真正笃信宗教的人,具有高度的虔诚的情操和大力推动自己沿着信仰的道路前进的精神境界,并且随着时间的流逝还在不断增强和提高。不论处在哪种社会里,他都不能称为是一个有自由见解的人;他只有在时刻感受到信仰的压力时,才心安理得;信仰既支持了他，又把他囚禁在铁笼里。不过，在他不以惯常的观点而从另一种思想媒介去观察宇宙时，他确实也会偶尔感到轻松舒坦，虽然愉悦中仍不免战战兢兢。这仿佛把一间紧闭窒息的书房的窗户突然推开，放进一股清新自由的空气。他就在这间书房里，坐在昏暗的灯光下或微弱的阳光下，伴着从书本中散发出来的霉烂气味——不管是感官上的还是道德上的，蹉跎岁月，消磨他的生命。但是，进来的空气又过于新鲜，过于寒冷，使他无法舒适地、长久地吸入。于是，牧师和陪伴他的医生只好退缩到他们的教会界定为正统的范围之内。

罗杰·齐灵渥斯就这样非常细心地察看他的病人，既看他在日常生活中如何在他熟悉的思想范围里循着惯常的思路前进，又看他在被置于另外的道德场景时的表现，因为新奇的场景很可能会唤起某些新东西，浮现到他性格的表面上来。看来，他认为在帮助一个人之前，至关重要的是要先了解他。凡是有思想感情的生灵，其躯体上的疾病必然染有思想感情上的特色。在阿瑟·丁梅斯代尔的身上，他的思维和想象力十分活跃，感情又十分专注，所以他身体患病痛的根源很可能就在那里。因此，罗杰·齐灵渥斯，这位和蔼可亲、技术高明的医生——就竭力打开他病人的心扉，挖掘他的行为准则，探索他的记忆，犹如一个在黑暗的洞穴中寻找宝物的人一样，小心翼翼地触摸每一件东西。没有什么秘密能够逃脱这样一个调查者的眼光，他有机会和特许从事这种探索，同时又有娴熟的技艺来辅助。一个心怀秘密的人应该特别避免与医生密切来往，假如一个医生天生颖悟，而且还有某种尚未定名的东西——我们姑且称之为直觉吧；假如他没有表现出目中无人，唯我独尊，也没有其他令人不快的显著特点；假如他天生有一种与病人息息相通的能力，借此使病人丧失警觉，以致不知不觉地说出他自以为只是在脑子里想过的事；假如他安然地接受这些心声的表白，不多露同情，更多地保持沉默，低声叹息，偶尔插上一两句话，表示他的充分理解；假如在一个能与之推心置腹者的身上具有这些品质，再加上作为一个医生所公认的品性所提供的种种有利条件——那么，在某个不可避免的时刻，患者的灵魂便会融解，沿着一条幽暗而清澈的小溪涓涓向前流动，把全部隐秘带到光天化日之下。

　　上述这些特质，罗杰·齐灵渥斯全部或绝大部分都具备。然而，随着时间一天天地过去，如前所述，在这两个有教养的心灵之间，逐渐产生了一种亲密无间的感情。他们之间可以交谈的领域几乎与人类思想和研究的整个范围一样广阔。他们的讨论涉及伦理、宗教、公共事务以及性格等各种题目。他们双方各自谈论了似乎纯属于个人的私事。然而，诸如医生想象中肯定存在着的那种秘密，却始终没有从牧师的意识里悄悄溜出，流入他同伴的耳中。确实，医生心中一直疑惑不解，怎么丁梅斯代尔先生所患疾病的本质从来没有明白地袒露给他。这样的涵养实在太少见了！

　　过了一段时间，在罗杰·齐灵渥斯的暗示下，丁梅斯代尔的朋友们做出了安排，让他们两人住在一栋房子里，这样牧师的生命潮汐的一起一伏都尽在这位乐于助人、形影相随的医生眼皮底下。此事系众望所归，全城为之雀跃。大家一致认为这是对于年轻牧师的生活福利做出的最好安排。要不然，就照那些自认为有权敦促他的人时常劝导的那样：从在精神上崇拜他的众多如花似玉的少女中，挑选一人作他忠实的妻子。不过，目前看来还很难有望说服阿瑟·丁梅斯代尔来实行。他拒绝了所有这一类的提议，仿佛僧侣的独身主义是他教会规章中的一项条款。因此，根据他自己的选择，他显然注定要永远在别人的饭桌上吃他那份毫无滋味的派饭，同时像那些只能在别人的火炉边取暖的人一样忍受终生的寒冷，由此看来这位明察秋毫、经验丰富、以慈爱为本的医生，加之他对年轻牧师父兄般的关怀以及教民般的崇敬，实在是全人类中唯一可与他形影不离的人了。

这两位朋友的新居属于一个笃信宗教的寡妇,有很好的社会地位,她这座房子所占的地界离后来修建的英王礼拜堂相距不远。房子的一边,有一块墓地,就是艾萨克·约翰逊的旧宅,所以这地方易于唤起严肃的回忆,这对于牧师和医生各自的职业都很合适。那位善良的寡妇,以慈母般的关怀,把前面的一间居室分给了丁梅斯代尔先生。这间屋子是朝阳的,窗上都挂着窗帘,需要时,中午也可把房间弄得黢黑一片。四周墙壁上悬挂着幔帐,据说是戈白林①纺织机上织出的。不管是真是假,上面绣着《圣经》里关于大卫、拔士巴以及预言者拿单②的故事。颜色还没有褪,但画上的那个美丽的妇人,几乎被画得跟宣告灾难的预言者一样面目狰狞。就在这里,脸色苍白的牧师摞起了他丰富的藏书,其中有先哲的对开本桑皮纸精装辑本,有拉比③记述的传说,以及许多僧院的考证汇编——对于这类书的作者,清教徒教士们虽竭力诋毁,却时常不得不备做参考。在这座房子的另一侧,老罗杰·齐灵渥斯布置了他的书房和实验室。用现代科学家的眼光来看,实验室的设备连勉强凑合都称不上。但总算还有一个蒸馏器以及一些调制药品和化验的设备。这个惯于做实验的炼丹术士熟知如何充分利用这些设备。有了这样良好的环境,这两位学者便各自在自己的领域里潜心钻研,不过他们还时常彼此走动,怀着不无好奇之心观察对方的工作。

我们已经提及,阿瑟·丁梅斯代尔牧师那些最知心的朋友们合

---

① 戈白林:15世纪法国著名纺织家。
② 大卫、拔士巴和拿单:据《旧约·撒姆耳后书》,大卫是以色列国王;拔士巴是一个美女,原为乌利亚之妻,大卫夺为己有,杀其夫;拿单是一个预言家,曾预言大卫必遭祸殃。
③ 拉比:即犹太教教士,基督教的诞生与古犹太教有渊源,因此拉比的著述对基督教具有文献价值。

乎情理地认为这一切都是天意的安排，以期恢复年轻牧师的健康。而这正是人们在公开场合、在家中以及私下所祈祷的。但是，我们必须说明的是，后来有一部分居民开始对丁梅斯代尔先生和那个神秘的老医生之间的关系另有自己的看法了。当没有受过教育的人试图用自己的眼光来观察事物时，他们是极易上当受骗的。不过，当他们通常凭借宽大温存的心胸的直觉来形成自己的判断时，他们的结论往往非常深刻，非常正确，具有超乎自然表象的真理的性质。就我们所谈论的这些人而言，他们对罗杰·齐灵渥斯的偏见，其事实或理由都不值得认真批驳。有一个上了年纪的手艺人，在距当时三十多年前，即在托马斯·奥佛白利爵士①遇害的年代，确实曾是伦敦的一个市民。他出面做证说，他曾经亲眼看见这位医生——当时叫另外一个名字，不过讲故事的人现在已忘记——跟那位著名的老术士福尔曼博士②待在一起，而那个老博士涉嫌与奥佛白利一事有关。另有两三个人暗示，这个技术高超的人在被印第安人俘虏期间，曾参与野蛮人法师的念咒活动，借此增进医学的造诣，因为人们普遍认为这些法师法力无边，时常用邪门歪道奇迹般地治好一些病人。还有许多人——其中不乏头脑冷静，明理务实的人，他们在其他事情上的见解一向颇有价值——也断言，罗杰·齐灵渥斯自从居住到城里以来，尤其同丁梅斯代尔先生住在一起以来，相貌发生了显著的变化。起初，他表情安详若思，一派学者风度。如今，他的脸上有一种前所未见的丑陋和邪恶，而且他们看到他次数越多，其丑相就看得越明显。按照一种通俗的看法，他实验室里的火是从下界取来的，而且是用地狱的柴薪燃烧的。因此，理所当然地，他

---

① 托马斯·奥佛白利爵士（1581—1613）：英国诗人和散文家，后因反对其恩主的婚姻，而被囚于伦敦塔，最后被毒药毒死。
② 福尔曼博士：生卒不详，一说英国星相家，亦可能为作家虚构人物。

的脸孔也就被烟熏得乌黑黑的了。

　　总而言之，有一种广为流传的看法：阿瑟·丁梅斯代尔牧师同基督教世界各个时期的许多特别圣洁的人物一样，不是被撒旦本人依附于身，就是着了魔，被装扮成老罗杰·齐灵渥斯的撒旦的使者勾去了魂。这个恶魔的代理人得到神圣的特许，在一段时间里，暗察他的隐秘，阴谋毁灭他的灵魂。坦白说，任何有理智的人都不会怀疑哪一方会取得胜利。人们抱着不可动摇的希望，翘首企盼牧师唤发起必胜无疑的荣光，冲出争斗的重围。但与此同时，当他们一想到牧师为了赢得这场胜利而必须苦苦挣扎，忍受致命的痛苦，又使人黯然神伤，同情有加。

　　哎，啊，从可怜的牧师眼睛深处的那种阴郁与恐怖来判断，这场斗争是极其艰辛的，远非稳操胜券。

十　医生和病人

老罗杰·齐灵渥斯一生脾气平和，虽然不是温情脉脉，但心地善良，而且在待人处事上，始终是一个纯洁正直的人。他把自己想象成一个法官，秉承其严肃认真和一视同仁的办事态度，开始了一次调查。他一心只求真理，甚至仿佛那问题并不牵涉到人的感情以及他自己蒙受的委屈，完全如同几何学中凭空画的线与画的图形。不过，在他进行过程中，有一种可怕的魔力，一种强烈的不露声色的紧迫感紧紧地攫住老人，而且在他完成其全部旨意之前，绝不放松。如今他像一名在探寻黄金的矿工，掘进这可怜牧师的心；或者宁可说，像一个掘墓人掘进一座坟墓，可能在搜寻埋葬在死者胸上的一颗珠宝，但十分可能除了遗体残骸之外一无所获。如果这些正是他要探寻的东西，那么呜呼哀哉，让我们为他自己的灵魂举哀吧！

有时候，从医生的眼里闪出一道光，蓝幽幽的不祥之光，像是炉火的反光，或者我们也可以说，像是从班扬①小山边上可怕的门洞中射出来的、闪耀在朝圣者脸上的鬼火。这名黑黝黝的矿工正在挖掘的这块土地，也许已显露出一些使他得到鼓舞的迹象。

"这个人，"有一次在类似这样的时刻他自言自语道，"虽然人们都认为他很纯洁，看上去一身灵气，但他骨子里从父亲或母亲那里继承了一种强烈的兽性。让我们沿着这条矿脉的方向再往里挖掘一下！"

于是，他对牧师幽暗的内心进行了长期的探索，翻找出了大量宝贵的材料，它们都体现了实现人类幸福的崇高理想、对灵魂的热爱、纯洁的情操以及自然的虔诚等，它们全是思索和研究的结晶，闪耀着启示的光芒，然而这一切无价之宝对于这个探索者无异于是一堆垃圾，一无所用。在此之后，他只好沮丧地转过来，开始向另一个方向探寻。他鬼鬼祟祟，蹑手蹑脚，左顾右盼，小心翼翼地向前摸索，形同一个小偷潜入一间卧室，想去窃取主人视如眼珠一样的宝物，而主人却躺在那里半睡半醒，或者简直还睁大着眼睛。尽管他事先做了周密的筹划，但是地板不时地会吱嘎作响，他的衣服也会窸窣有声，而且在接近"禁区"时，他的身影也会投射到他的那个受害者的身上。用另外的话来说，丁梅斯代尔先生敏锐的神经常常产生精神直觉的效果，他会隐隐约约地感觉到某种威胁着他和平的东西已经闯进来跟他发生了关系。但是老罗杰·齐灵渥斯也具有近乎直觉的感知能力。当牧师向他投来惊恐的目光时，医生便坐在那里，成了牧师温存、关切、同情的朋友，而决不再咄咄逼人，探人隐私了。

如果一个心病患者常有的那种病态没有使丁梅斯代尔先生对全

---

① 约翰·班扬（1826—1688）：英国作家，著有《天路历程》，文中所述大多是书中作者梦中所见。

人类抱有怀疑的话,那么他或许会对这个人的品格看得更充分些。由于他不相信任何人是他的朋友,因此当敌人真的出现时,他不可能把他辨认出来。所以他依旧跟老医生交往密切,每天在书房里接待他,或者到他的实验室去做客闲坐,看他如何将药草制成药剂。

一天,他立在窗边,一手支着前额,肘部垫在朝墓地敞开的窗子的窗台上,同罗杰·齐灵渥斯闲聊,此时那老人正在检验一束样子难看的植物。

"你在哪儿,"他斜视着那簇植物问道——这是牧师的一个特点,近来他很少直视任何东西,不管是人还是物——"我好心的医生,在哪儿采到这些叶子又黑又蔫的药草的?"

"就在这儿附近的坟地里就有,"医生答道,一边继续干他的活。"这种草我从前也没有见过。我是在一座坟墓上发现的,那座墓没有墓碑,除了这些丑陋的野草外,也没有其他东西来纪念死者。这种草是从他的心脏里长出来的,或许代表跟他一起埋葬的某种可怕的秘密,那个他生前最好坦白出来的秘密。"

"很可能,"丁梅斯代尔先生说,"他倒是诚心诚意想那样做,可是做不到。"

"为什么?"医生接着说,"你瞧大自然的一切力量都诚挚地要求忏悔自己的罪过,就连这些黑色的野草都从埋在土里的死者的心里破土而出,把一桩没有说出来的罪恶公之于世,为什么他却做不到呢?"

"善良的先生,那只是你的想象而已,"牧师回答道,"如果我的预感不错的话,除了上帝的慈悲,没有任何力量,无论是用言语还是给带上这种或那种标志,能够揭开埋藏在一个人心里的秘密。因为那颗隐藏这样的秘密而自感有罪的心必然要严守秘密,直至一切隐私都给揭露出来为止。同时,就我自己阅读和解释的《圣经》而论,我并不认为,揭露人的思想与行为就一定是对他的一种报应。这确实是一种很肤浅的看法。事实并非如此。要是我的看法并非完全错了的话，我认为这些揭示的意义，仅仅给予智者获得一份精神上的满足而已。他们在那一天会站在一旁，看一看生活中的这个长期秘而不宣的问题是如何给揭示的。对于人心的了解将会有助于那个问题的彻底解决。再者，我认为你说的隐藏这些可怜秘密的人，到了最后那一天也许会主动坦露，不仅毫不勉强，相反有一种难以言喻的欢愉。"

"那么，为什么不现在就坦露呢？"罗杰·齐灵渥斯问道，眼睛悄悄地睨视着牧师，"有负罪感的人为什么不尽早得到难言的欢愉呢？"

"他们中大多数人是这么做的，"牧师一边说，一边紧紧捂住自己的胸口，像是有一阵剧烈的疼痛袭上心头。"许许多多可怜的灵魂，不仅是在弥留之际，而且也在身强力壮、名声良好的时候，向我作忏悔，倾吐心中的秘密。我亲眼看见，那些负罪的兄弟们在作了这样的忏悔后，心情是多么的轻松啊！就像被污浊的空气窒息了许久之后，终于呼吸到了自由的空气。难道不是这样吗？一个不幸的人，比方说犯了杀人罪吧，怎么会宁肯把死尸埋葬在心底，而不立刻扔出去，听凭大自然去照料他呢？"

"然而，确实有人是这样埋藏自己的秘密的。"医生心平气和地说。

"不错，有这种人，"丁梅斯代尔回答说，"不过，无须去设想更加明显的原因，我们可以说，他们之所以闭口不说，正是出于他们的本性。或者——我们能不能这样假设——他们虽然有罪，但仍然对上帝的荣光与人类的幸福保持着热情，因此他们迟疑不决，畏缩不前，不敢把自己见不得人的丑行展现在人们眼前，因为，这样一来，他们就不能再有善行，而过去的邪恶，也无法用修德积善来赎补。因此，他们只好默默忍受着难言的痛苦，出入于他们的**同伴**

之间，表面看去像新落下的雪一样洁白，而内心却沾满了罪恶的斑痕，无法洗刷干净。"

"这些人不过在欺骗自己罢了，"罗杰·齐灵渥斯用异乎寻常的强调口吻说，同时用他的一根食指轻轻地做了个手势。"他们害怕接受他们应得的耻辱。他们对人类的爱，他们为上帝效劳的热忱——这些神圣的冲动也许跟邪思恶念共存同处于他们的心中，或许没有共存同处，但不管怎样，他们的罪孽已把心扉的大门向邪恶敞开，而邪恶一定要在他们的心中繁衍罪恶的种子。不过，要是他们真想为上帝增光添彩，就不要朝天举起他们肮脏的双手！要是他真愿为他们的同伴们效劳，就让他强制自己忏悔卑劣的灵魂，来表明良心的存在和威力！噢，明智和虔诚的朋友，你难道要我相信虚伪的外表比之上帝自己的真理更重要吗？更有益于上帝的荣耀、人类的福祉吗？相信我吧，这种人在欺骗自己！"

"或许是这样吧！"青年牧师淡淡地说，好像是故意放弃一场他认为不相干的或不合时宜的讨论。的确，他总有一种本领回避掉会刺激他那过于敏感和紧张气质的话题。"不过，我现在倒要请教一下我的医术高明的大夫，你是否认为你无微不至的关怀确实让我虚弱的身体获益匪浅了呢？"

罗杰·齐灵渥斯还没有来得及回答，他们就听到从附近的墓地里传来了一个小孩子清脆而狂野的笑声。时值盛夏，窗门敞开，牧师本能地向窗外望去，看到海丝特·白兰和小珠儿正走在穿过坟场的小径上。小珠儿看上去像白昼一样美丽，但正处于一种反常的戏谑的情绪之中。每逢这种时候，她便好像完全不通情理，与人间隔绝。此时，她正大不敬地从这个坟墓跳到另一个坟墓，最终跳到一个已故的大人物——说不定就是艾萨克·约翰逊吧——的宽大、平整、刻有纹章的墓石上，就在上面跳起舞来。听到她母亲又是命令又是恳求，要她行为规矩些，小珠儿才停住脚，转向一棵生长在坟墓旁的高大的牛蒡上采集带刺的牛蒡果。她摘满了一大把以后,便缀在母亲胸前的红字四周,顺其笔画一一插上,因为牛蒡果是有刺的,它们便牢牢地扎在上面了。海丝特并不把它们取掉。

罗杰·齐灵渥斯这时已走到窗前,面带狞笑向下望去。

"在这孩子的气质里没有法律,没有对权威的敬畏,对于人类的法典或舆论,不管正确与否,都无所顾忌。"他说道,与其说他在跟他的朋友说话,还不如说是自言自语。"有一天,我看到她在春日巷的水槽边,竟然往总督身上泼水。天哪,她究竟是什么东西呢?这小鬼是邪恶的化身吗?她有感情吗?在她身上能看到什么人性的原则吗?"

"没有——只有无法无天。"丁梅斯代尔先生非常安详地回答说,仿佛他在跟自己讨论这个问题。"至于是否会变好,我就不得而知了。"

那孩子大概听到了他们的声音,因为当她仰面朝窗子看时脸上露出欢快的却又含有智慧与顽皮的微笑,随手向丁梅斯代尔扔了一颗带刺的牛蒡果。这位敏感的牧师神经为之一震,向后一缩,避开那颗飘然而来的飞弹。珠儿探到了他的感情,一阵狂喜,不禁拍起了小手。海丝特·白兰也同样禁不住仰起面孔来看,于是这老少四人默默地互相瞅着。后来,孩子放声大笑起来,并且大叫:"走吧,妈妈!走吧,要不,那边那个老黑人要来抓你了!他已经抓住了牧师。走吧,妈妈,要不,他就抓住你了!可他抓不住小珠儿!"

这样,她拽走了她母亲,在那些埋着死人的坟头上跳来蹦去,欢欣雀跃,不亦乐乎,仿佛她与地下的老一辈人毫无共同之处,也不承认自己跟他们是同宗同族。仿佛她是新造出来的,是由新的元素构成的,所以必须允许她过自己的生活,有她自己的法则,而不能将她的那些怪癖看作是一种罪过。

"再说那个女人,"罗杰·齐灵渥斯停了一会儿后接着说,"不管她有什么样的过错,她可没有把你认为痛苦得难以忍受的深藏不露的罪孽弄得神秘莫测。你看,海丝特·白兰是不是因为胸前佩戴了红字,而减轻了一点痛苦?"

"我相信是这样,"牧师回答道,"不过,我不能替她回答。她脸上有一种痛苦的表情,一种我不愿意看到的表情。话说回来,我认为一个遭受苦难的人,像这个可怜的妇人海丝特那样,要是能自由地表达自己的痛苦,总比闷在心里要好。"

两人沉默了片刻。医生重新开始检验与整理他采集来的那些药草。

"刚才你问过我,"他终于又开口了,"我对你健康的看法。"

"是啊!"牧师回答道,"我很想听听。你坦率地说吧,不管我是要死去还是活着。"

"那么,我就坦率直说了。"医生说道,手里仍在摆弄药草,但他的眼睛却暗中盯在丁梅斯代尔先生身上,"你的毛病有一点奇特。不是病的本身,也不是外面的症状——至少,就我到目前观察到的症状来说是如此。我每天看着你,我善良的先生,过去的几个月里,我一直在观察你的气色,我该说你病得很重,但是又还没有病到叫一个细心的、训练有素的医生感到束手无策、不可救药的程度。但是我不知道怎么说——这病我似乎知道,又似乎不知道。"

"你在打哑谜吧,博学的先生。"面色苍白的牧师说,眼睛斜视窗外。

"那么,我就说得更明白些,"医生继续说道,"不过,为了使我的谈话开诚布公,我先要请你原谅——假如有必要求得原谅的话,作为你的朋友,也是作为受上天之命照管你的生命和健康的人,我来问问你:你有没有把你的病况全盘托出向我详细说明了呢?"

"你怎么能这样盘问呢?"牧师问道,"当然,请来了医生却又隐瞒病情,不是闹儿戏!"

"那么,你的意思是说,我全都知道了。"罗杰·齐灵渥斯故意这样说,眼睛凝视着牧师的面孔,高度的聚精会神使目光炯炯有神。"但愿如此吧!不过,我还是要说!要是只把外表的肉体的病况告诉医生,那么他往往只知道要他医治的病的一半。肉体上的疾病,我们常把它当作疾病的全部和整体,其实,很可能只是精神方面某种疾病的一个症候。我的好先生,要是我的话有一丝一毫冒犯的地方,我再次请你原谅。先生,在我所认识的一切人当中,我可以说,你是肉体与精神最密切联系、融合一致的人,肉体只是精神的工具而已。"

"那我无须多问了,"牧师说道,匆匆地从椅子里站起来。"我看,你并不卖医治灵魂的药!"

"这就是说,一种疾病,"罗杰·齐灵渥斯用原来的语气继续说,没有在意他刚才的话给打断了——只是站了起来,用他矮小、黝黑、畸形的身体跟那个面容憔悴、双颊苍白的牧师相对峙。"你精神上的一种疾病,或者我们叫它一块心病,会立即在你肉体上做出相应的表现。因此,你会叫你的医生只医治你肉体上的病吗?要是你不肯把你灵魂深处的创伤或烦恼首先向他袒露,他又怎能对症下药呢?"

"不,绝不对你讲,我绝不会对一个世俗的医生讲的!"丁梅斯代尔先生情不自禁地叫道,一双明亮而凶狠的眼睛转过来对着老罗杰·齐灵渥斯。"我不会对你说的。不过,如果我的灵魂真的患了病,我将把自己交给一个医治灵魂的医生。一切都随他,他可以治愈我的病,也可以杀死我!他爱怎么处置我就怎么处置我,用正义或用智慧,随他的便。而你是何许人,竟要插上一手,胆敢置身在受难人和他的上帝之间!"

他戴着一副发狂似的姿态冲出屋去。

"走到这一步也很好,"罗杰·齐灵渥斯自言自语道,一面望着牧师的背影,一面阴森森地微微一笑。"受激情支配,已无法自主了!一种激情能如此,另一种激情当然也会如此!这位虔诚的丁梅斯代尔牧师在此之前,在他内心燃起热烈的激情时,肯定做出了越轨的事!"

事实证明,把这两个伙伴之间的友好关系恢复到原先的样子、原先的亲密程度并不难。年轻的牧师在自己房里独处了几个小时之后,觉得他不该发那么大的脾气,那完全是由于他神经的失控所致,其实在医生的话里是找不出自己发火的理由或借口的。他对那个亲切的老人表现得如此粗暴无礼,确实使他感到惊慌,在医生方面不过是尽职责,坦言相告他的病情,何况这还是牧师本人恳求的呢。他怀着这样悔悟的心情,立刻赶去对他的朋友赔礼道歉,求他继续替他治病,即使没有使他身体恢复健康,但他虚弱的生命能延长到现在,可以说全亏他的帮助。罗杰·齐灵渥斯欣然同意,并继续为牧师观察治疗。他竭尽全力替他诊治,可是每次治疗完毕离开病人房间时,他的嘴角上总是浮现出神秘莫测的微笑。医生的这一表情当着丁梅斯代尔先生的面是看不到的,但一跨过门槛往外走时,就变得十分明显了。

"这病真稀奇!"他喃喃自语,"我得更仔细地观察。这是灵魂和肉体之间的一种交叉感应!即使只是为了医道,我也必须把这件事查它个水落石出!"

在上述那一幕发生之后不久,有一天正午,丁梅斯代尔先生不知不觉地坐在椅子里酣睡过去,睡得非常深沉。他面前的桌上放着一本黑字体的大书。这本书准是催眠术文献中卓有功效的一部作品。牧师平素睡眠浅浮,时断时续,如同栖息在树枝上的小鸟一般极易受惊。而现在他这样深沉酣睡,就越发值得注意了。不管怎样,此时他的精神完全沉浸在这种非同寻常的酣睡之中,以致当罗杰·齐灵渥斯并没有特别放轻脚步走进他的房间时,他居然在椅子里没有动弹一下。医生一直走到他的病人跟前,把手放在牧师的胸口上,撩开迄今为止诊病时从未解开过的法衣。

此时,丁梅斯代尔先生确实畏缩了一下,微微地抖动。

医生稍停一会儿,转身就走了。

然而,他却表露出怎样一种疯狂的神情——惊奇、欢欣而又恐惧的表情啊!事实上,他那一种令人毛骨悚然的狂喜,已远不足以用眼睛和面部表情来表达了,而要通过他整个丑陋的身躯释放出来,他将双臂伸向天花板,用脚使劲跺地板,以这种异乎寻常的姿态来表现他的狂喜!如果有人看到老罗杰·齐灵渥斯此时因狂喜而失态的样子,他就不必再问,当一个宝贵的人类灵魂丧失了天国,坠落进撒旦的地狱之中时,那恶魔该是怎么个样子了。

不过,医生的狂喜同撒旦的狂喜不同之处在于,前者含有惊奇的成分!

十一　内心深处

在前述的事件之后，牧师和医生之间的交往虽然在外表上一如既往，但是在性质上却与以前大不相同。罗杰·齐灵渥斯的思路如今十分清晰明白。这条路确实不是原先他替自己安排要走的路径。虽然他表面上显得很平静，温文尔雅，无动于衷，但我们担心，在这个不幸的老人心里深深埋藏着的恶意，过去一直隐伏不露，现在却活跃起来，并驱使他想象出世人前所未有过的、最为诡秘的复仇手段向敌人实行报复。他把自己装扮成一个可以依赖的朋友，让对方向他吐露心中的一切恐惧、自责、痛苦、徒劳的悔恨、无法排解的负罪的思绪等等。隐藏心底的一切内疚本该受到世人博大胸怀的怜悯和原谅，如今却偏偏要袒露给这个毫无怜悯之心、绝不宽恕的人！珍藏在内心的全部秘密，竟然要倾诉给这样一个人，那倒真是恰好使他可用来实现复仇的夙愿了！

牧师羞涩和敏感的本性一直遏制了这个计划的实现。然而，罗杰·齐灵渥斯对事态的进展几乎丝毫没有不满的情绪。那是天意做此安排，以替代他不可告人的计谋，也就是说天意要按自己的意图来摆弄复仇者及其受害者，说不定看起来最该受罚者却被宽容了。

他几乎可以说，他已经领悟了这么一个启示。至于这个启示是来自于上天，抑或其他什么地方，这对他的目标来说都无足轻重。由于有这个启示的帮助，在他同丁梅斯代尔先生随后的关系中，不仅牧师外表的言行举止，而且连灵魂深处的秘密都似乎呈现在他眼前，致使他能看清和理解牧师的每一个细微变化。这样，他在那可怜的牧师的内心世界中，就不仅是个旁观者，而且成了一名主要的演员了。他可以随心所欲地支配他。他要用剧痛使牧师猛醒吗？那受害者反正一直处于一触即发的状态，他只需要知道控制引擎的弹簧就行了，而对此医生知道得一清二楚！他要用突如其来的惊恐使牧师大惊失色吗？那只要像魔术师一样把魔杖一挥，就会有一群狰狞的幽灵——成千成万的幽灵——腾空而起，以千奇百怪的死亡或更加可怖的形象出现，团团围住牧师，用手指直戳他的胸膛！

　　这一切都做得十分巧妙诡秘，所以牧师虽然不时朦胧地感到有一种邪恶的势力在窥伺自己，却总不能明了它的实质。的确，他望着那老医生畸形的身躯时，心中一直存有疑虑和畏惧——有时甚至带有恐怖和刻骨的仇恨。他的姿势，他的步态，他花白的胡须，他的最细微和最不相干的动作，甚至他衣服的式样，在牧师的眼里都是可憎的。而在牧师的心中，早就对他怀有一种深深的反感，这是不言而喻的，但牧师却不肯承认。因为他对于这样的疑虑和憎恶不可能找到一个理由，同时，他又意识到一个病灶的病毒正在感染他整个的心脏，所以丁梅斯代尔先生也就不再给他自己的预感去寻找原因了。他责备自己不该对罗杰·齐灵渥斯抱有反感，忽略了他该从这种反感中吸取的教训，并竭尽全力想把它彻底铲除掉。然而，他无法做到这一点，于是便按一般原则来待人处事，继续跟老人保持密切的交往，这样也就不断地为对方提供实现其目的的机会。为此目的，老人殚精竭虑——啊，多么可怜而孤寂的老人，他比他的牺牲品更为不幸！

就在丁梅斯代尔牧师肉体上备受疾病的痛苦,精神上忍受灵魂深处不可告人的烦恼的煎熬与折磨,行动上又只得听他死敌的任意摆布的这段时间里,他在他神圣的职务上却大放异彩,声名鹊起。事实上,他在很大程度上是靠他的忧伤赢得这种声誉的。他的聪明才智,他的道德感知,以及他领受和交流感情的能力,由于日常生活的痛苦与刺激,而保持在一种超乎自然的状态之中。他的名声虽然只是初露锋芒,却已经超过了他的同行,其中有几个还颇有声望。他们中间有些学者在神学领域中为从事深奥的研究所消耗的岁月,比丁梅斯代尔先生活的年纪还要长,因此,他们无论在坚实的基础理论方面,还是在有价值的成果方面都要比他们的这位小兄弟高强得多。还有一些人,他们的心地比他更刚毅,赋有比钢铁更锐利、比岩石更坚强的理解力;如果再注入适当的教义的成分,就可以造就出令人崇敬的、高效的、至高无上的神职典范。还有一些人是真正圣洁的牧师,他们的思想由于孜孜不倦地读书和冥思苦想,而变得缜密和精练;再者,由于一直与高尚的精神世界交流,耳濡目染,而变得超凡脱俗。这些神圣的人物,虽然仍紧裹在世俗的衣裳里,但他们纯洁的生活已经进入净界仙境。他们缺少的,只是在圣灵降临节①时天赐给特选圣徒们的那种天赋——"火焰舌头"②;不过它所象征的不是讲外国语或无人通晓的语言的能力,而是用心灵的语言对全人类讲话的能力。这些本来可以成为圣徒的神父们,缺乏的就是上天赐予他们行使职权的最后也是最难得的资格,即火

---

① 督教的圣灵降临节,即犹太人的五旬节,在复活节后的第七个星期日。其间十五天为复活节季节。

② 据《新约·使徒行传》记述,五旬节来临,门徒聚在一处;天上忽传来响声,仿佛吹过一阵大风,弥漫屋宇;又有舌如火焰,分别降临在各人头上,他们全为圣灵所罩,遂依圣灵所赐之口才,说起异国言语。

焰的舌头。如果说他们曾梦想寻找过这种能力，那么他们的努力是徒劳的，未能成功地运用日常语言和比喻这些最普通的媒介来表达最崇高的真理。他们的声音是从他们惯常居住的高处传来的，又遥远又不清楚。

丁梅斯代尔先生就其性格上的许多特点来说，很可能自然地属于后一类人。他本来可以攀登上信仰和圣洁的巅峰，但是他背负罪恶与痛苦的重荷，阻挠了他向上的攀越，而注定要在底下蹒跚而行。重荷把他往下拽，拽到了最底层。拽下来的他，原是一个富有灵性的人，要不然他的声音连天使也会悉心聆听，并与他对话。不过，正是这个重荷使他对犯下罪孽的人类同胞怀有深切的同情；使他的心跟他们的心谐振共鸣；使他的心能接纳他们的痛楚，并将这种痛楚用忧伤感人的言辞传送到成千上万人的心里去。他的讲话总是那么娓娓动听，令人心服，但有时也让人感到可怕。人们不知道究竟是什么力量使他们这般感动。他们把这位年轻的牧师视为神圣的奇迹。他们将他想象成传达上帝智慧、训诫和博爱的代言人。在他们的心目中，他踩踏过的土地是神圣的。教堂里的处女们围在他的身边，一个个变得脸色苍白，成了情欲的牺牲品，而在她们的情欲中渗透着宗教的情感。她们把这种情欲全然想象为宗教性的，将它和盘托出，就像摆在祭坛前最可接受的祭品。他教区内年长的教徒，虽然他们自身病魔缠身，眼看丁梅斯代尔先生身体如此孱弱，相信他一定会先于他们升上天国，因而谆谆嘱告他们的子孙，一定要将他们的老骨头埋葬在他们年轻牧师的神圣的坟墓旁边。而每逢丁梅斯代尔先生想到自己的坟墓时，或许他就在扪心自问，坟头上会不会长出草来？因为在那埋葬的是一个可诅咒的家伙！

简直令人难以置信，公众对他的崇敬，反倒深深地折磨着他，使他痛苦万分！他真正追慕和敬崇的是真理，把其他一切东西视若影子，完全没有分量或价值，因为在它们的生活中缺乏生命般神圣的精粹。那么,他是什么呢?——是一种实在的物体,还是一切影子中最暗淡的影子?他渴望站在自己的布道坛上,用最高的声音告诉大家他是一个什么样的人:"我——你们看到的身披牧师黑袍的这个人;我——登上神圣讲坛,脸色苍白,仰望上天,替你们向至高无上的、无所不知的上帝传达福音的这个人;我——你们认为他日常生活像以诺①一般圣洁的这个人;我——你们以为他在人世间的旅途上留下一条光明道路,追随他的足迹的朝圣者便可引向天国的这个人;我——亲手给你们的孩子施行洗礼的这个人;我——为你们的亡友诵念临终祈祷,为他们离别世界轻微地响起一声'阿门'的这个人;我——你们的牧师,你们如此敬仰和信任的这个人,完完全全是一个败类,一个骗子!"

丁梅斯代尔先生不止一次在登上布道坛时,打定主意非把上述的这番话说出来,否则就不再走下讲坛来。他不止一次清好嗓子,战战兢兢深深吸上一大口气,准备在再度吐气的时候,把他灵魂深处最见不得人的秘密全部吐出来,一吐为快。不止一次,不,不止一百次——他确实已经说出来了!说出来了!但是怎样说的呢?他告诉他的听众,他是彻头彻尾的卑鄙小人,是最卑鄙的人中最卑鄙的人,是最恶劣的罪人,是一个令人憎恶的家伙,是一个难以想象的邪恶的东西。他还对他们说,多么奇怪,他可怜的躯体被上帝的怒火给焚烧得如此干枯萎缩,而且这一切就在他们眼前发生,他们却为什么视而不见呢!难道还能比这番话说得更明白的吗?难道那些听讲的人还不该冲动起来,从座位上站起来,把他从被他玷污的布道坛上拉下来吗?没有,当真没有!他们全都听进去了,可是却越发敬重他。他们绝少去猜疑在他那番自我谴责的言辞中潜藏着多

---

① 以诺:这里指与上帝同行的人,参见《旧约·创世记》第五章第二十四节。

么致命的含义。"多么神圣的年轻人!"他们彼此喁喁私语。"这位人间的圣者!天哪,既然他在自己洁白无瑕的灵魂中都能察觉出这样的罪恶,那么,他在你我的灵魂中又会看到多么可怕的样子呢!"牧师深知人们会怎样来理解他那含糊其词的忏悔。他深知,却不言明,足见他是个多么狡猾、多么伪善的忏悔者!他极力想把罪恶的良心公之于众来欺骗自己,但是他得到的只是另一种罪孽,一种自认的耻辱,而这种自欺并不使他享受到片刻的安宁,心安理得。他本来说的都是真情实话,结果却成了弥天大谎。可是,他天性热爱真理,厌恶谎言,能及他者,寥若晨星。因此,他厌恶不幸的自我尤甚他人!

  他内心的烦恼驱使他在处世行事时,更多地遵循罗马天主教陈腐的教义,而没有依从抚育他成长的基督教教会给予他的良好的启示。在丁梅斯代尔深锁的密室里,有一条血迹斑斑的鞭子。这个集新教和清教于一身的牧师时常用它鞭打自己的肩膀,边打边苦笑,并因为那苦笑而抽打得益发无情。他也像许多别的虔诚的清教徒一样,有斋戒的习惯——不过,别人斋戒为的是净化肉体,以便能更好地吸收上帝的灵光,而他的斋戒则不同,他严格地将它当成一种自我惩罚,一直坚持到他的双膝颤抖为止。他还一夜接一夜彻夜不眠做祈祷,有时在一片漆黑之中,有时只有一盏昏灯做伴,有时他则把最强的光线射到镜子上,在镜中观看自己的脸孔。就这样,他不断地自省,实际上却是在折磨自己,而不能使自身得到净化。在这些漫长的彻夜祈祷中,他时常头晕目眩,似乎有许多幻影在眼前飞舞;这些幻影在室内的幽暗中靠自身发出的微光,看上去若有若无;有时则出现在镜子之中,近在咫尺,显得更清晰些。这些幻影时而成为一群恶魔,冲着脸色苍白的牧师露齿狞笑,召唤他随他们同去;时而它们成为一群闪光的天使,像满载着哀愁沉重地向上飞翔,然而越飞越轻巧。时而他少年时代已故的朋友来了,他的父母亲也来了，面带愁容，须发花白；他母亲走过时，却把脸转了过去。在我看来，一个母亲的幽灵——即令是一个母亲最淡薄的幻影——也会对她儿子投以怜悯的目光吧！随后，在这个被光怪陆离的思想弄得十分阴森可怖的暗室中，海丝特·白兰领着身穿猩红衣服的小珠儿飘然而过，那孩子伸出食指，先指了一下母亲胸前的红字，然后又指指牧师本人的胸膛。

这些幻影从未使他发生过错觉，无论任何时候，他依靠自己的意志力，都能透过虚无的迷雾，辨认出它们的实质，同时使自己确信它们在本质上并非像旁边那张雕花的栎木桌子或者那本巨大的、正方形的、皮封面带铜搭扣的神学著作那样实实在在。但是，尽管如此，在某种意义上说，它们都是可怜的牧师正在对付着的最真实、最实在的东西。像他过的这种虚假的生活，真有一种难言的痛苦，因为我们周围的一切现实，原来都是上天赐给人们精神上的喜悦和养料，但现在对他来说，其精髓与实质都被窃取一空。对于不真实的人来说，整个宇宙都是虚假的，不可捉摸的，从他的掌握下悄然逝去，化为子虚乌有。而他自己，至少在虚假的光线中映现出来的他自己，就变成了一个阴影，或者更确切地说，已不复存在了。继续使丁梅斯代尔先生感到自己是这个世界上一个真正存在的唯一的事实，就是他灵魂深处的痛苦，以及由此造成的外貌上无法掩饰的痛苦表情。如果他居然能找回微笑的能力，换上一副笑容可掬的模样，细心地给自己梳洗打扮了一番，然后以同样认真的态度，悄悄走下楼梯，打开门，向外走去。

十二　牧师夜游

　　丁梅斯代尔先生可以说是在梦幻的阴影中行走，也可以说实际上在梦游症的影响下行走。他走到了几年前海丝特·白兰第一次示众受辱的地方。那同一座平台或者叫刑台，依然矗立在议事厅的阳台下，只是经过了悠长的七个年头，饱受风吹日晒雨淋，已变得污黑颓败，而且在这期间，又有许多犯人登台示众，给踩损使旧了。牧师一步步走上台阶。
　　那是五月初的一个朦胧的夜晚。黑沉沉的云幕笼罩着从天顶直到地平线的整个天空。假如现在能够把当年围观海丝特·白兰当众受辱的人群重新召集起来的话，那么，他们也无法在这昏暗的午夜里辨认出台上人的面孔，甚至难以分清人形的轮廓。不过，这时全城镇的人都在酣睡，因此没有被人发现的危险。只要牧师愿意，他可以一直站在那里直到旭日映红东方。除了阴湿寒冷的夜风会侵袭他的肌体，风湿症会僵化他的关节，黏膜炎和咳嗽会梗塞他的喉咙之外，别无其他危险了。但即使真的染上这些病症，也无非是让明天希望参加祈祷和听布道的人群感到失望而已。除了那个始终保持警觉，看到过他在密室中用血淋淋的鞭子抽打自己的人之外，没有谁的眼睛会看到他。既然如此,他为什么还要到这里来呢?难道只是对忏悔的嘲弄?这确实是一种嘲弄,但是在这种嘲弄中他自己的灵魂却受到了玩弄!这种嘲弄,天使看见了也会为之羞惭脸红,暗暗流泪;恶魔也会额手称庆,咧嘴狞笑!他是被那追逐得他无地自容的"悔恨"驱赶到这里来的,而这"悔恨"的胞妹与密友则是"懦怯"。每当"悔恨"的冲动逼迫他走到坦白的边缘时,"懦怯"就一定会用颤抖的双手把他拖回去。可怜的不幸的人啊!像他这样一个柔弱的人怎能承受起罪恶的重负?罪恶是给神经坚如钢铁的人准备的,他们可以自行选择:不是默默忍受,便是在逼得忍无可忍时,使尽他们全身凶猛蛮狠的力气,孤注一掷,以求一逞。这个身体孱弱而精神敏感的人二者都做不到,却又彷徨徘徊于二者之间,时而这,时而那,终将把犯下天理不容的罪孽的痛苦与徒劳无益的悔恨纠缠在一起,结成死结。

就这样,当丁梅斯代尔先生站在刑台上进行这场自欺欺人的赎罪表演时,他的心为一个巨大的恐惧所控制,仿佛天地万物都在注视他裸露胸膛上的那个红色印记——它正好在他的心口处。正是在那个地方,他确确实实感到肉体痛苦的毒牙在咬啮着他,而且为时很久了。他失去了意志力和自制力,高声尖叫起来。这喊声在夜空中嘶鸣,在一家又一家的房舍之间震响,在背后的山岭里回荡,像是有一伙魔鬼发现这声音中充满了不幸和恐怖,便将它当作玩物,抛来抛去嬉戏玩弄。

"完了!"牧师用双手捂住嘴,喃喃说道。"全城的人都会被惊醒,匆匆赶来,在这里发现我!"

但是实际情况并非如此。这声尖叫在他自己受惊的耳朵里的回响,也许远远超过它的实际力量。城里的人并没有给闹醒,或者,即使是给闹醒了,但是睡得昏昏沉沉的人把这喊声误以为是惊梦中的呼喊,或者是巫婆的闹声——在那个时期,当巫婆随着恶魔飞过天际时，在移民聚居区或孤家村舍上空时常可听到她们的声音。牧师没有听到骚动的迹象，便睁大双眼，向四周望了望。在稍远的另一条街上，在贝灵汉总督宅邸的一个内室的窗口，他看到了这个老长官的身形，手里提着一盏灯，头上戴着白色的睡帽，身上裹着长长的白色睡袍。他看上去活像一个从坟墓里钻出来的鬼魂。显然刚才的叫声惊醒了他。再者，在这同一座房子的另一个窗口，出现了总督的姐姐，西宾斯老太太，她手里也拿着一盏灯，尽管隔得很远，却仍能看出她脸上那副愠怒不满的表情。她把脑袋探出窗框，不安地朝天空仰望。无疑，这个令人敬畏的老巫婆听到了丁梅斯代尔的叫喊声，并把这喊声及其无数的回声和反响，解释成恶魔与梦魇的喧嚣，大家都知道她常同他们一起在林中漫游活动。

老妇人一发现贝灵汉总督的灯光，便立即吹熄了自己手里的灯，隐身不见了。很可能她已经飞上云端。牧师再也望不见她的踪影了。总督小心翼翼地观察了一下黝黑的夜色，也从窗边走开了，因为在这样的漆黑夜色之中，要想看到远处，无异于他能望穿石磨的磨盘了。

牧师变得比较平静了些。不过，他的目光很快碰上了一道微弱的闪光，开始在远处，慢慢从街的那一端由远及近。它投射出的微光，让人可辨认出这里是一根灯柱，那里是一道花园篱笆；这里是一扇格子窗的玻璃，那里是一个唧筒，水槽里还灌满了水；这里又是一扇拱形的楞木门，上面还配有一个铁的门扣，下面放着一段粗大的圆木当作门阶。丁梅斯代尔牧师大人对这一切细节都留意观察，尽管他坚信自己的末日随着他听到的脚步声在悄悄地临近，同时，他也知道再过一会儿待那盏灯笼里的灯光照到他自己身上时，便要把他长期隐藏的秘密暴露出来。当灯光越来越接近时，他看到在那光圈里的人正是他的牧师兄弟——或者更确切地说——是威尔逊牧师大人。他正如丁梅斯代尔先生猜测的那样，他定是在某个弥留者的病榻边做完祈祷归来。事实果真如此。这位好心的老牧师刚从温斯洛普总督的停尸房回来，那位大人就在那个时辰里由尘世升入了天国。此时，老牧师像古代的圣者似的，周围罩着一圈光环，使他在这邪恶的黑夜中熠熠发光——这光辉仿佛是已故的总督把自己的荣光遗赠给了他，又仿佛是在老牧师仰望那凯旋的朝圣者跨进天府的大门时，他把遥远的天府光华吸附到了自己身上——总之，此时仁慈的老牧师正手提灯笼，借着灯光走回家去！也正是这盏灯笼的微光，触发了丁梅斯代尔先生上述的种种遐想，他不禁莞尔而笑——不，他几乎对那些想法放声大笑——然后他又怀疑自己是否疯了。

威尔逊牧师大人走过刑台，他一手用黑色宽袖法衣紧紧裹住身子，另一只手把灯笼举到胸前，此时此刻丁梅斯代尔牧师几乎禁不住要开口说：

"晚上好，可敬的威尔逊神父！我请求你上这儿来，跟我一起过一段美好的时光！"

天啊！丁梅斯代尔真的说了吗？有一瞬间，他相信这些话已脱口而出，但是实际上这些话只是在他的想象中说的。可敬的威尔逊神父继续慢慢地向前走，细心地瞧着他脚下泥泞的道路，根本没有朝刑台瞥上一眼。在那闪烁不定的灯光渐渐远去直至全然消逝时，年轻牧师从袭来的一阵昏眩中发觉，刚才的几分钟确实是一场叫人失魂落魄的危机，虽然他竭力用令人凄然的强颜欢笑来宽慰自己。

不久，类似的可怕而滑稽的念头又悄悄地潜入他脑海中的那严肃的幻想里来了。由于他不习惯深夜的寒气，他觉得四肢越来越僵硬，他甚至怀疑自己是否还能走下刑台的台阶。天拂晓后，人们就会发现他在那里。周围的居民将开始起床。最早起床的人，走进暗淡的晨曦时，将会看到有一个轮廓模糊的身影高高地站立在耻辱台上，于是他出于惊骇与好奇会发疯般地去挨家挨户敲门，召唤人们来看一个死了的罪犯的幽灵——那人肯定是这样认为的。晨霭中的骚动从一家传到另一家，随后，曙光渐渐增亮，老汉们匆匆地爬起床，穿上法兰绒长袍，主妇们竟顾不上脱掉睡衣。平时衣冠楚楚，见不到头上一根乱发的体面人物，此时也会披头散发地跑出来，站在众人面前。老总督贝灵汉会歪戴着詹姆斯王朝时期的环状皱领，紧锁眉头走了出来。西宾斯太太由于夜里在林中漫游，裙裾上还挂着小树枝，而且因一夜未睡，脸色比平时更加难看。好心的威尔逊神父在死者的床边熬了半夜，正在做关于荣耀的圣徒梦，对于这么早从梦中给吵醒，窝了一肚子气。前来的还有丁梅斯代尔教堂中的长老和执事，以及对牧师崇拜至极的少女们，她们各自在洁白无邪的胸中为他建起了神龛，这时因为仓皇混乱都来不及披上头巾。总之，全镇人都会手忙脚乱地跨过门槛走出来，围在刑台旁，仰起他们惊愕惶恐的面孔来探望。他们会隐约地看到那里站着一个人，额头上映着东方的红光，那会是谁呢？除了阿瑟·丁梅斯代尔牧师大人，还能是谁！他这时已经冻得半死，满脸羞惭地站在海丝特·白兰曾经示众的地方！

牧师正被这一荒唐恐怖的情景弄得神思恍惚之时，却不料有人蓦地发出了一阵狂笑，使他大吃一惊。紧接着传来一阵儿童的轻松飘逸的笑声，这笑声使他的心为之颤抖——但是他不知道那是由于剧烈的痛苦还是极度的欢乐引起的——他辨认出那是小珠儿的声音。

"珠儿！小珠儿！"他稍停片刻后叫道。然后，他压低了嗓音说，"海丝特！海丝特·白兰！是你在那里吗？"

"是的，我是海丝特·白兰！"她应答道，声音因惊讶而打颤。这时牧师听见了她的脚步声，她正从人行道上向这边走来。"正是我，还有我的小珠儿。"

"你从哪里来，海丝特？"牧师问道，"你到这儿来干什么？"

"我一直守护在一个死者的床边，"海丝特·白兰回答道，"是在温斯洛普总督的床边，给他量了袍子的尺寸，现在我正往家走。"

"上这儿来，海丝特，你和小珠儿一块过来。"丁梅斯代尔牧师大人说道，"你们母女俩从前已经在这儿站过了，可是我当时没有和你站在一起。再上来一次，我们三个人站在一起！"

她牵着小珠儿的手默默地登上台阶，站在平台上。牧师摸到孩子的另一只手，握住它。在他这样做的一瞬间，似乎有一股不同于他自己生命的新生命的潮水汹涌而来，像一股急流直冲他的心房，注入他的血管流遍全身，仿佛母女俩正把她们生命的温暖传送给他几乎麻木的躯体，三个人形成了一条通电的链条。

"牧师！"小珠儿悄悄地说。

"你要说什么啊，孩子？"丁梅斯代尔先生问道。

"你愿意明天中午，跟我和妈妈站在这里吗？"小珠儿问。

"不，不行，我的小珠儿，"牧师回答道。由于那瞬间注入的精力使他恢复了元气，那长久以来折磨着他生命的害怕示众的恐惧又袭上心头，而且他想到眼前的这种团聚——虽然也有一种奇怪的欢愉，却也叫他心惊胆战。"那不行，我的孩子。真的，相信终有一天，我一定跟你，还有你的妈妈，站在一起，只是明天还不成。"

珠儿笑了，同时想抽出她的手来，但是牧师紧紧地握着它。

"再待一会儿，我的孩子！"他说。

"可你敢答应我吗？"珠儿问道，"明天中午你会拉住我和我妈妈的手吗？"

"明天不行，珠儿，"牧师说，"得换一个时间。"

"那什么时候呢？"孩子一个劲地追问。

"最后审判日。"牧师低声说道——说来奇怪，那是一种职业习惯，一种以传播真理为己任的职业感驱使他对孩子做出这样的回答。"到了那一天，你妈妈，你，还有我都将站在审判席前。但是在这个世界上,光天化日之下是看不到我们站在一起的!"

珠儿又笑了。

但是丁梅斯代尔先生的话还没有说完,乌云密布的夜空,闪出一道宽阔的亮光。这无疑是一颗流星发出的光,守夜时常会看到这种流星在广漠的苍穹中燃成灰烬。它的光是那么的强烈,把天与地之间的层层密云,照得通亮。那广阔无际的苍穹变得雪亮,犹如一盏巨灯的圆顶。它像白昼一样清楚地显露出街道上的熟悉的景色,但是一种不寻常的光照射在熟悉的东西上总会带给人某种可怕的印象。那些建有突出楼层和古怪三角顶楼的木屋;那些周围已发出春草的台阶和门槛;那些覆盖着刚翻出的黑土的园圃,还有那条稍有损坏,甚至在市场区段两侧都长了青苔的车道——这一切都清晰可见,不过都带有一种奇特的模样,似乎给予这世上的一切另一种道义的解释,一种前所未有的解释。就在那里站着牧师,他一只手捂住心口;还有海丝特·白兰,胸前戴着那个针绣的闪闪发光的红字;在她旁边站着小珠儿,她本人就是一个象征,是把两个成人联结在一起的纽带。他们三人站在亮如正午的光辉里,这光既奇特又肃穆,似乎那就是要揭露一切隐秘的光,要把一切相关的人结合在一起的曙光。

在小珠儿的眼神里含有邪气。在她仰望牧师的时候,她的脸上露出一种顽皮的微笑,这种笑使她的表情常常显得很精灵乖巧。她从牧师手里把小手挣脱出来,指着对面的街道,但此时牧师却双手紧捂自己的胸口,眼睛直直地望着苍穹。

在那个年代,凡是流星或者其他比日月的升落不规则的自然现象统统都被解释为超自然力量发出的启示,那是再普通不过的事了。因此,如果在午夜的天空里,看到一支闪光的长矛,一把亮锃锃的利剑,一张大弓,或者一簇箭等这类形象,便认为是印第安人要打仗的预兆。要是天空泻下一道红光,则被认为要发生瘟疫了。

我们简直不相信从移民初期到革命时期,新英格兰遇到的重大事件,无论是好是坏,竟然没有哪一件当地的居民不是事先得到过警告的。它总是通过出现这类性质的某种景象作警告。许多人还不只偶尔一次见到。不过,更多的情况是,这种景象的可信性不过是个别目睹者的心诚所致。他运用他的想象,透过放大、变形和有色的眼镜来看这种奇迹,从而在他再思考它时,形象勾勒得更清晰了。国家的命运居然可在无垠的天空中用这些可怕的符号揭示出来,这个想法实在太了不起了!对于天意来说,在这么宽阔的一幅轴卷上,记述一个民族的命运,恐怕也不能算太大。我们的祖先十分喜好这种信仰,因为那表示出他们还处在幼年时期的共和国正受着上天特别的垂青和严格的监护。但是如果某一个人在同样广阔的卷面上看到一个启示,它只是针对他一个人,那么我们该怎么说呢!在这种情况下,即一个人由于长期和强烈的隐痛而备受自我反省的煎熬,他把自我扩展到整个大自然,以致把苍天看作只是适于他书写历史和命运的一张大纸时,那么我们认为这种"启示"不过是他神经极度混乱的一个症状而已。

因此,当牧师仰望天顶,看见一个用暗红色的光线勾勒而成的巨大字母"A"时,我们只能归咎于他自己的眼睛和心态出了毛病。这倒并不是说,当时根本没有出现流星,没有流星燃烧着穿过薄薄的云霭,但是也绝没有像他罪恶的幻想所赋予的那种形状,或者至少没有那么明确,因为要是有另一个罪人在场,他或许会在其中认出另外一个符号来呢。

在那一瞬间,还有一个特殊的情况可以表明丁梅斯代尔先生的心理状态。在仰望天顶的整个过程中,他始终清楚地注意到小珠儿用手指着站在离刑台不远的老罗杰·齐灵渥斯。牧师好像看见了他,用的是他辨认出天空中那神奇字母的同一种目光。流星的亮光,给他的容貌,正如给其他东西一样,平添了一种新的表情;也可能此时医生没有像在他平素那么小心谨慎,没有隐藏起他注视他的牺牲品的那种狠毒样子。真的,如果说那颗流星带着严正警告海丝特·白兰和牧师末日审判即将来临的磅礴气势照亮了天空,显示了大地,那么罗杰·齐灵渥斯对他们来说就可看作是魔王,站在那里怒目狞笑,前来把他们押走。医生脸上的表情是这般的生动,而牧师对那表情的感觉又是那么强烈,因此即令流星陨落,街道与其他东西全都马上湮灭的时候,那个表情似乎仍留在黑暗里。

"那个人是谁,海丝特?"丁梅斯代尔先生感到一阵恐怖,喘着气问道。"我见到他就发抖!你认识那个人吗?我恨他,海丝特!"

她记起她的誓言,沉默不语。

"我告诉你,我见到他便心寒,浑身发抖。"牧师再次喃喃自语。"他是谁?他是谁?你不能帮我一下吗?我对他感到莫名其妙的恐惧。"

"牧师,"小珠儿说,"我可以告诉你他是什么人!"

"那么,孩子,你快说吧!"牧师说道,弯下身子把耳朵凑近她的嘴唇。"快快说!——你尽量小声悄悄地对我说吧。"

珠儿在他耳边嘀咕了几句,听起来倒真像说话,其实只是儿童们在一起玩耍时发出的逗乐的声音。不管怎样,即令这声音中包含着有关老罗杰·齐灵渥斯的秘密消息,那也是博学的牧师难以理解的,反而增加了他心中的疑惑。于是,那小精灵般的孩子大声笑了。

"你是在跟我开玩笑吗?"牧师说。

"你没有胆量!——你不诚实!"孩子回答道,"你不愿意答应明天中午拉着我和妈妈的手!"

"尊贵的先生,"医生插话了,这时他已经走到平台的脚下。"虔诚的丁梅斯代尔牧师,果真是你吗?哎哟,哟,没错,真是你!我们读书人,埋头在书本里,确实需要人好好照顾!我们醒着时做梦,睡梦中走路,来吧,好好先生,我亲爱的朋友,我请求你,让我带你回家吧!"

"你怎么知道我在这儿呢?"牧师惊恐地问。

"说实在的,"罗杰·齐灵渥斯回答道,"我一点也不知道这事。我大半夜都守在尊敬的温斯洛普总督的床边,用我那一点点医术尽力为他减轻痛苦。他,已经返回美好的世界去了,同时,我,也正往家里走,就在此时天上闪出那道奇怪的光。跟我走吧,牧师大人,求求你啦,不然的话,明天安息日你就没法尽职尽责了。哎呀,瞧瞧,你看这些书本是多么伤人的脑筋!这些书啊,这些书啊!我的好先生,你要少读一点书,找点什么东西消遣,否则,这夜游症在你身上会越演越烈的。"

"我就跟你一起回家吧。"丁梅斯代尔先生说。

他就像一个刚刚从噩梦中惊醒的人一样,全身麻木,心中懊丧得直打冷颤,就把自己交给医生,听凭他领走。

第二天恰好是安息日,他作了一篇布道,被认为是他宣讲过的布道中最丰富、最有力,也是最充满神的启示的一篇。据称,不止一个人,而是有许许多多人的灵魂领悟到了那次布道的真谛。他们在内心发誓今后要对丁梅斯代尔先生永远怀有神圣的感恩之情。但是当他走下讲坛的阶梯时,那个胡须灰白的教堂工役迎上来,手里举着一只黑手套。牧师一看就认出是他的。

"这是,"那个教堂工役说,"今天早晨在罪人示众的刑台上找到的。我相信准是撒旦把它丢在那里,有意中伤您牧师大人,跟您开一次胡闹的玩笑。不过,说实在的,恶魔就是那样子,总也改不了,又蠢又瞎。纯洁的手是无须戴上手套的!"

"谢谢你,我的好朋友,"牧师庄重地说道,心里却暗自吃了一惊,因为他的记忆力竟是那么混乱,他几乎把昨夜的事情当作幻象了。"是的,看起来真是我的手套!"

"既然撒旦决定偷走它,牧师大人您今后就应该不戴手套来对付他,"那教堂老工役狞笑着说,"不过,牧师大人您听说昨天夜里人们看见的预兆吗?——天空上显现出一个大红字母'A',我们都解释它代表'天使①'。因为正好昨天夜里我们仁慈的温斯洛普总督成了天使,所以,毫无疑问上天认为应该设法通知众人!"

"没有,"牧师答道,"我没听说这件事。"

---

① 英语"天使"一词为"Angel"。其第一个字母为A。

十三　海丝特的另一面

海丝特·白兰在最近同丁梅斯代尔先生的那次别开生面的会见中，发现了牧师所处的恶劣状况，大为震惊。他的神经似乎彻底崩溃了。他的精神力量已经衰竭，纤弱得不如孩童。虽然他的智能还保持着原有的水平，或者说，也许是疾病使他的智能保持一种病态的亢奋，但他的精神力量已一蹶不振，无可救药。由于她知道一系列其他人不了解的隐情，她能够很快地推断出，丁梅斯代尔先生除了他自己良心的正常活动之外，他的健康和安宁已经受到了一部可怕的机器的干扰，而且这部机器还在运作。由于她知道这个可怜的堕落者原先的情况，所以当他向她——这个被遗弃的女人——求援，要她帮助对付他本能发现的敌人时，她的整个灵魂为之感动，为他向她求救时的那种令人战栗的恐怖所动容。再说，她认为，他有权要她倾力相助。她长期与社会隔绝，已经不习惯用她自己以外的标准来衡量她思想的是非曲直。海丝特看到——或者好像看到——她自己对于牧师有一种责任，而对于其他任何人，乃至整个世界，则并不承担任何责任。维系她和其他人类的任何环链——花卉的、丝绸的、金银的或者其他任何物质的——都已经断裂了。然而他和她之间却有着共同犯罪的铁的锁链,不管他还是她都不能打破这一种联结。这联结,如同其他的纽带一样,具有随之而来的义务。

海丝特·白兰目前所处的地位跟我们早先见到她受辱时的情形,已经不完全一样了。年复一年,物换星移。珠儿转眼已七岁了。她母亲胸前绣的精妙绝伦、闪闪发光的红字,早已成为城里大家熟悉的东西。如果一个人在公众之中因某一方面突出而与众不同,同时,他又不损害与妨碍任何公众的或个人的利益与方便,他最终会赢得普遍的尊重,海丝特·白兰的情况正是如此。人性中值得称道的是,除非膨胀的私心大行其道,爱总比恨要来得容易。恨,若不是原来的敌意不断受到新的刺激而阻碍其变化的话,假以时日和耐心,甚至会变成爱。就海丝特·白兰来说,她既没受到刺激,又没增添烦恼。她从未向公众提出什么要求,以补偿她所受的苦难,她也不指望公众的同情。因此,在她被隔离负罪受辱的那些年月里,她生活得纯洁无瑕,深得人们对她的好感。现在她在众人的眼里,已经再无所失,再无所望,而且似乎也再无心愿希冀得到什么,她赢得的尊重只可能是对美德的真正尊重,对把可怜的流浪者带回正道的美德的尊重。

人们也看到,海丝特除去呼吸人人共享的空气,并靠双手的辛勤劳动为小珠儿和她自己挣得每日的面包之外,从未提出过要求分享世上的特权,连最卑微的要求都未有过。相反,只要有机会施惠于人,她立即承认她和人类的姐妹之情。对于穷人的每一个要求,她比谁都更乐意拿出她微薄的收入予以满足,虽然那些狠心肠的穷人对她经常送到门口的食物,或者用她本可给君王刺绣大袍的手指做成的衣服,报以辱骂或讥讽。在城里瘟疫流行的时候,谁也没有像海丝特那样忘我工作。真的,每逢灾难,无论是社会大众的还是个人的,这个为社会所摈弃的人总会马上挺身而出,尽心尽责。她来到因灾难而愁云笼罩的人家，并非作为客人，而是作为理应到来的亲人；似乎那个家庭晦暗忧郁的气氛成了她有资格跟她的同类进行交往的媒介。她胸前绣着的字母在那里闪闪发光，它超凡脱俗的光芒带来了温馨和安慰。

那个字母在其他地方是罪恶的标志，而在这病房里却成了一支烛光。在受难者临终的痛苦时刻，那字母的光辉甚至跨越时间的界限；在现世的光亮迅速暗淡下去，而来世的光亮还没照到死者之前，这光为他指引往何处迈步。在这种紧急情况下，海丝特表现出了她那温厚的秉性，那是人类温情的源泉，对任何真正的需求有求必应，即使需求极大，也永不枯竭。她佩戴耻辱标记的胸脯对于一个需要帮助的人来说却是一个舒适温柔的枕头。她是自我任命的"慈悲姐妹"；或者我们可以说，是那掌握人间命运的巨手任命她的。但是在当初无论是世人或她本人都没有期待她会做出这般的业绩。那个字母是她神职的标志。在她身上可得到那么多的帮助——如此巨大的能量，如此丰富的同情之心——以至于许多人不肯按本意来解释那个红色的字母"A"了①。他们说，那字母的意义是"能干"，海丝特·白兰虽为女子，却多么坚强！

只有在阴云笼罩的人家才能找到她。一旦阳光再现，她便不在那里了。她的身影迈过门槛消失了。这个救苦救难的亲人离去了，绝不回眸收受那份应得的感激之情——如果在那些她热心服侍过的人心中有这份感激之情的话。有时在街上遇到他们，她从来不抬头来接受他们的致意。如果他们执意要同她搭讪，她便把她的手指放在红字上，**侧身而过**。这也许是骄傲，但是极似谦卑，所以反倒在众人的心上产生出谦卑之情，感化他人心慈手软。公众的脾性是专

---

① 字母"A"是英语"Adultery"（通奸）的第一个字母，也可作为"Able"（能干的），"Angel"（天使），"Admirable"（可敬佩的）等的第一个字母，其意取决于解释者的态度。

横的,当常理上的公道作为一种权利要求过甚时,很可能会遭到拒绝。但是在很多的情况下,完全投其所好恳求宽宏,正如暴君喜欢人们向他们吁请慷慨大度一样,他们往往给的奖赏反而超出公道。由于社会把海丝特的行为举止解释为这种性质的恳求,因此宁愿对它早先的牺牲品表现出更加宽厚的姿态,这种姿态比她期望社会赐予的,或者说比她应该得到的有过之而无不及。

这个社区的统治者和明智饱学之士比起普通老百姓在认识海丝特的优良品质的影响方面要慢得多。他们对海丝特所共同持有的偏见,受到理性论辩框架的禁锢要顽固得多,要付出更大的努力才能摆脱它们。然而,日复一日,他们脸上那种怪异僵硬的皱纹逐渐松弛下来,伴随岁月的流逝,可以说变成一种近乎慈爱的表情。那些身居高位、从而对公众首先负有监护之责的显要人物,便是这种情况。与此同时,过着居家生活的平常百姓,早已宽恕了海丝特·白兰因脆弱而犯的过错。不仅如此,他们还开始不再把那红字看作是罪过的标志——她为此已忍受了多么长久、多么凄惨的惩罚——而是看作她犯罪后行善积德的标志。"你看见那个佩戴刺绣徽记的女人吗?"他们常常对陌生人这么说,"这是我们的海丝特——我们城里自己的海丝特,她对穷人那么好心肠,对病人那么肯帮忙,对遭难的人那么关心!"不错,人性中有一种癖性,喜欢对别人说三道四,数落别人最不光彩的事,这些人也禁不住要把几年前的那桩丑事悄悄地说一说。不过,事实是讲这样话的人,在他们的心目中,那红字具有与修女胸前挂的十字架同样的作用了。这个字母赋予佩戴者一种神圣性,使她在危难中安步如常,处险不惊,即使她落入强盗之手,也会安然无恙。据说,而且有不少人都相信,一个印第安人曾经张弓瞄准那个徽章射箭,飞箭射中了,却落到了地上,她的皮肉丝毫无损。

那个象征物,或者可以说由它表明的社会地位,在海丝特·白

兰本人的心灵上,产生了强烈而奇特的影响。她性格中一切轻柔优美的枝叶,都已被这个烙铁般火红的印记烧得枯萎,脱落精光,只剩下一个光秃秃粗糙的轮廓,如果说她还有朋友和伙伴的话,那么这个模样早就叫人退避三舍了。就连她人品上的魅力也经历了类似的变化。这可能部分要归因于她着装故作严肃古板,部分是因为她举止不动声色。她发式的变化也令人遗憾,她浓浓的秀发不是给剪短,就是完全藏在帽子里,从没有一束光亮的头发显露在阳光中。除去这些原因之外,再加上其他一些因素,在海丝特的脸孔上看来已不再有任何可以让"爱情"驻足之处;海丝特的身材虽然端庄匀称如雕像一般,但也不再有任何可以让"情欲"急切投入其怀抱之处;海丝特的酥胸,再也没有可让"爱慕"安枕之处。某些女人的属性在她身上已不复存在了,而永葆这些属性对于一个女人来说是不可或缺的。当一个女人遭遇和长期忍受了一场非同寻常的严酷经历时,女性的性格和形体常常要发生这般剧烈的变化,这是命运使然。如果她只有柔情,她就会死去。如果她幸存下来,那种柔情不是从她身上给压挤出去,就是深深地碾进她的内心,永远不再显露,两者外表的样子是相同的,只是后者在理论上更切合实际。她,以前是一个女人,现在不是了,但是随时随刻她还可以再变成一个女人,只要有促成这种转变的魔法来点化一下。至于海丝特·白兰是否以后会受到这种点化,得到这种转变,我们将拭目以待。

　　海丝特·白兰给人那种冷若冰霜的印象,大多要归咎于这样一种情况:她的生活,在很大程度上已经从情感和情欲转向思想。她把一根断裂链子的碎片全然抛弃,孤独地傲立世上——孤独,就对社会的依赖而言,只有小珠儿要她指导和保护——孤独,无望恢复她的地位,即使她还没有鄙夷这种愿望。世上的法律对她的思想来说不是法律。当时正处于人类思想刚解放的时代,比起以前的许多世纪,思想更活跃,更开阔。军人推翻了贵族和帝王,比军人更勇敢的人则推翻和重新安排了——在理论范围之内，而非实际上——旧偏见的完整体系，这个体系与旧的原则密切相关，也正是贵族和帝王的真正藏身之地。海丝特·白兰汲取了这种精神。她采取了一种思想自由的态度，这在当年的大西洋彼岸本是再普通不过的事，但是我们的先民们，要是他们知道这种态度，一定会认为那比红字烙印所代表的罪恶还要致命。在她那独处海边的茅舍里，光顾她的那些思想是不敢进入新英格兰的其他居家屋舍的。幽灵似的客人要是被看见竟然前去敲叩她的门，那么就会把开门接待他们的主人看成如同魔鬼一样危险。

令人惊奇的是，那些思想观点大胆的人，却时常以十分平静的态度服从社会的外部规则。他们满足于思想观点，并不想付诸行动，给思想以血肉。海丝特的情况似乎就是这样。不过，假如小珠儿未曾从精神世界来到她身边的话，她的情况也许就会大不一样了。她也许会与安妮·哈钦逊携手共创一个教派，名垂青史。她也许会在自己的某一时期成为一名女先知。她也许——并非不可能——因企图推翻清教徒制度的基础，而被当时严厉的审判官判处死刑。但她把一个母亲的热情全都宣泄在教育孩子上，上天把这个女孩子托付给海丝特，就是要她保护女性的幼芽和蓓蕾，在无数的困难中抚育她，培育她。一切都与她作对。世界以她为敌。孩子的天性中有瑕疵，时时刻刻都在表示她降临到这个世界上来本身就是一个错误——是她母亲目无法纪，随心所欲的激情泛滥所致。海丝特时常辛酸地扪心自问，这个可怜的小家伙降临人世，究竟是祸还是福？

确实，那个涉及全体女性的同样令人愁眉不展的问题时常萦绕在她心际：女人甚至包括她们中最幸福的人，其生存果真有价值吗？至于她个人的生存，她早已断然否定，已经把它作为定论而置于一边。乐于思考，虽然可以使女人保持平静，就如同对男人那样，但是也使她感到伤心。也许她已经看到了她面临的任务是毫无指望的。作为第一步，整个社会制度要推翻重新建树。其次，男人的本性，或者说已经变成本性的、长期沿袭下来的习惯要作彻底的改造，此时妇女才可能取得近乎公平合理的地位。最后，即使排除掉一切其他困难，妇女还必须先进行一番自身的更有力的变革，才能利用这些初步改革的成果。然而到那时，凝聚着女性最真实的生命精髓或许已被消耗殆尽。一个女人单凭运用思维能力绝无可能解决这些难题。它们是无法解决的，或者只有一个办法可以解决。如果女人之心有幸高居一切之上，那么这些问题就消逝不在了。然而，海丝特·白兰的心已经不再有规律地健康地搏动，她没有头绪地徘徊在黑暗的思想迷宫里，时而因无法攀越峭壁而转弯，时而因面临深渊而折返。环顾四周，尽是荒山野景，凄凉可怖，寻不见一处舒适的家。不时有一种可怕的疑虑极力要占据她的灵魂，怀疑是否该把珠儿马上送上天国，自己走向"永恒的裁判"所断定的未来世界去，才会更好些呢。

那个红字还没有完成它的职责。

但是此时，自从丁梅斯代尔先生夜游时两人见了一面以来，她又有了一个新的思考题目，向她提出了一个目标，一个看起来值得为之倾注全力，乃至做出一切牺牲的目标。她已经目睹牧师是在多么剧烈的痛苦之中挣扎着，或者更确切地说，他已经停止挣扎了。她看到他已站在发疯的边缘，如果说他还没有跨过边缘已经疯了的话。无可怀疑，不管自我悔恨会产生多么痛苦的效应，那个伸出援助之手的人又在那蜇刺中注入了致命的毒液。一个秘密的敌人，假装成朋友与救助者，寸步不离地守在他的身边，而且利用此机会，时刻拨弄丁梅斯代尔先生天性中那个脆弱的弹簧。海丝特不禁自问：是否在她本人一方，在真实、勇气和忠贞上原先就存在什么缺陷，致使牧师陷入此等凶险横生、吉运无望的境地？她唯一能够为自己辩解的是：当初除了默许罗杰·齐灵渥斯隐姓埋名之外，她再也找不出方法来救牧师，使他免遭比她自己所经历的更阴暗更可怕的毁灭。在那种动机之下，她做出了自己的抉择，而如今看来，她所选定的是下策。她决心尽一切可能来弥补自己的错误。经过了这许多年艰苦与严肃的考验，她觉得自己坚强多了，自信不像当年那个夜晚自己不足以跟罗杰·齐灵渥斯较量。当晚他俩在牢房中谈话时，她是刚刚背上了罪孽的重负，几乎被羞辱逼得要发疯了。自从那时以来，她不断攀登，达到了一个新的高度。另一方面，那个老人，因为不惜一切来复仇，把自己降低到了与她相近的水平，或许比她还要低的水平了。

最后，海丝特·白兰决心去会见她以前的丈夫，尽一切力量来解救那显然已掌握在他手里的牺牲品。没有多久，机会便来了。有一天下午，在半岛上一处荒无人烟的地方，她带着小珠儿正在散步，看见了那个老医生。他一只胳膊上挎着篮子，另一只手拄着拐杖，正弯着腰缓步而行在地上搜寻他可以配制成药品的树根和药草。

十四 海丝特和医生

海丝特吩咐小珠儿跑到海边去玩贝壳和缠成团的海藻，并要孩子等她同那边采药的人谈上一会话以后再回来。那孩子便像鸟儿般地飞去了。她光着脚，露出她那双白白的小脚丫，在湿漉漉的海边拍着水往前跑。她不时停下来，把退潮留下来的水塘当作镜子，好奇地往里面瞧，照照自己的面孔。水塘里，映出了一个小姑娘的影像，长着一头乌黑闪亮的鬈发，眼睛里流露着小精灵般的微笑，直往她观望。珠儿由于没有别的游玩伙伴，便伸手邀请她同自己一起赛跑。但那映像里的小姑娘，也同样伸出手向她打招呼，仿佛在说："这地方更好玩！你到水塘里来吧！"珠儿一脚踩进去，水没到了半腿高。她看到自己的一双白脚丫在底下，而从更深的水层底下，传来一阵支离破碎的微笑声，在动荡的水里来回飘荡。

与此同时，她母亲已和那医生搭上话了。

"我想跟你说句话，"她说道，"谈一谈对我们双方至关重要的事。"

"啊哈！是海丝特女士有话要对罗杰·齐灵渥斯说吗？"他回答道，一边把弯着的身子直了起来。"非常乐意！噢，女士，我从各方面都听到有关你的好消息！就在昨天晚上，一位地方长官，一位贤明之士，还谈起了你的事，海丝特女士，他悄悄告诉我，议事厅曾经议过你的问题：大家争论，如果把你胸前的红字取下来，是否会影响公众的幸福。我敢起誓，海丝特，我曾经恳求那位可敬的长官，此事应予立即办理！"

"取下这个徽记是那些长官们所不乐意的，"海丝特平静地说，"如果我已配得上可不佩戴它，它会自然而然掉落下来，或者变成另一种不同意义的东西。"

"那就别摘掉它。如果你觉得那样对你更合适的话，就戴着它吧。"他接着说，"讲到女人的服饰，打扮，当然要随各人自己的心意。那字母绣得那么华丽，戴在你胸前倒显得挺有气派的！"

在他俩谈话的整个期间，海丝特一直注视着那老人，她既震惊又诧异，发现在过去的七年里他的变化可真大啊！那倒并不是说他老了许多，因为虽然他年事已高的痕迹已经很显眼，但是以他的年纪而论还不算太老，而且他看上去还十分矍铄和机敏。然而，他从前那种勤学睿智的品格，那种平和安详的风度，这些她记忆中印象最深的东西，现在已荡然无存了，取而代之的是一副急切搜索、近乎疯狂，而又小心翼翼、高度戒备的神情。他似乎故意要用微笑来掩饰这种表情，但是那微笑反倒暴露了他自己，在他脸上时隐时现，好似在嘲弄他，使旁人越发看清他的阴险。他的眼睛中还不时闪出一道道红光，仿佛那个老人的灵魂正在燃烧，在他的胸中不断暗暗闷燃，只是偶尔受了情感的煽动，才喷出一缕火焰。而他尽快地将这火焰压下去，竭力装出一副若无其事的样子。

总而言之，老罗杰·齐灵渥斯是一个突出的实例，证明一个人只要他心甘情愿在一个相当长的时间里担当魔鬼的职务，就能够依靠自己的机能将自身变成魔鬼。这个不幸的人已经实现了这一转变，七年来他全神贯注剖析一颗饱受痛苦折磨的心灵，并从中取乐，甚至还往他正在剖析和幸灾乐祸地注视着的那些火辣辣的痛苦上添油加料，火上浇油。

红字在海丝特的胸前燃烧。又有一个人被毁了，部分的责任应归咎于她。

"你在我脸上看到了什么，"医生问道，"让你看得那么认真？"

"有一件事弄得我真想痛哭一场，要是我还有辛酸的泪水为它流淌的话。"她回答说，"好吧，不谈这个！我要说的是另外一个不幸的人。"

"谈他的什么呢？"罗杰·齐灵渥斯焦急地大声问道，仿佛他对这个话题非常感兴趣，乐意有机会同这个他唯一能吐露心中秘密的人讨论这件事。"不瞒你说，海丝特女士，我的脑子刚好在为这位先生忙乎着呢，你就放开说吧，我会应答的。"

"我们上次一起谈话的时候，"海丝特说，"是在七年以前，当时你迫使我保证为你我之间原先的关系保密。由于那个人的生命和名声全部掌握在你手中，所以我除去默默地遵从你的意志之外，似乎别无选择。然而我受到这一承诺的约束，不能不疑虑重重，因为我在抛弃了对其他一切人的责任之后，我对他仍负有责任。一个声音在悄悄对我说，在我发誓为你保守秘密之时，我便把他出卖了。从那一天起，谁都没有像你那么接近他。你亦步亦趋地跟踪着他，不管他睡着醒着，你一直在他身旁。你搜索他的思想，你挖掘翻腾他的心！你紧扼他的生命，你使他每天死去活来几乎成了一具行尸走肉，然而他对你不甚了解。我纵容你对他如此作为，我确实扮演了一个虚伪的角色，有负于他，而他是我一息尚存就要对之忠诚的唯一的人啊！"

"当初你还有别的选择吗？"罗杰·齐灵渥斯问道。"我的手指，只要对这个人一指，就可以把他从布道坛上拉下来，抛进牢狱里去——甚至说不定还要把他送上绞刑架！"

"这样倒更好些!"海丝特·白兰说。

"我对那个人做了什么坏事呢?"罗杰·齐灵渥斯接着问道。"我告诉你,海丝特·白兰,古往今来医生从君主帝王那里获取的最丰厚的报酬,也无法买到我在这个不幸的牧师身上所花费的心血!要不是我的帮助,在他和你犯下罪孽后的头两年里,他的生命早被痛苦的烈火焚为灰烬了。因为,海丝特,他的精神缺乏你那种力量,经受不住你所受的红字的重压。噢,我完全可以揭发出一个偌大的秘密!但是无须那么做了!我已经在他身上施展了全部医道。他今天所以还能呼吸,在地面上爬来爬去,一切要归功于我!"

"他还不如马上死掉呢!"海丝特·白兰说。

"是啊,妇人,你可说对了!"老罗杰·齐灵渥斯喊道,他内心的阴惨的火焰在她眼前燃烧。"他能够马上死掉倒是好的!没有一个活人遭受过他受的那份苦!而且,一切的一切都是在他最恶毒的敌人的眼皮底下发生的!他已经意识到我这个人了。他已经感觉到有一股力量像一条祸根紧缠住他。他通过某种精神的感觉——造物主从未造过像他这样敏感的人——知道有一只不友好的手正在拉住他的心弦,还有一只眼睛正在好奇地窥视着他的内心,一心搜寻邪恶,而且找到了邪恶。但是他不知道那只眼睛、那只手是我的!让他受尽各种各样的折磨:可怕的噩梦、绝望的念头、悔恨的蜇刺以及无望的宽恕等,像是要让他提前尝一下不久人世后在地狱里的滋味。然而那些是我无所不在的影子——一个受到他最卑劣伤害者的最逼真的替身干的!——这个人就是靠不断吸吮剧烈的复仇的毒汁成长生存的。是啊,一点不假,他没有错!他身旁确有一个恶魔!一个曾经有血有肉有人心的人,现在已经变成专门折磨他的恶魔了!"

那不幸的医生,一边说着这些话,一边举起双手,神色惶恐,仿佛他看到了某个他不认识的可怕的怪形,夺走了他自己在镜子中映像的位置。这是多年来难得出现的一个时刻：一个人的精神面貌忠实地显示在他心灵的面前。他恐怕从未像他现在这样看清他自己。

"难道你还没有把他折磨够吗？"海丝特说道，两眼注视着那老人的脸色。"难道他还没有偿还给你一切吗？"

"没有！——没有！他反倒增加了欠债！"医生回答道。在他继续说下去时，他的态度不像以前那么凶狠了，而变得忧郁起来。"海丝特，你还记得我九年前的样子吗？即令那个时候我也已经到了暮秋之年，而不是什么初秋呢，但是，我早先的生活是由诚挚、勤学、深思和宁静的岁月所构成的，我把自己的年华忠实地用于增长自己的知识，也忠实地用于增进人类的福祉——虽然这后一个目标只是前一个目标附带过来的。没有什么人的生活比我的更平静、更纯真；很少人生活得像我那么充实，备受嘉惠。你还记得那时的我吗？虽然你也许认为我冷酷无情，难道我不是一个专为他人着想，很少替自己打算的人吗？难道我不是一个善良、真实、正直、对爱情始终不渝——如果还不够炽热的话——的人吗？我过去不是这样吗？"

"是这样，而且还不止这样。"海丝特说。

"可是我现在怎样呢？"他一面追问，一面注视着她的面孔，把他内心的全部邪恶毫无保留地表露在他的外貌上。"我已经告诉你我是什么，一个恶魔！是谁把我弄成这样的？"

"是我！"海丝特大声说道，全身颤抖。"是我，我该负的责任不比他少。为什么你不对我报复呢？"

"我把你留给了那个红字，"罗杰·齐灵渥斯回答道，"要是那个字还没有替我报仇，我再也无能为力了！"

"它已经替你报复了！"海丝特·白兰说。

"我正是这么看的，"那医生说，"那么，现在你要我对那个人怎么样呢?"

"我一定要揭穿这个秘密。"海丝特坚决地答道,"他必须看清你的真面目。结果会怎样,我不知道。但是我欠他的这笔旧账,长期隐瞒真相的旧账,最终是要付清的,因为我是他的祸根,是他毁灭的根子。至于他的美好的声誉和他在世上的地位,甚至他的生命毁坏还是保存,那全在你的掌握之中。我呢,那个红字已经使我皈依真理,虽然这是红烙铁烙的真理,把它烫进了灵魂。我也看不出他再过那种可怕的空虚生活还有什么好处,以致我要卑躬屈膝地乞求你开恩。你愿怎么对他就怎么对他好了,反正对他没有什么好处——对我没有什么好处——对你没有好处!——对小珠儿没有好处!没有什么道路指引我们走出这个凄凉的迷宫!"

"妇人,我倒有点可怜你!"罗杰·齐灵渥斯说,不禁有一丝赞美之情,因为在她表现的绝望中含有近乎崇高的品质。"你具有不同凡响的天赋。要是你能够早一点得到比我更好的爱情,这件罪恶也许就不会有了。我可怜你,因为在你天性中的那些好的品质白白给浪费了!"

"我也同样地可怜你,"海丝特·白兰回答说,"因为仇恨已经把一个聪明而正直的人变成了恶魔!你愿意把恶魔清除出去,重新做人吗?如果不是为了他的缘故,那么双倍地为你自己嘛!宽容吧,把对他进一步的报应交给有权处理此事的神灵吧!我刚刚说过,那样对他,对你,对我都没有好处,我们一同在这个罪恶的阴暗的迷宫中徘徊游荡,我们在撒满邪恶的小路上行走,每迈一步,都几乎摔倒。事情不该如此!因为深受伤害的是你,所以你有权利来宽恕,那样会对你有好处,只对你一个人有好处,你难道要放弃那唯一的特权吗?你愿意拒绝那个无价的利益吗?"

"安静,海丝特,安静!"老人回答道,语气阴沉而严厉。

"我没有被赐予宽恕的品质,我也没有你说的那种权力。我早已遗忘的老信仰,如今又回到我身上。它解释了我们所做的一切,所遭受的一切。你第一步走歪了,种下了罪恶的种子,从那个时候起,这颗种子就必然成为现今一切的可怕后果。你们过去伤害了我,但除了在一种典型的幻觉中,你们并非都是有罪的;我也并不跟恶魔一样,虽然从魔鬼的手里抢来了他的职责。这是我们的命运。让那朵黑色的花随它开放吧!你走你的路,随你的意愿去处理同那个人的关系吧!"

他挥了挥手,又继续采集药草了。

十五　海丝特和珠儿

　　就这样，罗杰·齐灵渥斯离开了海丝特·白兰。这个体态畸形的老人，有着一张缠人心头，又叫人不爱记住的脸孔，弯着腰在泥地上蹒跚而行。他这儿那儿采集一棵棵药草，刨起一株株草根，然后装进他手臂上挎着的提篮里。当他猫着腰，缓缓前去时，灰白的胡须差一点要碰到地面了。海丝特在他身后注视了他一会儿，怀着一种想入非非的好奇心，想看清楚早春的嫩草会不会在他的脚下枯萎，一片欣欣向荣的葱绿上会不会在他脚下露出一条枯黄的曲径。她很想知道他采集的是何种药草，为何老人采集它们竟如此勤勉专心。大地会不会在他目光的感应下顿生邪念，在他手指触碰之处，迸出某种闻所未闻的毒花莠草来迎接他。或者说，良花益草经他一触碰会不会变成恶花毒草来满足他呢？普照大地的灿烂阳光会不会真的照到他身上呢？或者说，是不是真的有一圈不祥的阴影跟着他畸形的身体转，他到哪里便跟到哪里？他现在要到哪里去？他会不会突然陷进地里去，在那儿留下一块荒芜的、裂开的土地，要经过一段时间才会看见龙葵、山茱萸、杀生草以及其他一切在这气候中可能生长的有毒植物，极快地滋生蔓长起来？或者说，他会不会展开蝙蝠般的翅膀飞上天去，飞得越高，看上去越丑恶呢？

"不管是不是罪过，"海丝特·白兰刻毒地说，两眼仍注视着他的背影，"我恨这个人！"

她责备自己有这种情绪，但她无法消除或者减少这种情绪。在她试图克制这种情绪时，她回想起了那些很久以前的日子：在遥远的地方，有一所房子。每到傍晚他便从幽静的书房里走出来，坐在他们家的壁炉旁，沐浴在他娇妻的微笑中。他常说，他需要她那种微笑的温馨，以便从他那学者的心中驱走长时间埋头书卷所受的寒气。这种情景当时看起来不可说不幸福美满。但如今，透过后来她所经历的阴惨的生活来看，它们也只能划归她回忆中最丑恶的一类。她惊诧当时何以会有这样的情景！她惊诧她当时何以会答应嫁给他！她认为，她当时竟忍受了，而且还回握了他那只不冷不热的手的攥握，并忍心用她自己的媚眼和嗔笑来与他交流、交融，这实在是她最应追悔的罪过。在她看来，当时在她还不谙世事之时，齐灵渥斯诱惑她，使她产生幻觉，认为在他身边就是幸福，他所犯的这个罪恶比之后来人们对他所犯的任何罪恶，都更卑劣。

"是啊，我恨他！"海丝特又重复说了一遍，比以前更加激愤。"他害了我！他对我的伤害比我对他的伤害要厉害得多！"

让那些只赢得女人的婚约，而没有赢得女人心中最热烈的感情的男人们发抖吧！否则，当一个比他们更强有力的接触唤醒了女人的全部情感时，那么他们就会遭到罗杰·齐灵渥斯同样的悲惨命运，甚至那种恬静的满足，那种坚如磐石的幸福形象，都要统统受到谴责，说他们把这种满足与幸福作为温馨的现实强加在女人身上。但是海丝特早就应该消除掉这种不公正之感。这种不公正算得了什么？难道在红字折磨下漫长的七年，受了那么多的苦难，还悟不出一点悔恨之意吗？

当她凝视着老罗杰·齐灵渥斯佝偻的背影时，那短短的瞬间油然而生的情绪，给海丝特的心头投去了一束暗淡的亮光，显露出在其他情况下她自己怎么也不会承认的那些思想情绪。

他走了以后，她才把孩子叫回来。

"珠儿！小珠儿！你在什么地方？"

精力充沛的珠儿在她母亲同采药老人谈话的时候，一直玩得非常高兴。其实，她像前面说的那样，异想天开地跟映在水塘中自己的倒影玩耍，招呼那映像走出来，看它不肯出来，她便想替自己寻找一条通入那个不可捉摸的天地之间的道路。可是，很快她就发现要么是她，要么是那映像，总有一个是不真实的，于是她转身去旁的地方玩更有趣的游戏了。她用桦树皮做了许多小船，在上面装好蜗牛壳，一次次把它们送进大海，其数量之多远胜于任何一个新英格兰商人的船队，但是它们大多数在岸边不远处沉没了。她抓住一条鲨鱼的尾巴，把它逮住了，捕到了好几只海星，还把一只水母晾起来，让它在阳光下融化。然后，她从冲过来的潮水边上捧起白色的泡沫，迎风洒去，飞跑着追赶过去，想在这些大雪花落地之前再抓到手里。接着，她看到一群海鸟在岸上飞来飞去觅食。这个顽皮的孩子捡起满满一围裙的小石子，从一块岩石爬到另一块岩石追逐这些海鸟，投出一颗颗石子打它们，真是身手不凡。有一只白胸脯的灰色小鸟，珠儿差不多相信已被石子击中了，却鼓着受伤的翅膀飞走了。但之后这小精灵般的孩子叹了一口气，放弃了这个游戏，因为伤害一个像海风一样狂野或者说像珠儿本人一样狂野的小生命，使她感到很难过。

她最后做的是采集各种各样的海草，给自己做了一条围巾或披肩，还做了一圈头饰，把自己打扮成一个小人鱼的模样。她倒是继承了她母亲飞针走线缝制服饰和衣裳的天赋。珠儿取了一片大叶藻，尽力模仿她非常熟悉的母亲胸前的那个装饰物，替她自己做了一个，戴在胸前，作为她那身人鱼服装的最后的一道点缀。这是一个字母——A——不过不是鲜红的,而是碧绿的!这孩子把下颔抵到胸口,怀着奇妙的兴致端详着这个玩意儿,仿佛她诞生到这个世界的目的就是要弄清其中隐藏着的含义。

"我不晓得妈妈会不会问我这是什么意思!"珠儿想道。

就在这时,她听到了她母亲的呼唤声,就像一只小海鸟似的轻快地跑到母亲跟前,又跳又笑地用手指着自己胸前的装饰品。

"我的小珠儿,"海丝特在沉默了一会儿后说道,"那绿色的字母,在你孩子的胸前是没有什么意义的。不过,我的孩子,你知道这个你妈妈非戴不可的字母是什么意思吗?"

"知道的,妈妈,"珠儿说,"那是一个大写的 A 字。你在字帖上教过我。"

海丝特目不转睛地盯着她的小脸。然而,虽然在珠儿那双黑眼睛里闪烁着她时常表现出来的那种独特的表情,她却还是不能确定珠儿是否当真把那个符号附加了什么意义。她感到有一种病态的欲望想探出个究竟来。

"孩子,你知道你妈为什么要戴这个字母吗?"

"我当然知道!"珠儿说道,明亮的眼睛直视她母亲的脸孔。"那同牧师把他的手捂在胸口是同样的道理。"

"那是什么道理呢?"海丝特问道,起初还因为孩子那番荒诞无稽的话忍不住微微一笑,但是继而一想,她脸色变得刷白了。"这个字母除去跟我的心有关系外,跟其他人的心有什么关系呢?"

"不知道,妈妈,我知道的全都说了。"珠儿说道,神情比平时说话要严肃得多。"问问你刚才跟他说话的那个老人!也许他能告诉你。但是,说真的,我的好妈妈,这个红字到底是什么意思?——为什么你要把它戴在胸前?——为什么牧师要把手捂在心口上?"

她双手握住她母亲的手,露出她狂野和任性的性格中很少看到的那种诚挚的神气。这时海丝特突然想到：也许这孩子当真在以她天真无邪的信任来设法接近她，而且尽其所能，充分运用她的智慧来建立一个感情交流的集合点。这就显示了珠儿鲜为人知的一面。在此之前，这位母亲，虽然一心一意地钟爱着她的孩子，但总在告诫自己，不要指望得到比任性的四月的微风更多的回报——那微风以缥缈的游戏来消磨时间，会迸发出难以解释的激情、会在心情最好时勃然大怒。当你把它搂在怀里时，更多的是寒气而不是爱抚；为了补救这种有失检点的行为，它有时会出于某种模糊的目的，以一种捉摸不定的温柔来亲吻你的脸颊，轻柔地抚弄你的头发，然后又跑开去优哉游哉，无所事事，在你的心中留下一种梦幻般的快乐。再者，这还是一个母亲对她孩子性情的估计呢。别的旁观者恐怕看不出什么讨人喜欢的品性，而只会给它们抹上一层黑。可是这时海丝特心里有一个强烈的想法：珠儿，由于她特别早熟和敏感，或许已经到了可以作为一个朋友的年龄了，可以尽其所能分担母亲的忧伤，而不会对母亲或孩子有失尊重。在珠儿那小小的混沌的个性中，或许可以见到开始呈现出——也可能从最初就已存在着的——一种毫无畏惧的、坚持不渝的原则——一种不服控制的意志———种可以培养成为自尊心的、刚毅的骄傲——一种对许多事物尖刻的轻蔑，而这些事物仔细考察起来，也许会发现其中确有虚假的成分。她还具有丰富的感情，虽然直到如今还像未成熟的果子那样酸涩得难以入口。海丝特心中暗想，尽管这个小精灵似的孩子具有这些纯正的品性，但是要是她不能成长为一个高尚的妇人，那么一定是因为她从母亲那儿继承下来的罪恶实在是太厉害了。

珠儿非要解开那个红字奥秘的倾向，似乎是她内在的一种天性。从她生命开始有意识的时期起，她就把这事看作被指定的使命。海丝特时常想象：上天赋予这孩子这种突出的倾向，必定是有一个善恶报应的意图在内的。但是直到最近，她才问自己，是否还有一个与那个意图相关联的赐给恩惠与仁慈的目的。如果把小珠儿不仅当作一个尘世的孩子,同时也把她当作一个精神的使者,对她寄予信任与信心,那么,难道她就担当不起她的使命,即抚慰冰冷地藏在她母亲心中的忧伤,荡涤净把母亲的心变成了一座坟墓的忧伤吗?难道她就不能帮助母亲克制曾经非常狂野,至今仍未死去或安息的,只是禁锢在那个如坟墓般心中的激情吗?

这些就是当时在海丝特心里翻腾的一些思想,其印象如此之活跃,以致好像真有人在她耳边低语。就在这段时间里,小珠儿始终用双手握住她母亲的手,仰起面孔望着她,同时一而再、再而三地提出那些追根究底的问题。

"妈,这个字母到底是什么意思?为什么你要戴着它呢?为什么牧师总是把手捂在心口呢?"

"我该怎么说呢?"海丝特心中自忖,"不行!如果要用这个代价来换取孩子的同情,我是支付不起的。"

于是,她开口说话了。

"傻珠儿,"她说,"你问的是些什么问题啊?世界上有许多事情是一个小孩子不应当问的。我怎么会知道牧师的心呢?至于这个红字,我戴它是因为它上面的金线!"

在过去的七年里,海丝特·白兰还从来没有对她胸前的标记说过假话。很可能,虽然这是一个严峻苛刻的符咒,但同时也是一个守护神,而现在那守护神抛弃了她。由于她看出了这一点,因此,尽管守护神还严密地看守着她的心,但是某个新的邪恶已经潜入她的心,或者某个旧的邪恶就从未驱逐出去过。至于小珠儿,她诚挚的神情很快从她脸上消失了。

但是那孩子并不就此罢手。当她母亲领她回家时,她问过两三次,晚饭时以及海丝特送她上床时又问了两三次,甚至当珠儿像是已经睡着了的时候,又抬起头来问了一次,她那双乌黑的眼睛里闪着调皮的亮光。

"妈妈,"她说,"那个红字是什么意思?"

次日早晨,孩子做出的第一个表示她已醒了的迹象,就是她从枕头上支起头来,问了另外一个问题,海丝特弄不明白为什么珠儿总是把那个问题同探究红字的问题纠缠在一起。

"妈妈!妈妈!为什么牧师总把手捂在心口上?"

"闭嘴,调皮鬼!"她母亲答道,语气非常严厉,在以前她从来不允许自己用这种语气说话的。"别瞎缠,要不我把你关进黑洞洞的壁柜里去!"

十六 林中散步

不管眼前要忍受多大痛苦，或者今后会有什么结果，海丝特·白兰始终毫不动摇，决心要让丁梅斯代尔先生知道那个潜伏在他身边，同他亲密相处的人的真实面貌。她知道他有一个习惯，喜欢沿着半岛的岸边或者在邻近的乡间山林中边散步边思考，但是接连好几天，她都没有找到机会在这种他散步的时候跟他交谈。本来，她就是到他的书房去拜访他，也不会引起非议，或者危及牧师圣洁的名声，因为在此之前，就有许多悔罪的人到他的书房去忏悔，他们所招认的罪孽或许同红字所代表的那种罪孽一样深重。但是，一来她惧怕老罗杰·齐灵渥斯在暗中或公然地进行干扰；二来她自己心里疑神疑鬼，怕别人怀疑，虽然没人有所察觉；三来牧师和她两人一起谈话时需要在广阔的天地里呼吸新鲜空气。正是这些原因，海丝特·白兰从来没想过要在狭窄的隐秘场所同他会面，而不在光天化日之下。

后来，有一次她到一个病人家去服侍，这家人已经请丁梅斯代尔牧师去做过祈祷，因此她得知牧师在前一天就走了，到他的印第安人的信徒中访问使徒艾利奥特去了。他可能要到第二天下午的某个时候回来。于是，到了次日，海丝特领着小珠儿出发了。母亲外出，不管带着她方便不方便，小珠儿必然是她母亲不可或缺的伴侣。

这两个行路人跨越半岛来到了大陆之后，只有一条小道可以走了。小道蜿蜒曲折，一直伸进神秘的原始森林。林木紧紧夹住的小道，两旁树木葱郁，遮天蔽日，只一闪一闪地露出上方小片天空。对海丝特来说，这景象恰好是她长期浪迹流离的那片精神荒原的形象。那天天气寒冷又阴沉。头上是一大片灰色的云，微风吹来，把云轻轻拂动，这样时而可以看见一线线闪烁的阳光孤单单地在小道上跳跃。这种瞬间即逝的欢快常常在穿过森林的漫长的林间小道的尽头出现。那戏谑的阳光——在阴郁的天气和景色的层层笼罩下，充其量是十分微弱的——在她们走近时便悄然不见了，而且使得阳光在上面跳跃过的地方显得越发幽暗，因为她们原先希望那些地方该明亮一些。

"妈妈，"小珠儿说，"阳光不欢喜你。它跑走，躲藏起来了，因为它害怕你胸前的那个东西。现在，你瞧！它正在很远的地方游戏。你站在这里，让我跑过去，逮住它。我不过是一个孩子。它不会逃离我的。因为我的胸前还没有戴什么东西！"

"我的孩子，我希望你永远不戴它。"海丝特说。

"可为啥不戴呢，妈妈？"珠儿刚起步奔跑，却又立即停下来问道，"在我长成一个妇人时，它会不会自然而然给我戴上？"

"跑去吧，孩子，"母亲说，"捕捉你的阳光去吧！它马上就要不见了。"

珠儿快步流星跑走了。海丝特笑眯眯地在她背后观望，珠儿果真逮住了阳光，并站在阳光里欢笑，全身通亮，金光闪闪，而且闪出急速动作所激起的活泼气氛。光明在这个孤独的孩子身边流连忘返，好像它喜欢跟这样的一个伙伴玩耍，直到孩子的母亲差不多也快跨进这个魔圈时才离去。

"它现在就要走了。"珠儿摇着头说。

"瞧!"海丝特微微一笑应声道,"现在我可以伸手抓住阳光了。"

可是,当她一伸出手想去抓阳光时,阳光便消失了;或者,根据珠儿脸上欢快亮丽的表情来判断,她母亲很可能会这样想,说不定孩子把阳光吸收进了自己的身体,待她们走进更幽暗的地方时,再放射出来,照亮前面的小道。在珠儿的天性中,再没有其他品性比之她那种永不衰竭的精神活力,留给她母亲更深的印象了,一种让人感到充满新鲜活力的印象。珠儿没有患忧郁症,而当时几乎所有的孩子都从他们先辈的烦恼中,把忧郁症和淋巴结核病一起继承了下来。也许这种精力过旺也是一种病,不过是珠儿降生之前海丝特用来遏制自己忧伤的那种狂野不羁品性的反映。这是一种令人难以置信的神奇力量,赋予孩子的性格一种铿锵有力的品质,她需要一种触动她内心的忧郁,使她更具有人性,更富有同情心——有些人终生都需要它们。幸好小珠儿还有足够的时间来培养这些感情!

"过来,我的孩子!"海丝特一边说,一边从刚才珠儿在阳光下站着不动的地方环视了一圈。"我们到前边林子里坐下来,休息一下。"

"我还不累呢,妈妈,"女儿答道,"不过如果你愿意给我讲个故事,我就坐下来。"

"讲个故事,孩子!"海丝特说,"什么故事呢?"

"噢,就讲个黑男人的故事吧。"珠儿回答道,一边拽住母亲的裙袍,一边半认真半调皮地抬头瞅着母亲的面孔。"讲讲他怎么出没在树林里,随身还带着一本书——一本又大又厚的册子,上面还有铁箍;讲讲这个又黑又丑的男人怎样在林子里给遇到的每一个人拿出他的册子和铁笔,要他们用自己的语言写下他们的名字,然后就在他们的胸前打上一个记号!妈妈,你以前遇到过这个黑男人吗?"

"谁给你讲的这个故事,珠儿?"母亲这样回答,心里明白这是当时盛传的一种迷信。

"就是昨天夜里你照看的那家的老太婆,她在炉灶角落里讲的,"孩子说,"不过她讲这个故事的时候,她以为我睡着了。她说有成千上万的人,在这里遇到过他,并且在他的书里写上了名字,身上留下了他的记号。那个脾气很坏的老太婆,西宾斯老太婆就是一个。妈妈,那个老太婆说这个红字是那个黑男人打在你身上的记号,你半夜里在这儿的黑林子里遇见他时,红字就会像红色火焰一样闪闪发光,这是真的吗,妈妈?你是在夜里去跟他见面吗?"

"你夜里醒来,可曾发现你妈不在过?"海丝特问道。

"我不记得有过,"孩子说,"要是你害怕把我留在我们的小屋里,你可以带我一块去。我很高兴去!不过,妈妈,请你告诉我,有没有这么一个黑男人?你到底见过他没有?这红字是他的记号吗?"

"要是我对你讲了,你肯安静一会儿吗?"她母亲问。

"行,要是你全都告诉我。"珠儿答道。

"我一生只见过那黑男人一次!"她母亲说,"这个红字就是他的记号!"母女俩就这样边走边说,走进了森林的深处,在这儿任何偶尔走过林中小道的过往路人是不会看到她们的。她们这时在一堆茂盛的青苔上坐了下来。这地方在一百多年前,曾经长过一棵巨大的松树,树冠高耸云霄,树根与树干隐没在浓荫之中。她们坐的地方是一个小小的幽谷,两侧的缓坡上铺满了树叶,中间流淌着一条小溪,溪底积沉着一层落叶。俯悬在溪上的大树长年累月掉落下来的大树杈,阻遏了溪流,在一些地方形成了旋涡和黑潭;而在溪流湍急的地段,溪底的石块和褐色发亮的砂子清晰可见。她们放眼沿小溪的河道望去，在森林里不远的地方，可以看见溪水中的粼粼的反光，但很快就在一片树干与灌木丛中消失了，而且河面上不时地露出一块块巨石，上面长满了灰色的地衣。这些大树和光滑的花岗岩巨石似乎有意为这条小溪蒙上一层神秘的色彩，或许是害怕它那喋喋不休的溪流会悄悄地道出古老森林的内心的秘密；或者是害怕它那流过池塘时的光滑水面会映出其隐情。确实，当这条小溪向前流动时，一直在潺潺作响，那声音亲切、平静，给人慰藉，但又有点忧郁，就像一个婴儿时期没有嬉戏玩耍的小孩子，不知道在悲伤的环境和阴暗的事态中如何自寻欢乐。

"啊，小溪啊！愚蠢而又烦人的小溪啊！"珠儿听了一会儿流水声以后说，"你为什么这样忧郁？打起精神来，别老是这么唉声叹气！"

但是，在林间流过它短短生命的溪水，经历过如此庄严肃穆的历程，以致它按捺不住要谈谈自己的经历，似乎没有其他什么可说。珠儿跟那条溪水很相像，她的生命也是从同样神秘的一个泉源涌出的，并流经了同样沉重的阴影笼罩的暗淡景色。但是，她跟那小溪不同，她欢欣雀跃，兴高采烈，一路上谈笑风生。

"这条伤心的小溪说些什么呀，妈妈？"她问道。

"要是你有你自己的忧伤，那么小溪会告诉你它的忧伤的！"母亲回答道，"甚至就像它在跟我谈我的忧伤一样！不过，珠儿，这会儿我听到林间小道上传来脚步声，还有拨开树枝的声音。我想让你自己去玩一会儿，让我跟那边走过来的人谈一谈。"

"是黑男人吗？"珠儿问。

"孩子你去玩好吗？"母亲又说了一遍。"可是不要在林子里走得太远。留神听着，我一叫你就回来。"

"好的，妈妈。"珠儿回答道，"不过，要是他就是那个黑男人，你让我待一会儿，看上他一眼，看看他那手臂下夹着的大本子,好吗?"

"去吧,傻孩子!"母亲说道,显得有点不耐烦。"他不是黑男人!你现在透过树林就可以看见他。他是那个牧师!"

"原来是他!"孩子说,"母亲,他的手捂在胸口上呢!是不是牧师在那个大本子上写下名字后,黑男人就在他胸口上打上一个记号?但是他为什么不像你一样,把记号戴在胸口外面呢,妈妈?"

"快去吧,孩子,回头你再随便跟我缠吧,"海丝特·白兰叫道,"不要走得太远,待在你能够听到溪水声的地方。"

孩子唱着歌离去了,沿着小溪而去,她想把轻快的歌声掺进小溪忧郁的流水声中。但是那条小溪并没有因此得到安慰,仍然不停地哀诉着在这阴森的树林中发生的那些悲伤的故事,或者预言将要发生的令人叹息的故事,倾诉奥秘莫测的隐情。于是,珠儿,这个在她自己小小的生命中已蒙上太多阴影的孩子,不再理睬这条哀诉不尽的小溪了。她转身去采摘紫罗兰和白头翁,并在一块大岩石的罅隙间找到鲜红的耧斗菜。

海丝特·白兰等她的小精灵孩子走远以后,便往通向那森林的小道上走了几步,但仍然在树木浓重的阴影之下。她看见牧师独自一人正沿着小道走来,手里拄着一根用路边砍下的树枝做的拐杖。他看上去既憔悴又孱弱,显露出失魂落魄的沮丧神情,这是他在居民区里或者在他认为容易被人注目的其他地方散步时,从来没有这么明显地表露过的。但在这个与世隔绝的森林深处,在森林本身对于精神是一个沉重考验的环境里,他的这种沮丧的神情便显而易见,令人怵目。他步履维艰,无精打采,仿佛他看不到他朝前迈步的理由,他也没有往前走的愿望。如果还有什么可以使他高兴的话,那就是他非常乐意在附近的一棵树下,摔身一倒,一动不动地躺在那里,长卧不起,任凭树叶撒落在他身上,泥土渐渐堆积起来,在他身躯四周形成一个小小的土丘,不管他的躯体里还有没有生命。死亡是一个既定的目标，不需乞求，也无法回避。

　　在海丝特看来，丁梅斯代尔牧师先生，除了像小珠儿说过的那样，他总是把手捂在心口上之外，没有其他任何征候，说明他的病痛是沉疴顽疾。

十七　教长和教民

尽管牧师走得很慢,但是在他快要走过去之前,海丝特·白兰还是提不起嗓子喊他。最后,她总算叫出声来。

"阿瑟·丁梅斯代尔!"她叫道,开始声音很轻,后来响些,但是有点沙哑。"阿瑟·丁梅斯代尔!"

"谁在说话?"牧师应声道。

他立即抖擞起精神,挺直身子站住,就像一个人正处于一种不愿让人看到的情绪之中时,却偏偏被人撞见,突然一惊。他急切地把眼光转向发出声音的地方,他模模糊糊地看到在树下有个身影,由于她穿的衣服色彩灰暗,加之阴沉的天空和浓密的树荫把正午时分弄得十分幽暗,成了灰蒙蒙的黄昏一般,人影难以分辨,他都看不清楚,她是个女人还是个影子。也许,他的生活道路就是如此,总有一个幽灵从他的思想里溜出来跟他作祟。

他向前迈了一步,看到了红字。

"海丝特!海丝特·白兰!"他叫道,"是你吗?你还活着?"

"活着!"她回答道,"可过去七年我一直过着现在这样的生活!你呢,阿瑟·丁梅斯代尔,你还活着吗?"

他们这样互相询问对方实际的肉体存在，甚至怀疑他们自己的存在，这是不足为奇的。他们在这个幽暗的树林里如此不期而遇，犹如两个幽灵走出坟墓后在世上第一次邂逅。他们在前世关系密切，而现在站在那里各自被对方吓得直打冷颤，因为他们至此都不熟悉情况，又不习惯与脱离了肉体的存在为伴。两个都是鬼魂，一个鬼魂被另一个鬼魂吓倒！他们同时又被他们自己所吓倒，因为此刻的紧张局面又使他们蓦然恢复了意识，并在各自的心中展示了自己的历史和经历，而在实际生活中很少出现这种情况，除非在像这样紧张得令人窒息的时刻。灵魂在流逝的时光的镜子中看到了自己的模样。阿瑟·丁梅斯代尔怀着恐惧，浑身颤抖，同时又不得不缓慢地、勉强地伸出他那死人一般冰冷的手，去碰摸海丝特·白兰冰冷的手。这两只手的相握虽然十分冰冷，却驱散了相会时最难受的尴尬。他们此时至少感到双方是同一天地方圆里的居民了。

　　他俩没再多说——也没有人担当向导，而是凭一种不言而喻的默契，便一起退回到海丝特刚才走出来的树林的阴影中，坐在她和珠儿先前坐的那堆青苔上面。当他们终于平静下来开腔说话时，起初只是像两个熟人见面时聊上几句，说说阴沉的天空啦，就要来临的暴风雨啦，或者再谈一谈各自的健康状况啦。他们就这样小心翼翼地一步一步地谈下去，终于谈到那深深埋藏在他们心底里的问题。由于命运和环境的原因，这些年来他们相互隔绝，所以需要一些无关紧要的随便的话题来开路，打开交谈的大门，从而使他们真实的思想有可能被领进门槛。

　　过了一会儿，牧师的双眼紧盯住了海丝特的眼睛。

　　"海丝特，"他说道，"你找到了安宁没有？"

　　她凄楚地笑了笑，垂下双眼看着她自己的胸口。

　　"你呢？"她问道。

　　"没有！——有的只是绝望！"他回答道，"像我这样的人过着这样的生活,我还能指望什么呢?如果我是一个无神论者——一个丧尽良心的人,一个本性粗野的恶棍——我也许在很久以前早就找到了平静。不,我本来就不应该失去它!不过,就我的灵魂而言,无论我身上原先有什么好的品质,上帝所赐予的一切最精美的天赋已经全变成了精神折磨的执行者。海丝特,我是最痛苦的人了!"

"人们敬重你,"海丝特说,"而且你确实在他们中间做了好多工作!难道这一点还不能给你带来慰藉吗?"

"带来更多的痛苦,海丝特!只是更多的痛苦!"牧师苦笑着回答说,"至于我看起来做的那些好事,我对之毫无信心,它只是一种幻觉而已。像我这样一个灵魂已经毁灭的人,怎能对拯救他人的灵魂有所裨益呢?——或者说,一个亵渎的灵魂能够净化别人的灵魂吗?至于人们的尊敬,我宁肯它变成轻蔑与憎恨!海丝特,你能认为这是一种慰藉吗?——我不得不站在布道坛上,迎着那么多仰望着我的面孔的眼睛,似乎我脸上在散发着天国的光芒一样!——我不得不看着我那群渴望真理的羔羊聆听我的布道,像是圣灵所赐的舌头在讲话!——然后我再往内心深处看,就会看出他们所崇拜的东西中的丑恶的真相!我把表面的我和实际的我相互对照一下,我不禁饱含内心的辛酸和痛苦放声嘲笑!甚至连恶魔也对之放声嘲笑!"

"在这一点上你冤枉了你自己,"海丝特温和地说道,"你已经深刻而痛切地悔悟了,你的罪恶已经随着消逝的岁月留在身后了。你现在的生活确确实实是很神圣的,并不比人们眼睛里所见到的要逊色。你做了大量好事来弥补和证实你的悔过,难道就不是真实的吗?为什么还不能给你带来平静呢?"

"没有,海丝特,没有!"牧师回答道,"那里面没有实实在在的东西!现实是既冰冷又无生气,无助于我!讲到忏悔,我已经做得够多的了!可是悔悟呢,还没有一点!要不然,我早就该抛掉这貌似神圣的法袍,向人们显露我真实的面貌,就像他们在最后审判席上看到我的形象那样。海丝特,你多么幸福,在胸前公开佩戴红字!而我的红字却在暗中烧灼!经过七年欺人骗己的痛苦折磨后,看到有人能认清我究竟是何许人,我是感到多么的轻松。假如我有一个朋友——或者是我的死敌!——能够让我在受到别人赞扬而感到腻烦时,我可以到他那儿去,让他知道我是一切罪人中最卑鄙可耻的人,我想,这样我的灵魂也许还可得以生还。就是这么一点点真实就可拯救我!但是,现在,全是虚假!——全是虚妄!——全是死亡!"

海丝特·白兰凝视着他的脸,却迟疑不语,然而,在他如此激烈地把长期压抑在心里的情感吐露出来时,他说的这番话倒正好给了她一个机会,把她到这里来要说的话趁势插入。她克服了自己的畏惧,说了出来。

"你不是一直希望有那样的一个朋友,"她说道,"可以对他哭诉一下自己的罪过,我,你罪过的同伙,就是啊!"——她又迟疑了一下,但还是狠下了心,把话说了出来。"你也早就有了那样一个敌人,你还和他同住在一所房子里呢!"

牧师猛地站了起来,喘着粗气,紧抓自己的心,仿佛要把它从胸口拽出来,撕裂它。

"哈!你说什么!"他叫道,"一个敌人,而且跟我住在一起!你是什么意思?"

海丝特·白兰此时才充分地意识到这个不幸的人所受的伤害有多深,她对此是负有责任的,她不应该允许那个怀有恶意之外别无其他目的的人摆布他这么多年,其实一刻也不应该允许的。他的敌人,不管他蒙上什么样的假面具掩盖自己,单单靠近一下,就足以扰乱丁梅斯代尔那样敏感的人的磁场。有一个时期,海丝特对于这一点考虑得不那么多,或者说,也许她自己痛不欲生,就顾不上牧师，认为他的厄运比她自己要好忍受一些。但是自从那天晚上牧师夜游以后，她对他的同情变得更温柔更强烈了。如今她对他的了解更确切了。于是她毫不怀疑，罗杰·齐灵渥斯日夜守在他身边——一剂用心险恶的秘密毒药，毒化牧师周围的空气——以及他作为一名医生对牧师肉体上的和精神上的疾病施以权威性的影响——这些卑劣的机会他都用于为他达到一个残酷的目的。他利用这些条件使那个受害者的良心始终处于一种烦躁的状态之中，而发展下去，不但不可能用有益于健康的痛苦治愈他的疾病，反而造成他精神生活的紊乱和崩溃。其结果，他几乎全然不可避免精神失常。尔后呢，永远与"真"和"善"绝缘，而这种绝缘在尘世的典型表现就是疯狂。

这就是她带给那个人的毁灭，而那个人正是她一度——唉，为什么我们不应该说出来呢？——而且至今还深爱的人！海丝特觉得，正如她已经对罗杰·齐灵渥斯说过的那样，牺牲掉牧师的好名声，甚至干脆死去，都比她自己所选定办法要可取得多。所以现在与其把这种极其严重的错误坦白出来，还不如她高高兴兴地躺倒在森林的落叶上，死在阿瑟·丁梅斯代尔脚旁。

"啊，阿瑟，"她叫道，"原谅我吧！在其他的一切事情上，我一直是在努力做到真诚！真诚是我恪守的唯一美德，而且经历了种种艰难困苦我都恪守了这一美德。只有在这一件事上，因为那是关系到你的利益，你的生命，你的名誉，那时我才同意采取这种欺骗的手段。但是，谎言决不会带来好结果，尽管死亡在一边威逼着你说谎！你难道还不明白我要说的话吗？那个老人！——那个医生！——就是人们叫他罗杰·齐灵渥斯的那个人！——他是我以前的丈夫！"

牧师短促地瞥了她一眼，目光中饱含了强烈的激情，而这种感情，事实上，就是他身上为恶魔所占据的那一部分，并通过它竭力征服其余的部分。这种感情以多种形态再现，与他感情中更为高尚的、纯洁的和温柔的品质混合在一起。海丝特从来没有看到过比现在所见到的更阴森、更凶猛的脸色，在它持续的短短一瞬间，这真是一个可怕的变形。但是，他的性格已经被苦难折磨得非常孱弱，即令使出吃奶的气力也无力做出短暂的挣扎。他瘫软地坐在地上，双手掩住面孔。

"我也许早该知道了，"他喃喃地说，"我的确早知道了！我第一次见到他，以及后来每次见到他，我的心都会自然而然地畏缩起来，这难道不是已把秘密泄露给我了？我为什么还不明白呢？噢，海丝特·白兰，你根本不知道这件事有多可怕！有多可耻！有多丑恶！——把一颗患病的、有罪的心暴露在一个幸灾乐祸地注视着事态发展的人的眼前，是多么的可怕，多么的丑恶啊！女人啊，女人啊，你对这事要负责的！我无法饶恕你！"

"你应该饶恕我！"海丝特一边叫着，一边扑倒在他身边的落叶上。"让上帝惩罚吧！你应该饶恕我！"

她怀着突发的、绝望的柔情，甩开双臂搂住他，把他的头紧压在她自己胸怀里，没有顾及他的面颊正贴在那个红字上。他很想抽出身来，但是挣扎未成。海丝特不愿松开他，害怕他会严厉地盯着她的脸看。全世界都对她蹙眉而视——漫漫七年，全世界都对这个孤寂的妇人蹙眉而视——可是她忍受了这一切，甚至从来没有一次掉转开她那坚定而忧伤的目光。上天也同样对她蹙眉而视，但她挺了过来，没有死。然而，这个苍白的、衰弱的、有罪的和伤心的男人的皱眉，却是海丝特所忍受不了的，会使她没法活下去！

"你还能饶恕我吗？"她一遍又一遍地反复问道，"你不要蹙着眉头看我好吗？你肯饶恕我吗？"

"我一定饶恕你，海丝特，"牧师终于答道，随之深深地叹了一口气，那是从忧伤的深渊中发出来的，而不是出于愤怒。"我现在宽宏大度饶恕你！愿上帝饶恕我！海丝特，我们不是世界上最坏的罪人！世上还有一个人，他的罪孽比我这个亵渎神圣的教士还要深重！那个老人的复仇比之我们的罪孽更险恶。他残酷无情地蹂躏了一颗神圣不可侵犯的人心。你和我，海丝特，从来没有干过这样的事！"

"没有，没有！"她低声说道，"我们干的事具有自身的神圣之处。我们是这样感觉的！我们彼此也这样说过！难道你忘了吗？"

"嘘，海丝特！"阿瑟·丁梅斯代尔说道，从地上站起身来。"没有，我没忘！"

他俩重新坐下，肩并着肩，手握着手，坐在那根倒下的、长满青苔的树干上。生活从未带给他们比眼前更阴郁的时刻。这是他们生活道路长期以来指向的地方，随着时间的流逝，变得愈来愈黝黑。然而这里仍然包含着一种魅力，叫他们流连忘返，要求再多待一会，再多待一会，最后还要求再多待一会。周围的森林朦胧一片，一阵风吹过，发出吱吱嘎嘎的声响。树枝在他们头上沉重地晃动；一棵庄重的老树对另一棵树在哀伤地呻吟，仿佛在倾诉坐在树下那一对人儿的悲哀的故事，或者在不得不预告那行将来临的邪恶。

他们还是不愿离去，返回居民区的那条森林小道看上去是多么的凄凉可怕，因为回到那里去，海丝特·白兰必得再度负起她那耻辱的重荷，而牧师则要再次戴上他那好名声的空虚的假面具！所以，他们要求再多待一会儿。金色的阳光从来没有像在这黑树林的幽暗中如此珍贵。在这里，只有他一双眼睛看到她的红字，所以红字就不会烧进这个堕落女人的胸膛中去了！在这里，对上帝和人类都虚伪的阿瑟·丁梅斯代尔可能有一瞬间是真诚的！

他脑中突然闪出一个念头，他为之一惊。

"海丝特，"他喊道，"这儿又是一种新的恐怖！罗杰·齐灵渥斯既然知道你要揭穿他真实面貌的意图,他还会继续保守我们的秘密吗?他今后会采取什么办法来复仇呢?"

"他生性奇特,行动诡秘,"海丝特沉思着回答道,"而且这一秉性由于他实施秘密的复仇计划而益发根深蒂固了。我认为他大概不会泄露这个秘密。他肯定会寻找另外的手段来满足他见不得人的卑劣感情。"

"可是我呢!——跟这样一个死敌在一起共呼吸,我怎么能活得长久呢?"阿瑟·丁梅斯代尔惊呼起来,内心一阵抽搐,神经质地用手去捂住心口——他的这种姿势已经变得不由自主了,"为我想一想吧,海丝特!你是坚强的,替我想个办法吧!"

"你不能再跟这个人住在一起了,"海丝特慢慢地然而坚定地说道,"你的心不应再受那双邪恶眼睛的监视!"

"这比死亡还要糟糕得多!"牧师答道,"但是怎么避开呢?还有别的选择吗?你刚才告诉我他是什么人时,我就倒在这些枯叶上,可是我还要再倒在那上面吗?我必须在那里沉沦下去,立即死去吗?"

"天哪!你已经给糟蹋成什么样子了!"海丝特说着,泪水涌进了她的眼睛。"你就因为自惭软弱而要去死吗?没有别的原因吗?"

"上帝对我做了判决,"这位受到良心谴责的牧师说道,"神的威力太强大了,我无力挣扎。"

"上天有灵,会发慈悲的,"海丝特接着说,"只要你有力量来接受就成。"

"你给我力量吧!"他回答道,"告诉我该怎么办。"

"世界就这么狭小吗?"海丝特·白兰叫道,她的一双深邃的眼睛紧盯着牧师的眼睛,本能地发出一种磁力,吸引与凝聚起那个已经涣散与消沉得几乎无法支撑的心灵。"难道全宇宙就只有这个城镇这么个大小范围吗?不多久以前,那里还不是一片铺满落叶的荒野,和我们现在周围一样荒凉。那条森林小道是通向什么地方去的呢?你说,往后走回到居民区去!是的,但是也可以往前走啊!你越往前走,越走进森林深处,每走一步,就越不会被人们看清了;从那里再往前走几英里路,遍地枯黄的落叶上就找不见白人的足迹了。到了那里,你便自由了!只消走短短的一段路程,就可以使你离开那个煎熬着你的世界,来到一个让你可以享受幸福的地方!在这无边无际的大森林里,难道没有一个隐蔽之处,遮藏起你的心,避开罗杰·齐灵渥斯的目光?"

"是有的,海丝特,不过只是在这些落叶的下面!"牧师苦笑着回答说。

"再说,还有宽广的海上通道呢!"海丝特继续说,"海路把你带到了这儿,要是你愿意,它还可以把你送回去。在我们的故乡故土,无论是在偏僻的农村,还是在大城市伦敦——当然,还可以在德国,在法国,在令人愉快的意大利——他就会无能为力,不知你的去向。到那时,你跟这些铁石心肠的人们,还有他们的看法,又有什么关系呢?他们已经把你善良的一面束缚得太久了!"

"那可不行!"牧师回答道,他听她说话,仿佛要他去实现一个梦想。"我没有力量出走。像我这样一个不幸的罪人,我已经没有别的想法,只求在上帝给我安排的地方,苟延残喘,了此一生。虽然我已失去了我自己的灵魂,我仍然可以尽我所能为别人的灵魂做些事!虽然我是个不忠于职守的卫兵,凄苦的守卫终了时,所能得到的报偿只是死亡和耻辱,但我仍不敢擅离岗位。"

"你已经给这长达七年的不幸的重荷压垮了。"海丝特答道,她下定决心要用自己的力量使他振奋起来。"你应该把这一切统统留在你的身后!当你沿着林中小道走去时,你不应该让它拖累你的脚步;如果你愿意横渡海洋,你也不应该把它装到船上去。把灾难和毁灭都留在这里,留在它们发生的地方!不要再管它们!一切重新开始！这一次考验失败，就一切都不可能了吗？不是这样的！未来仍然充满考验和成功，有幸福可享受！有好事要做！把你现在的这种虚假的生活改变成真实的生活吧！去做印第安人的牧师和使徒吧！——如果你的精神召唤你去从事这样一种使命的话。或者，更符合你的本性，在文明世界中，在最聪明、最有名望的人们中间，去做一名学者和哲人吧！布道吧！写作吧！行动吧！做任何事情，就是不要躺下死去！放弃阿瑟·丁梅斯代尔这个名字，给你自己另外换一个名字，换一个高尚的名字，一个你使唤着它，不感到恐惧，不感到耻辱的名字。你为什么还要和从前一样待在那些吞噬着你生命的痛苦之中呢？痛苦已使你软弱无力，丧失了意志和行动的力量！痛苦还将使你失去悔改的力量。起来，走吧！"

"噢，海丝特！"阿瑟·丁梅斯代尔叫道，她的热情点燃了他眼睛里的一道火光，但闪烁了一下又熄灭了，"你在鼓励一个两腿发抖的人去赛跑！我身上已经没有留下一点力量和勇气，走进那个广大、陌生和艰难的世界里去独自一人闯荡了，独自一人哪！"

这是一个破碎的心灵在沮丧中最后的表白。他没有力气去抓住那个似乎唾手可得的幸运。

他重复着那一句话。

"独自一人，海丝特！"

"不会叫你独自一人去的！"她深沉地低声回答道。

这样，一切都讲明了。

十八　一片阳光

　　阿瑟·丁梅斯代尔凝视着海丝特的面孔，他的神情中确实闪烁着希望和喜悦，但也掺杂着畏惧，一种对她敢作敢为气概的惊恐。她把他含糊其词不敢说出来的话，都说了出来。

　　海丝特·白兰天生具有一颗勇敢和活跃的心，但是在这么漫长的岁月里，她不仅被人疏远，而且还遭社会的摒弃，从而使她形成了一种特别的思维方式，一种对于牧师来说完全格格不入的思维方式。她无规则可循，无向导指引，漫无目的地在精神的荒野中徘徊，那荒野和这个莽莽的原始森林一样广漠无边，一样错综复杂，一样阴森可怕，而他俩现在就在这片幽暗的林中进行决定他们命运的会谈。她的智慧和心灵在这块荒漠之地适得其所。她在那里徜徉自在，安步漫游，正如野蛮的印第安人在树林中随心所欲一样。在过去的这些年中，她一直以一个离群索居者的眼光来看待人类的习俗，以及教士和立法者所建立的一切。她批评牧师的绶带、法官的黑袍、颈手枷、绞刑架、家庭以及教会等。她对于这些东西几乎没有什么敬畏之情，就跟印第安人对它们的感情差不多。她的命运和遭遇反使她日渐自由。红字就是她的护照，使她进入了别的女人不敢涉足的领域。耻辱、绝望、孤寂，这些都是她的教师，严厉又粗野的教师，它们已使她变得坚强，但也教她更偏执。

在另一方面，牧师却从来没有一种经历，促使他跨越雷池一步，违犯众人接受的法规。虽然他有过一次也是唯一的一次，可怕地违犯了最神圣的一条法规，但是，那是感情冲动造成的罪孽，并非出于对抗原则，亦非故意而为。从那个不幸的时刻起，他一直以病态的热情，小心翼翼地监护着自己。他监护的不是他自己的行动——因为这是很容易调整的——而是他自己的一丝一缕的情感以及每一个念头。他当初身为牧师站在社会制度的前列，因此他更受着社会戒规、原则甚至偏见的束缚。身为牧师，他神职的品位必然要约束他。作为一个曾经犯过罪的人，又作为一个伤口未愈，疼痛犹在，神经不时受到刺激而且良心未泯的人，他或许会认为，现在的他在德行方面比从未犯过任何罪孽之前的他要更成熟更可靠。

这样，我们似乎看明白了：就海丝特·白兰来说，整整七年的遭人唾弃和蒙受耻辱的生活就是为此时此刻做准备的。可是，对于阿瑟·丁梅斯代尔呢？假如这样一个人再次堕落，还能找出什么理由为减轻其罪责辩白呢？没有，无能为力，除了勉强说什么：他因长期忍受极度的痛苦，身体给搞垮了；或者，他的心灵被折磨他的悔恨弄得昏天黑地，混混沌沌了；或者说，他的良心在公然承认自己是一名罪犯后遁迹出逃。还是继续留下充当一名伪善者，二者之间难以做出抉择，左右为难；或者说什么，逃避死亡和耻辱的祸害，以及逃避敌人的不可预测的阴谋诡计是人之常情；最后，还可以说什么，对于这个可怜的朝圣者，在他凄苦荒凉的旅途上，尽管他体弱乏力，疾病缠身，悲痛欲绝，他却瞥见一道充满仁爱和同情的闪光，看到了崭新的、真实生活的一线希望，有望取代他目前正赎罪的沉重的命运。再者，让我们把那严酷又令人伤感的真理说出来吧：罪孽一旦在人的灵魂中造成一个罅隙，今生今世便难以弥合。当然，你尽可以细心监视、严加防守，使敌人无法再度闯入禁区，甚至在尔后的进攻中敌人不得不另择途径，不采用他原先成功入侵的路线。但是，断壁残垣犹在，敌人就在附近暗中游移，试图卷土重来夺取他念念不忘的胜利。

如果确有这样一场争斗，倒也无须详细描述，只消一句话就足够了，那就是：牧师决心出逃，而且不是独身一人。

"如果，在过去整整的七年间，"他自言自语道，"我能够回想起有过一刻的平静或希望的话，我便会看在上天仁慈的诚意上再忍耐下去的。但是，现在，既然我命中注定无法挽救，又何必不去抓住已经定罪的犯人临刑前所能得到的那点慰藉呢？或者说，像海丝特规劝我的那样，如果这是一条通往美好生活的道路的话，我沿着它走肯定不会背离更为光明灿烂的前程。而且，没有她与我为伴，我已无法生活下去了。她的耐力是如此之巨大，她的抚慰是如此之温柔！啊！主啊！我不敢抬头仰望你啊，你还能饶恕我吗？"

"你就走吧！"海丝特劝道。当他遇到她的目光时，她是那样的安详。

这个决心一下，便有一道奇异的、欣喜的火光将其闪闪发亮的光彩投射到他充满烦恼的心头。对于一个刚刚逃脱自己心灵牢笼的囚犯来说，这个决定所产生的振奋人心的效果，犹如在一片未受人践踏的、未受基督教化的，以及还未受法律管辖的地方呼吸着莽莽荒野的自由空气。他的精神一跃而起，为之一振，比起他在悲惨中一直匍匐在地时，天空的景色似乎也离他更近了。他是一个具有深重宗教气质的人，因此他的情绪也不可避免地会染上一抹虔诚的色彩。

"我又感受到喜悦了吗？"他叫了起来，对自己深表诧异。"我还以为喜悦的胚芽已在我身上死了！噢，海丝特，你真是我的好天使！我似乎已经把原先的——一个虚弱多病、罪孽附身和郁郁寡欢的旧我抛进了森林里的枯枝败叶之中,一个崭新的我又重新站了起来,带着新生的力量要为仁慈的上帝增光添彩!这真是一个更加美好的生活!为什么我们没有早一些发现它呢?"

"我们不要往后看,"海丝特回答道,"过去的已经过去了!我们何必对它恋恋不舍?瞧!我要把过去,连同这个标记,统统毁掉,就像过去从来没有发生过一样!"

她一边说,一边解开别着红字的胸针,从胸前取下红字,把它抛向枯叶堆里,这个神秘的标记飞落在小溪的岸边。仅差一手之距,红字就会掉进水里。当真如此的话,小溪除了潺潺不息地诉说那个难于理喻的故事之外,又要载起另一重哀怨向前流淌。但那个刺绣的红字躺在那里,像一颗遗失的珠宝似的闪闪发光,说不定给某个倒霉的流浪汉捡了起来,从此他便被光怪陆离的罪恶的幽灵、忧心忡忡以及无可名状的不幸所困扰。

海丝特扔掉了那个耻辱的标记之后,深深地舒了一口气,她的精神摆脱了耻辱和苦闷的重压。啊,极度的轻松!在她感受到自由之前,她一直不知道这个红字有多重啊!接着,她又一次受到冲动,摘下了那顶表示习俗的束发帽,又黑又密的秀发立刻飘洒在肩上,**绿云扰扰**,光影相映,为她的容颜平添了几分温柔的妩媚。仿佛从**女性内心**涌现出来的一种灿烂温柔的微笑,在她的嘴边嬉戏,并**通过她的眼波射**向四方。一片红晕在她长久以来一直苍白的脸颊上燃烧。她的女性美、她的青春,以及她的绰约丰姿全都回来了,从那人们称之为"一去不复返"的过去回来了。与之俱来的还有少女时期的憧憬和从未感受过的欢乐。它们凝聚在一起,出现在此时此刻的一个奇妙的环流之中。天地间的阴霾仿佛只是从这两个凡人心中散发出来的烟气,与他们的忧愁一起烟消云散。一瞬间,天空射出万道霞光,犹如苍天绽开了笑脸,向阴暗的森林,泻下一片阳光,使每一张绿叶欣欣向荣,枯黄的落叶变得金光灿灿,连灰暗肃穆的树干也闪出亮光。原先投下阴影的东西,现在也都在闪闪发光。小溪里的流水波光粼粼,欢快低唱,借着波光可探寻到树林神秘的心脏深处,但此时这种神秘也已变成了难以理喻的喜悦。

这是大自然对这两个人精神的祝福和同情。那是个荒蛮的、异端的、原始森林的大自然,一个没有屈服于人类法律的,也没有被高雅的真理照射过的大自然。爱情,无论是新生的抑或是从昏死般沉睡中唤醒的爱情,必定要产生阳光,使内心充满光辉,满溢而出,洒向人间。如果说森林现在仍然阴暗如故,那么在海丝特的眼里是光明的,在阿瑟·丁梅斯代尔的眼里也是光明的!

海丝特望着他,心头掠过又一阵喜悦的震颤。

"你该认识珠儿!"她说道,"我们的小珠儿!你见过她——没错,我记得你见过她!——不过你现在要对她刮目相看了。她是一个怪孩子!我简直不理解她!但你会像我一样非常疼爱她,还会告诉我该怎么对待她。"

"你认为孩子会高兴认识我吗?"牧师有点不安地问道,"我好久以来一直躲着孩子们,因为他们常常对我表现出一种不信任——一种畏畏缩缩不愿跟我亲近的态度。我甚至有点怕小珠儿!"

"唉,那真叫人伤心!"孩子母亲说道,"但是她会疼爱你的,你也会疼爱她的。她就在附近,我来叫她!珠儿!珠儿!"

"我瞧见孩子了,"牧师说,"她就在那边,在小溪的对岸,站在一道阳光下,离这儿还有一段路。你认为孩子会爱我吗?"

海丝特莞尔一笑,又喊了一声珠儿。现在可以看到她了,离这儿不甚远。正如牧师描述的那样,她站在透过树穿射到她身上的一道阳光里,如同穿了一件艳丽服装的幻影。光束在来回晃动,使她的身影忽明忽暗。一会儿分明是活生生的小孩子,一会儿又像是一个小精灵,随同光束的来去而变幻不定。她听到了母亲的喊声,穿过森林徐徐走来。

在她母亲和牧师坐着谈话的时候,珠儿并不感到时光过得厌倦难挨。这座巨大的黑森林,虽然对于那些把世间罪孽和烦恼带进它腹地的人来说显得十分严厉无情,但对于这个孤独的小孩来说,却成了玩耍的好伙伴,而且知道怎么跟它玩耍。大森林尽管阴沉忧郁,却打点起最亲切的心情来欢迎她。这里有蔓虎刺浆果,此果是去年秋天长出,今年春天才成熟的,红红的果子衬在枯叶上像滴滴鲜血。珠儿采集这些浆果,她爱果子的野味。那些野地里的小动物,都不肯挪动一下,给她腾出道来。一只鹧鸪,率领着十只小雏,向她猛扑过来逞凶,但不久就后悔不该如此凶悍,还咯咯地鸣叫,招呼它的小雏不要害怕。一只孤单单地栖在一根低悬树枝上的野鸽,听凭珠儿来到它的下面,叫了一声,几多表示欢迎,几多表示惊恐。一只小松鼠,从它作巢的高高树顶的乱枝中叽叽咕咕乱叫一阵,不知是赞扬还是高兴,因为松鼠本来就是这样一种爱发脾气又滑稽的小家伙,让人很难摸清它的心情。它就这样对珠儿叽叽咕咕叫喊,还朝她的头上扔下一颗坚果。这是一颗陈年坚果,已被它的利齿啃咬过。一只狐狸,被她踩在树叶上的轻轻脚步声,从睡梦中惊醒过来,疑虑地端详着珠儿,仿佛正拿不定主意,是悄悄溜走,还是待在原地继续睡觉。据说——故事讲到这里,真是有点离谱了——还有一只狼走上前来,嗅了嗅珠儿的衣服,仰起它凶狠的头来要她用手拍拍它。不过,真情大概是这样:森林母亲和她滋养抚育的那些野生的东西,全都在这个人类孩子的身上辨认出一脉相承的野性。

珠儿在这里,比之在居民区两侧长满绿草的街道上或者在她母亲的小茅屋里,都要显得更温存些。花朵像是明白这一点,所以当她走过时,就有一两朵花悄悄地对她说:"用我来打扮你吧,美丽的紫罗兰、银莲花和耧斗菜,以及一些从老树上垂到她眼前的鲜嫩的小树枝。她用这些花朵和枝条编成花环,戴在头上,缠在腰际,霎时间成了林中小仙女,山林小女神,或者同这古老森林息息相关的什么小神仙。珠儿正把自己打扮成这个样子时,听到了母亲的喊声,于是慢慢地往回走去。

她走得很慢!因为她瞧见了牧师!

十九　孩子在溪畔

"你会非常疼爱她的。"海丝特·白兰又说了一遍，这时她和牧师正坐在那里望着小珠儿。"你不觉得她很美吗？你看她本领多大，用那些普通的花朵把自己打扮得多漂亮！即使她在树林里找到珍珠、钻石、宝石，也不会把她打扮得比现在更漂亮！她是一个了不起的孩子！不过我知道她长得像谁！"

"你知道，海丝特，"阿瑟·丁梅斯代尔笑着说道，微笑时带有一种不安的神情，"你可知道这个整天在你身边跳跳蹦蹦的可爱的孩子，着实让我受了不少的惊吓？我以为——噢，海丝特，这是个什么样的想法，而且产生这种顾虑又是多么可怕啊！——我相貌的某些部分在她的脸上重现出来，并且那么惟妙惟肖，世人一眼就可以看出来！不过，她主要还是像你！"

"不，不！不是主要像我！"母亲温柔地笑了笑，并说道，"过不了多久，你就不必担心人们会追究她是谁的孩子了。你瞧她头发上戴了那些野花看上去多漂亮！简直像那些留在我们亲爱的古老的英格兰的仙女，梳妆打扮好了来欢迎我们。"

他们坐在那里望着珠儿慢慢走来，两人心里都怀着谁也没有体验过的一种感情。在她身上可以看到把他俩联系在一起的纽带。在过去的七年里,她被作为活生生的象形文字奉献给了世界。在这个象形文字中揭示了人们竭力要隐藏的秘密,要是有一位先知或魔术师有本领读解这个火焰般的文字,便可以发现一切都写在这个符号里,一切都写得明明白白!珠儿是他俩生命的结晶,不管以往的罪孽怎样,当他们一看到两个肉体结合的产物,看到他们心心相印、永不分离的精神结晶时,他们怎么可能怀疑,他们现世生活和未来命运已经紧密相连?这些想法——或许还有其他一些他们没有承认或确定的想法——使得孩子向前走着的时候,身上散射出一种令人敬畏的气氛。

"你跟她说话的时候,既不要太热情,也不要太急切,别让她看出有什么不同寻常的地方,"海丝特低声说道,"我们的珠儿是个让人难以捉摸的小精灵,喜怒无常,想入非非。尤其是在她不大明白缘由的时候,很难接受别人的感情。不过,这孩子有强烈的爱!她爱我,而且也会爱你的。"

"你难以想象,"牧师说道,斜视了一下海丝特·白兰,"我心里是多么害怕这次见面,又是多么渴望这次见面!不过,说实在的,就像我刚才对你说的那样,孩子们是不大乐意跟我亲近的。他们不会爬到我的膝盖上坐下,不会凑着我耳朵说悄悄话,也不愿对我的微笑报以微笑,而是站得远远的,好奇地瞅着我。甚至小婴孩,我一抱起他们,就又哭又闹,哭得好不伤心。可是珠儿长这么大,竟有两次对我特别亲!头一次——你一定记得很清楚!第二次就是你领她到那个老是板着脸孔的老总督家去的时候。"

"那次你大胆地为她和我做了辩护!"孩子的母亲回答道,"我记得,小珠儿也会记得的。别怕!她开始会感到陌生、怕羞,但是很快会喜欢上你的!"

这时珠儿已经来到小溪边,站在对岸,静悄悄地凝视着海丝特和牧师。当时他俩仍然一起坐在那根长满青苔的树干上，等候着她的到来。正好在她停顿的地方，小溪恰好汇聚成一个小水潭，水面平静光滑，把珠儿那小小体态的完美形象映现得十分清晰，用鲜花和绿叶枝条装饰的姿容使她的丽质秀色绚丽如画，比实际的她还要更精美，更富有灵气。

这个映像跟活生生的珠儿如此酷似，仿佛将它自身的那种影子般不可捉摸的品质也都传给了她。奇怪的是，珠儿一直站在那里，目不转睛地透过森林的幽暗注视着他们。与此同时，她全身都沐浴在阳光之中，仿佛阳光受到某种感应吸引到她身上来了。在她脚下的小溪中站着另一个女孩子，跟她一模一样，身上同样洒满阳光。这时，海丝特朦胧而又难受地感到自己跟珠儿疏远了，似乎孩子独自在森林里漫游以后，已经迷途了，走出了母女俩共同生活的圈子，现在正在徒劳地设法走回来。

这种印象既是真实的，又是错误的。孩子和母亲是疏远了，但那要归咎于海丝特自己，而不是珠儿。自从孩子离开她身边出游之后，另一个人走进了母亲的感情圈内，从而改变了她们之间的相互关系，当珠儿这个流浪者归来时，再也寻不到她原先的位置，几乎不知道她自己身在何处。

"我有一种奇怪的幻想，"敏感的牧师说道，"这条小溪是两个世界的分界线，你永远不能跟你的珠儿相会了。或者，她无非是一个小精灵，像我们童年时听到的传说里的那样，一个不准跨过溪水的小精灵！请叫她快过来，这样拖拖拉拉快把我的神经绷断了。"

"过来，我的好孩子！"海丝特伸出双臂，鼓励孩子快走。"你走得这么慢啊！你从前哪里这样慢慢吞吞？这儿有我的一位朋友，他也一定会是你的朋友。从今后你不单单得到你母亲的一份爱，还可以得到另一个人的爱，双份的爱！跳过小溪，到我们这儿来，你不是可以像小鹿一样跳嘛！"

珠儿对于这些甜言蜜语没有做出任何反应，仍然站在小溪对岸，此时她那双明亮、狂野的眼睛，时而注视着她的母亲，时而注视着牧师，时而同时盯住他们两个人，像是要替自己探明他们两个人之间的关系似的。出于某种说不清的原因，当丁梅斯代尔感到她的目光落到自己身上时，他的手便会悄悄地捂到他的心口上，那姿势已经习惯成自然了。最后，珠儿做出一副独特的、不容置辩的神态，伸出她小小的食指，显然是在指着她母亲的胸部，同时，在她脚下，在镜子似的小溪里，那个头上戴着花环，洒满阳光的小珠儿的映像也伸出了她小小的食指在指点。

"你这个奇怪的孩子，为什么不到我这儿来？"海丝特叫道。珠儿仍用她的手指指着，她的眉际出现了一道皱纹，这种神情出自于一个满脸稚气，甚至面孔像婴儿般的孩子，给人的印象尤深。由于她母亲仍在不断呼唤她，脸上堆着平时不多见的笑容，所以那孩子便以更加凶狠的表情和姿势使劲地跺起脚来。在溪水中那个俊美无比的映像，也同样皱着眉头，伸出食指，一脸专横，把小珠儿的模样衬托得更加楚楚动人。

"快过来，珠儿，要不我可要跟你生气了！"海丝特·白兰大声喊道。虽然她平时已经很熟悉这个小精灵似的孩子的这种行为举止，但此时自然希望她表现得更懂规矩些。"跳过小溪来，淘气的孩子，快跑过来！要不我就上你那儿去了！"

但是，珠儿正如她对她母亲的恳求无动于衷一样，对于她母亲的这种威胁毫不惊惶，反而顿时大发脾气，做出凶狠的姿态，乱扭乱摆她自己小小的身躯。在做出这种狂暴动作的同时，她还发出刺耳的尖叫，叫声在森林里四处回荡。所以，虽然她只是独自一个人不通情理地大发小孩脾气，却好像有一大群隐藏着的人在暗中同情她、鼓励她。此时，在小溪里，又一次看到珠儿怒气冲冲的身影，一个头戴花冠、腰缠花环的女孩，却在猛跺脚，乱扭乱动，而且在她这样发作时,那小小的食指也始终指着海丝特的胸口!

"我明白这孩子是怎么回事了,"海丝特对牧师低声说道。尽管她竭力隐藏起她的烦恼和不安,她的脸色还是变得十分苍白。"孩子们对于每日在眼前司空见惯的东西,稍有改变,便受不了。珠儿是看不到她一直见我戴的那个东西了!"

"我请求你,"牧师答道,"要是你有什么办法可以让这孩子安静下来,马上就做吧!可别像西宾斯太太那样的老巫婆得了瘟病似的大发脾气,"他强笑着补充说,"我再也没有比孩子发脾气更不愿看到的东西了。在年幼美丽的珠儿身上,跟那个满脸皱纹的老巫婆一样,一定有一种超自然的力量。要是你爱我,就让她安静下来吧!"

海丝特又转向珠儿,这时她脸上泛起红晕,故意斜视了牧师一眼,然后重重地叹了一口气,但她还没有来得及开口,红晕就褪成死一般的苍白了。

"珠儿,"她伤心地说,"往你的脚下瞧,就在那儿,在你跟前,在小溪的这边。"

孩子的目光转向母亲指的地方,红字就躺在那里,紧挨着溪边,金色的刺绣倒映在水中。

"把它拿过来!"海丝特说。

"你过来捡吧!"珠儿回答道。

"真没有见过这样的孩子!"海丝特对在这边的牧师说道,"噢,我有好多有关她的事要告诉你呢!不过,说实在的,她对这个可恨的标记的看法还是对的。我还得再忍受一会这个折磨人的东西——也就是几天了吧!——那时我们将离开这个地方,再回头看看,它只像是我们噩梦里的一片土地。这片森林掩藏不住它!汪洋大海将从我手里把它夺过去,把它永远吞没!"

说了这些话后,她走到溪边,捡起红字,再次把它佩戴在胸口,仅仅片刻之前,海丝特还满怀希望说到要把红字淹没在大海深处,但是当她这样从命运之手把这个该死的符号接过来时,她感到有一种难以避免的忧郁沉重地压在她心头。她曾经把它扔进无限的空间!——她曾经短暂地呼吸过自由的空气!可是现在这个凄苦的红字又重新在原来的地方闪烁灼人了!事情从来如此,一种邪恶的行为,不管它是否有标记,总是具有一种阴沉忧郁的品性。接着,海丝特挽起她浓密的头发,把它拢在帽子底下。仿佛那个凄苦的字母有一种摧枯拉朽的魔力,她的美貌、她女性的温柔和丰润,都像落日般离去了,一抹灰色的阴影似乎又笼罩在她的身上。

在发生了这一阴沉的变化之后,她向女儿伸出了手。

"孩子,现在你认识你妈妈了吧?"她问道,含有几分责备,但声音压得很低,"现在你妈妈又戴上了耻辱的标记,又伤心痛苦了,现在你愿意跨过小溪,认你妈妈了吧?"

"是啊!现在我愿意过去了!"孩子边回答边跳过小溪,两臂紧抱住海丝特。"你现在真正是我的妈妈了!我也是你的小珠儿了!"

珠儿用一种非同寻常的温柔神态,往下轻拽她母亲的头,吻她的额头,吻她的双颊。但是,就在这时珠儿努起了她的小嘴,也吻了一下那个红字,这孩子这样做出于一种本性的驱使,不管她偶然给人什么安慰,总不放过让人同时感受一阵痛苦。

"那就不好了!"海丝特说道,"你刚给我表示了一点点爱,可你又嘲弄我!"

"那个牧师为啥坐在那里?"珠儿问。

"他等着欢迎你呢,"她母亲回答,"你过来,恳求他的祝福吧!他爱你,我的小珠儿,他还爱你的妈妈。你不爱他吗?过来,他非常想见你!"

"他爱我们吗?"珠儿一边说,一边抬头用机敏锐利的眼光注视她母亲的脸。"他跟我们一块回去,我们三个人手拉手一块回城里去?"

"现在不成,乖孩子,"海丝特回答,"但是,过几天他会跟我们手拉手一起散步。我们会有一个我们自己的温暖的家。你将坐在他的膝盖上,他会教你好多事情,非常疼你,你会爱他的,你会吗?"

"他还会老是把手捂在心口上吗?"珠儿问。

"傻孩子,怎么问这个!"她母亲叫了起来。"过来,请他为你祝福吧!"

可是,不晓得是出于每一个被宠爱的孩子对一个危险的对手的那种天生的嫉妒之心,还是出于她那反复无常的天性的发作,珠儿就是不肯对牧师表示好感。最后她的母亲用尽气力才把她带到他的面前。但她还是一股劲地往后缩,做出种种鬼脸表示不情愿。在她还是一个婴孩的时候,她就会做各种各样的鬼脸,把她活泼可爱的面容变成一系列的怪样子,而每一种怪样子里都各有一种新的恶作剧在里面。牧师给弄得既痛苦又尴尬,不过他还是希望一个亲吻也许会产生符咒的效验,使他跟孩子更亲近些,于是他弯下腰,在她的额头上吻了一下。就在这一刻,珠儿挣脱开她的母亲,跑到小溪边,弯下身子,洗她的额头,直到那不受欢迎的亲吻给洗得干干净净,在潺潺的流水中消失殆尽。她远远地站在一边,默默地望着海丝特和牧师,此时两人正在商谈,为他们新的处境和不久就要实现的新的目的做出安排。

到此,这次命运攸关的会见就要结束了,留给这幽谷的是一片孤寂,散布在它幽暗、古老的森林里。这些老树将用它们无数的舌头,久久地悄悄絮叨在那里发生的故事,而世人无一能听懂它们。那忧郁的小溪,在它小小的心中早已装满了种种隐秘,现在又要增加一则新的故事。小溪继续潺潺而流,低吟浅唱,其声调跟无数年前一样,没有增加一丝欢快。

二十　迷惘的牧师

牧师在海丝特·白兰和小珠儿之前先离开了。走远之前，他回过头来瞥了一眼，他本来只是期望再看上一眼正慢慢消失在林地暮霭中母女两人依稀可见的面容与身影，因为他的生活中发生了如此巨大的变化，他无法立刻信以为真。但是，海丝特分明在那里，身穿灰色长袍，仍然站在那根树干旁边。那树干是很多很多年以前被大风刮倒的，从此，年深日久，上面长满了苔藓，倒给了这两个承受着世上最沉重负担的、命运相连的人一席之地，让他们可并肩而坐，共享短短一个小时的安宁和慰藉。珠儿也在那里，轻快地从溪边蹦蹦跳跳地过来，回到母亲身边她原来的位置，因为这时闯进来的第三者已经走了。由此看来牧师刚才并没有昏昏睡去，并非在做梦！

这次会见在牧师的心上留下了一些模糊不清、模棱两可的印象，这些印象搅得他心神不宁。为了摆脱与澄清这些印象，他重新回忆和更彻底地确定他和海丝特拟定的出走计划。他们两人已经决定，与只在沿海一带稀疏地散落着一些印第安人的茅屋和为数不多的欧洲移民聚居区的新英格兰或整个美洲相比，人口稠密、城市林立的旧大陆更适合于他们避难或隐居。暂且不说牧师的健康状况不适宜于忍受森林中生活的艰辛,他的天生的才能,他的文化教养,以及他整个的发展,也只有在文明和优雅的环境中,才能充分发挥,适得其所;环境愈高雅,这个人就愈能适应,应付自如。促使他们做出这一抉择的另一个原因是恰巧有一艘船停泊在港口里;它是当时经常在港口出没的那种形迹可疑的航船中的一艘,这种船虽然还不完全是公海上的不法船只,但是在海面上游荡时,带有一种明显的不负责任的性质。这艘船是新近从西班牙领海开来的,三天后就要开往英国的布里斯托尔去了。海丝特·白兰作为妇女慈善会的志愿人员,她的工作使她有机会结识了这艘船的船长和水手,因此她能够设法十分秘密地让两个大人与一个小孩上船搭乘,而严加保密是此举必要的、求之不得的条件。

  牧师曾经十分关切地询问过海丝特关于这艘船的离港的确切日期。它很可能就在从现在算起的第四天。"那是最幸运的了!"他当时自言自语地说。那么,为什么丁梅斯代尔牧师先生认为那个日子是最幸运不过呢,我们本不想公之于众。然而,为了对读者无所保留,我们可以说那是因为从现在起的第三天,他预定要去庆祝神的选择日①的布道会上讲道;同时,因为在这样的一个场合布道对于一个新英格兰牧师来说是一生中非常荣幸的时刻,他不可能找到更合适的方式和时间来结束他的职业生涯。"至少,他们将来说到我时,"这个为人楷模的人自忖道,"不会说我擅离职守或者敷衍塞责!"像这样一位可怜的牧师如此深刻和锐利的内省居然会遭到这般可悲的误解,委实令人伤心!我们已经说过,也许以后还会说到他这个人办的许多糟糕的事情,但是,就我们所知,还没有一件事

---

  ① 为庆祝新的总督上任时作的布道。按加尔文教教义,一个人的工作或灵魂的拯救都是由上帝选择与决定的。

表现得如此之软弱,让人感到可怜;也没有一件比这更微不足道却又无可辩驳的证据,这说明他患有一种十分微妙的疾病,早已腐蚀了他的真实的性格。没有人能够在相当长的时间内给自己扮出一副面孔,对众人又露出另一副面孔,因为这样的人最后自己都弄不清楚究竟哪一个是真实的面孔。

丁梅斯代尔和海丝特会面后回来,他激动的心情赋予他少见的体力,促使他加快脚步回城里去。那林间小道似乎比他记忆中出来时更荒野,更加崎岖不平,而且人迹更为稀少。但他跳过泥泞的水洼,穿过缠人绊脚的矮树丛,爬上山坡,冲下低谷,总之,他克服了路上的一切困难,表现出来的那种不知疲劳的活力连他自己都感到惊讶。他不禁回想起,仅在两天以前,他走在这同一条路上,步履是多么的艰难,身体孱弱,走不了几步就要停下来喘口气。当他走进城时,呈现在他眼前的许多熟悉的事物似乎都变了样子。好像不是在昨天,不是一两天,而是许多天,甚至许多年前,他就已经离开它们了。的确,街道依旧,跟他记忆里的一模一样;房屋的一切特色,诸如众多的山墙,每一个他原先记忆中饰有风信鸡的尖顶照旧不变。然而,那种起了变化的感觉却仍然十分强烈地占据着他的思想。至于他所遇到的熟人,以及这个小城镇里人们生活的种种熟悉的状态也一样没有变。人们看上去既未变老,也没变得年轻;老人的胡须也没变得更花白,昨天还只会在地上爬行的婴孩今天也没有能站起来行走,简直不可能说出在他最近离开时匆匆瞧上一眼的那些人究竟在哪些方面有所不同。然而,牧师最深层的意识似乎在告诉他,他们已经变了,当他走过他自己教堂的墙下时,他最显著地感触到这样一个相似的印象。那建筑物的外表是那样陌生,又那样熟悉,丁梅斯代尔先生的心在这两种思想之间波动:要么只是他以前在梦中见到过,要么他现在正在做梦,是在梦中见到这一切。

这个表现为千姿百态的现象,并非表示外界真的起了变化,而是说明观察这些熟悉景物的人内心发生了重要的突变,因而在他的意识里产生相隔一日如隔多年之感。这也是牧师本人的意志、海丝特的意志以及两人共同的命运造成的这个变形。城镇还是原来的城镇,可是从森林里回来的牧师已不是从前的牧师了。他很可能对那些向他打招呼的朋友们说:"我已经不是你们心目中的那个人了!我把他留在那边的森林里,隐退在幽谷里,离一条忧郁的小溪不远,就在一棵长满青苔的树干旁边!去,去到那里找你们的牧师吧!看一看他那憔悴的身形,他那瘦削的面颊,他那苍白、沉重、布满痛苦皱纹的前额,是不是像一件脱下来的衣裳给撂在那里。"毫无疑问,他的朋友们仍然会对他说:"你还是原来的那个人!"但是,那是他们弄错了,他没错。

　　在丁梅斯代尔先生回到家里之前,他内心里的那个人又给了他别的一些证据,证明他的思想感情已经发生了一次大革命。的确,假如在那个内心的王国里不是发生改朝换代,伦常纲纪彻底改变的话,实在无法解释如今支配着那个不幸而惊恐的牧师的种种冲动。他每走一步,总是想做出这样或那样的奇怪的、狂野的、邪恶的事,可是又觉得那样做既非自愿却又故意为之。一方面是不由自主,另一方面又出于比反对这种种冲动更深层的自我。比如说,他遇见了他教堂里的一名执事。这位善良的老人用一种慈父般的深情和长老式的姿态跟他打招呼,因为他年高德重,加之他在教会里的职位和资历使他有权利这么做;与此相应的,老人对牧师怀有深深的、甚至近乎崇拜的敬意,则是牧师的职业和个人的品德同样有资格享有的。再也没有更好的例子来说明:年纪和智慧的威严与对之表示的谦恭和敬意可以一致起来,就如一个社会地位较低、天赋不高的人对比他高的人也可以不卑不亢,做得十分相称一样。这时,当丁梅斯代尔跟这位德高望重、须发灰白的执事谈话的短暂时间里，牧师必须要小心翼翼地控制自己才不致把冒到嘴边的有关圣餐的某些亵渎神明的话说出口来。他紧张得浑身发抖，面色苍白，独怕他的舌头不听指挥，不自觉地说出那些可怕的言辞。但是，尽管他内心十分惧怕，但是一想到要是他当真说出那些亵渎神明的话来，那位虔诚的老前辈执事一定会吓得目瞪口呆，不禁要失声大笑起来。

另外，还发生了另一件性质相仿的事。就在丁梅斯代尔先生在大街上匆匆行走的时候，遇见了分教会一位最为年长的女教友，一位最虔诚、堪称模范的老太太。这位孤苦伶仃的寡妇，心中充满了她对许久以前已故的丈夫、孩子和朋友们的怀念，就好像一块墓地竖满了重重叠叠的墓碑一样。这一切本来可以变为深沉的愁伤，但是因为她三十多年来不断地以宗教的慰藉和《圣经》的真理来滋养充实自己，因而在她虔诚的年迈的心灵中，这些回忆几乎都变成一种肃穆的欢愉。自从丁梅斯代尔先生将她收为教友，负责照管以来，这位善良的老太婆在现世上最主要的安慰——如果这种安慰不同时也是天国的安慰的话，便根本算不上什么安慰——就是同牧师的会面，无论是不期而遇，还是专程拜访，只要从他那可爱的双唇中说出一两句温馨的、带有天国气息的福音真理，送进她半聋的、但喜闻乐听的耳朵里时，她就会精神焕发。然而这一回，一直到丁梅斯代尔先生把他的双唇凑近老太婆的耳边之前，他好像是受了人类灵魂的大敌的指使一样，竟然忘记了《圣经》经文，或是别的什么，只是简单地说了一句什么人类灵魂并非是不朽的，还认为那是毋庸置辩的。这番话如果灌输进这位年迈的女教友的心灵里去，她很可能会立刻倒毙，仿佛是中了剧毒。他究竟在她耳边窃窃低语了什么，事后他自己怎么也回忆不起来。或许，很侥幸，他当时语无伦次，善良的寡妇就没有听明白，没有得到任何明确的思想，或者是上天按照自己的方式做出了解释。反正，当牧师回头看去时，只见到她脸上浮现出一副感激上帝的欣喜表情,似乎天国的光辉正照耀在她满脸皱纹和灰白如土的脸上。

再说第三个例子。他在告别了那位老教友之后,便遇到了最年轻的一位女教友。她是最近才皈依的一位少女,而且就是在聆听了丁梅斯代尔先生夜游后做的安息日布道后皈依的。她愿牺牲现世的、暂时的快乐,来换取天国的希望。当她周围的生活黯然失色时,天国的希望显得更明亮,以终极的荣光使浑然一片的黝黑顿生光辉。她美丽、纯洁,如一朵在天堂里绽开的百合花。牧师深知他自己被供奉在她圣洁无瑕的心里,这颗心将其雪白的帷幔悬挂在他形象的周围,将爱情的温馨融进了宗教,又将宗教的纯洁融进了爱情。那天下午,一定是撒旦把这可怜的少女从她母亲的身边引诱出来,把她丢弃在路上,碰上这个受了强烈诱惑的——或者,我们姑且这样说吧——一个自暴自弃、无可救药的人。就在她走近的时候,魔王悄悄地要他摇身变小,缩成一颗邪恶的种子,然后把它投进她温柔的心田里,不久开放出黑色的花,并到时结出黑色的恶果来。牧师意识到自己有权驾驭这个十分信任他的少女的灵魂,他觉得只要他不怀好意地瞟她一眼,就可使她纯洁的心田立即干涸,而且只要他说出一句话,她那纯洁的心灵就会走向反面。可是,在经历了一番前所未有的强有力的内心搏斗之后,他用他黑色法袍的大袖遮住脸孔,匆匆向前走去,装出没有认出她的样子,任凭那年轻的女教友去猜测他为何如此鲁莽无礼。她细察自己的良心,它像她的口袋或者针线盒一样里面装满了许多无害的小东西。啊,可怜的姑娘,她给自己想象出千百个过失来责备自己。第二天早上,她在做家务时,她两眼哭得又红又肿。

牧师还没来得及庆贺自己战胜了最后的这次诱惑,便意识到另一次冲动在他胸中蠢动,这次的冲动更滑稽可笑,而且还相当可怕。这件事说起来会让人羞得脸红的——他突然想在路上停下来教一群刚学会讲话的、正在玩耍的清教徒孩子说粗话，骂大街。他抵制了这个奇怪的念头，因为这跟他身上穿的法袍是极不相称的。然后，他碰上了一个喝醉酒的水手，就是从西班牙领海开来的那艘船上下来的水手。这时，这位可怜的丁梅斯代尔先生觉得自己已经英勇地克服了前几次邪恶的诱惑，想至少要和这个满身油污的粗汉握一握手，并用水手们常挂在嘴边的下流的俏皮话，以及其他一些油腔滑调、粗俗逗人、上天不容的咒语来自娱自乐！他所以能够平安地度过这次危机，倒不是因为他有什么更高的道德准则，而是因为他具有天生的良好情趣，更主要的，是因为他已经把教士的礼仪铸成习惯。

"究竟是什么东西这样困扰着我、诱惑我？"牧师终于停立在街头，拍打着他的前额，大声喊叫。"我是不是疯了？还是我完全落入魔鬼的手掌里了？我不是在树林里和魔鬼签订了契约，还用鲜血签了字吗？现在是不是在叫我按照他最恶毒的想象力所能想出的一切恶行来履行契约？"

就在丁梅斯代尔牧师先生这样自言自语并用手拍打脑袋时，据说那个有名的妖婆西宾斯老太太恰好走过。她神气活现，头戴一只高高的头饰，身穿一件丝绒的长裙，脖子上围着用有名的黄浆浆得笔挺的皱领，制造黄浆的秘诀还是她的好友安·特纳因谋杀托马斯·奥弗白利爵士而被绞死前教给她的秘方配制的。不管那妖婆是否看出了牧师的想法，反正她突然停住了脚步，眼睛盯住他的面孔，狡黠地微笑着。她跟牧师攀谈了起来，虽然她以前从来没有跟牧师交谈过。

"可敬的牧师先生，原来你到森林深处作了一次访问，"妖婆对他点了点头，高高的头饰随之晃动。"下一次，请你务必通知我一声，我会十分自豪地陪你前往。不是我自吹，只要我说上一句好话，你知道的那位有权势的人，定会好好接待任何陌生的客人的！"

"老实讲，夫人，"牧师回答道，还郑重其事地鞠了一躬——这是那位夫人的地位所要求的，也是他自己良好的教养教他这样做的。"以我的良心和人格来担保，老实说，我简直猜不透你话里的意思！我并没有到森林里找什么权势者，而且今后我也决不准备到那里去造访，求得这类人物的欢心。我唯一的目的就是去问候我虔诚的朋友艾利奥特使徒，并和他一起庆贺他从邪教里争取过来了许多宝贵的灵魂！""哈，哈，哈！"那老妖婆高声大笑着，还向牧师不停地点着戴头饰的头。"好啦，好啦，在光天化日之下，我们不得不这么讲话！你倒像个深通此道的老手！好吧，到了午夜后，在森林里，我们再在一起谈些别的吧！"

她摆出一副德高年迈的姿态走了出去，但是还时常回过头来朝他微笑，像是要看出他们之间的不可告人的亲密关系似的。

"我是不是果真把自己出卖给了那个恶魔？"牧师想道，"如果真的像人们说的那样，这个戴黄皱领、穿天鹅绒长袍的老妖婆，早就选了那个恶魔做她的王子和主子啦！"

这位可怜的牧师！他做了一件与此极其相似的交易！他受到美梦成真的诱惑，经过周密的选择，居然一反常态，屈从于明知是罪大恶极的行径。于是那种罪恶的传染性病毒便非常迅速地渗透到他整个精神系统里去，把一切神圣的冲动都麻痹瘫痪，把全部的恶念唤醒活跃起来。轻蔑、狠毒、邪念、无端的恶言秽行，以及对善良和神圣事物的嘲弄，这一切全都给唤醒了，虽然他内心吓得惶恐不安。他和西宾斯老太太的不期而遇，即便当真是巧合的话，也足以表明他已同邪恶的人们和堕落的灵魂世界同流合污了。

这时，他已经走到他在墓地边上的住所，急忙上楼，躲进他的书房里去。牧师暗自高兴终于到达了这个庇护所，因为在他穿街走巷时，不断驱策他的那些奇思邪念并没有把他的面目暴露于世人。他走进他熟悉的房间，环顾四周，看着室内的书籍、窗子、壁炉、挂着壁毯的安适的墙壁,他瞧着这些时,带着他从林中幽谷到城里一路上纠缠着他的那种相同的奇异的感觉。他曾在这里研读写作;在这里斋戒夜祷,弄得形容枯槁。在这里,他不分昼夜祈祷;在这里,他忍受过千万次的痛苦!这里摆着那部精装的用古希伯来文写的《圣经》,里面记载着摩西和许多先知对他的训诫,那全是上帝的声音。桌子上还摆着饱蘸墨水的笔,旁边是一篇未写完的布道文。一个句子写到中间就中断了,因为两天前他的思想枯竭,无法继续写下去。他明知道那是他本人,他就是那个脸色苍白、身材瘦削、做了这么多事、受了这么多苦、写了这么些庆祝选择日的布道文的牧师!但是他却似乎远远地站在一旁,以轻蔑、怜悯、半羡慕半好奇的目光在审视先前的自己。那个自我已经一去不复返了,从林中归来的是另一个人了,是一个具有神秘知识的人,一个莫测高深的人,一个更聪明的人。那种知识是他以前用简单的头脑完全不能探求得到的。真正是一种历经千辛万苦才能获得的知识!

正当牧师陷入这些思绪之中的时候,书房的门上传来了敲门声,他说了声"请进!"——心想他可能又要见到一个恶魔了。果真如此!走进来的是老罗杰·齐灵渥斯。牧师站在那里,面色惨白,哑然无语,一只手按在希伯来文《圣经》上,另一只手捂住心口。

"欢迎你回家,牧师先生!"医生说,"你去探望的那位圣徒艾利奥特可好?不过我看,亲爱的先生,你的面色很难看,似乎你这次在荒野里的旅行太辛苦了。要不要我来帮你恢复一下身心健康,好准备你在庆祝神的选择日的布道中祈祷呢?"

"不,我看不必了,"丁梅斯代尔接着说,"我长期关在书房里,这次出去走走,见见那位圣洁的使徒,呼吸一下自由空气,这些对我大有好处。我想我已经不再需要你的药了,我好心的医生,虽然那些药很有效,而且是由一位朋友配制的。"

在这段时间里，罗杰·齐灵渥斯始终用医生审视病人的严肃而专注的目光盯住牧师。尽管牧师在外表上不动声色，但他几乎确信这个老人已经知道——至少已经猜测到——他自己和海丝特·白兰的会面了。因此，医生从牧师的眼神里看得明白，他自己已经不是一个被信赖的朋友，而变成了最刻毒的敌人了。事情既然已经这般明朗，自然会有所流露。然而，奇妙的是用言语来点破则往往需要相当长的时间。两个人都设法避开某一个话题，讲话时小心翼翼，很可能刚触到话题的边缘，就缩了回去，不去点破它。因此，牧师不担心罗杰·齐灵渥斯会公然用明确的语言说出他们各自对对方的真正态度。然而，医生却用见不得人的手段窥视到那秘密了。

"今天夜里，"他说，"你是不是再服用一些我给你配的药？真的，亲爱的先生，我们应该尽一切力量使你体力强健，精力充沛，做好庆祝选择日的布道工作。人们对你抱有极大的期望，因为他们怕再过一年牧师要走了。"

"是啊，到另一个世界去了，"牧师虔诚地顺应道，"但愿上天保佑，那是一个更好的世界。因为，说老实话，我几乎不敢想我能再和我的教友们共度转瞬即逝的另一个年头了！不过，亲爱的先生，至于你的药品，就我目前的身体状况来说，我是不需要了。"

"我很高兴听到你说这番话，"医生答道，"也许我的药品现在开始发生效用了，尽管治疗了好长时间未起作用。如果我真能医好你这病，我会感到非常幸福，而且对新英格兰对我表示的感激之情也受之无愧。"

"我衷心感谢你，我尽心尽力的朋友，"丁梅斯代尔牧师先生说道，并俨然一笑。"我感谢你，我只有用祈祷来报答你的善行好意。"

"一个好人的祈祷如同黄金！"老罗杰·齐灵渥斯一面告别，一面接着说，"是的，它们是新耶路撒冷通用的金币，上面镌刻着上帝的头像!"

只剩下牧师单独一个人时,他叫来了住所的一个仆人,吩咐他拿些吃的东西来。食物摆到他面前后,他就狼吞虎咽地吃起来。然后,他把已经写好了的几页庆祝选择日的布道文扔进火里,立刻提笔另写。此时他才思横溢,犹如泉涌,他自觉触发了灵感。他只是想上天为什么偏偏选中他这样的一架卑劣的管风琴来演奏这首崇高庄严的乐曲,传达神谕。不管怎样,这个奥秘随它自行解开,还是永久不得解开,他奋笔疾书,走笔成文。这样,那个夜晚就像一匹长有双翼的骏马飞驰而去,而他就骑在那匹马上。清晨降临了,从窗帘中透进朝霞的红光。最后,旭日的金光射进了书房,正好照到牧师昏眩的眼睛上。他端坐在那里,指间还握着笔,纸上洋洋洒洒写下了一大篇文章!

二十一　新英格兰的节日

就在新总督要从人民手里接受他职位的那天清晨,海丝特·白兰和珠儿来到了市场。这时那里已经挤满了镇上的工匠和其他平民百姓,人数还真不少。在他们中间有许多人身材粗壮、身披鹿皮,表明他们是这个殖民地小都会周围林区的居民。

在这个公共假日,就像七年来在其他的场合一样,海丝特穿着她那身灰色粗布做的衣裳。这身衣服与其说是它的颜色,还不如说是它那说不出来的样式,起到了这样一种效果:使她不惹人注目,轮廓模糊;然而她佩戴的那个红字却又使她从这种依稀朦胧中脱颖而出,在红字自身的道德之光照耀下显露出她的真实面目。她那久已为市民所熟悉的面孔,表现出如同大理石般的安详。它就像一副**假面具,或者我们宁可说**,像是一具女尸脸上僵死的平静。之所以做出这个令人毛骨悚然的类比,是因为海丝特已无权要求任何同情,她实际上早已死去,早已离开了表面上还混迹其间的人世。

这一天,她脸上有一种人们以前从未见过的表情。当然此时还不很明显,不易发觉,除非有个具有超自然天赋的观察者,他才可能首先看透她的心,然后在她的脸部表情和仪态举止上找到相应的表现与变化。这样一个有灵气的观察者会看出，在七年悲惨的岁月里，她把众目睽睽的注视看作是一种必然的结果，一种惩罚和某种宗教的严峻考验。她忍受了这一切，如今这是最后一次了，她要自由而且自愿地让人们注视，以便把长期以来的痛苦变为一种胜利。"你们最后再看一眼这个红字和佩戴红字的人吧！"——这个被人们看作他们的牺牲品和终身奴隶的人可能会对他们这样说。"要不然，再过一会儿，她就要远走高飞了，你们鞭长莫及了！再过几个小时，那深深的神秘莫测的海洋将把你们戴在她胸前灼烧着的标记永远吞没，深藏海底！"假如我们设想，当海丝特此时此刻即将摆脱与她的生活密切相连的痛苦，赢得自由时，心中会出现一点惋惜之情恐怕也不是不可能的，也不能算是与人性相悖的。几乎在她作为一个妇人的全部生涯中，她一直尝尽了苦艾和芦荟的苦汁，难道这时就不会有一种难以抵御的欲望要最后一次屏住气再大饮一口吗？今后，端到她唇边的、斟在雕花的金色大杯中的生活的美酒，肯定是醇厚、甜美和令人陶醉的，否则，在她吞服了大量具有极强兴奋效验的苦酒渣之后，必然会产生一种疲倦懒散的情绪。

她把珠儿打扮得飘逸艳丽。他们很难猜想到这个光彩照人的精灵竟然出自那个灰暗的母体；也不会猜想到，为孩子设计服装表现出如此奇妙、如此精美想象力的人，与为自己缝制简朴的、具有明显特色的长袍——这任务或许比设计孩子的服装更困难——的人竟然是同一个人。那身衣裙在小珠儿身上十分合适，仿佛是她个性的一种自然流露，或者是她个性的必然发展和外在表现，宛如蝴蝶翅膀上的绚丽多彩与蝴蝶分不开，或者如花瓣上的艳丽斑斓与花朵不可分一样。衣裙对于孩子同样也是不可分的，衣裙与她的天性浑然一体。再说，在这个充满事端的日子里，她的情绪有一种异乎寻常的不安和兴奋，非常像挂在胸前的钻石，随着胸中的种种悸动而闪耀出各色光芒和闪点。孩子们对于跟自己有关系的人的激动总是息息相通的，尤其在家庭里出现什么麻烦或有什么变动迫在眉睫时，他们总是会有所感觉的。因此，珠儿作为她母亲忐忑不安的胸口前的一颗宝石，就用她精神上的跳跃悸动，把海丝特眉宇间磐石般的冷静中难以发觉的内心感情泄露了出来。

珠儿的这种欢欣激动之情，使她在母亲身边走路时跳来蹦去活像一只小鸟。她不停地狂呼乱叫，也不知喊些什么，有时还尖着嗓子高唱。后来，她们来到了市场，看到那里熙熙攘攘一片热闹景象，珠儿就益发躁动不安了，因为那地方与其说是镇上的商业中心，还不如说经常更像是村议会厅前的一块开阔而清冷的绿草地。

"哇，妈，这是怎么回事？"她叫道，"今天怎么大家都不干活啦？今天是不是全球休息日？瞧，铁匠在那边！他原来满脸烟灰，现在洗得干干净净，还穿上了最漂亮的衣服，他看上去好像只要有人教他一下，他会玩得非常快活的！老狱吏布莱基特先生也在那里，他还在朝我这儿点头微笑呢。他干吗要这样呢，妈妈？"

"他还记得你当初小婴孩的模样呢，我的孩子。"海丝特答道。

"他——那个长着一对贼眼一副凶相的黑老头——才不会因为这个对我点头微笑！"珠儿说，"他要是愿意，倒会向你点头的，因为你穿一身灰，还戴着红字。可是，妈妈，你瞧有多少陌生人的面孔，里面还有印第安人，还有水手！他们都到这儿市场上来干啥？"

"他们等着看游行！"海丝特说，"因为总督和官员们要从这里走过。还有牧师们，所有的大人物，以及所有的好人都要参加游行，前面有乐队和士兵开路呢。"

"那个牧师也会在里边吗？"珠儿问，"他会向我伸出双手就像你从小溪边领着我去见他的那样吗？"

"他会在队伍里的，孩子，"母亲回答道，"但是他今天不会招呼你；你也一定不要招呼他。"

"他是个多么奇怪、多么可怜的人！"孩子说，有点像在自言自语。"在那个黑夜里,他把我们叫过去,还握住你和我的手,陪他一起站在那边的刑台上!还有,在森林深处,在只有那些老树能够听见、只有一线青天可以看见的地方,他同你谈话,坐在一堆青苔上!他还吻了吻我的前额,小溪的流水都难洗掉它!但是今天在光天化日之下,在众人面前,他不敢认我们,我们也不该认他!他真是一个奇怪、可怜的人,一只手老是捂在心口上!"

"安静点,珠儿!你还不懂这些事,"母亲说道,"别光想着牧师,瞧瞧你周围吧!看大家今天多高兴,个个喜气洋洋!孩子们不用上学,大人们不用做工,不用下地,为的是乐一乐。因为今天要来一个新人统治他们,就像人们第一次组成一个国家以来建立的惯例那样,大家要高兴一番,庆祝一番,仿佛这个可怜的旧世界终于要有一个金光灿烂的好年头了!"

正如海丝特说的那样,那种不同寻常的欢乐使人们容光焕发。既然过去已经如此,在随后的两个世纪的大多数岁月里也会继续如此,清教徒们把他们认为人类的弱点所允许的一切欢乐和公共的喜庆,全都压缩在一年一度的这个节日中。借助它,他们驱散了长年累月笼罩在他们头上的阴云,在这个唯一的节日里,他们的神情才不至于比别处的居民在遭灾遇险时显得更冷峻。

不过,我们也许过于夸大了这种灰色或黑色的色调,虽然这种色调无疑是那个时代人们情绪和举止的特色。这时聚集在波士顿市场上的人们并不是生来就继承了清教徒郁郁寡欢的品质。他们本来都是英国人,他们的祖先都曾生活在伊丽莎白时代,享受过欢乐和丰裕。当时英国的生活,从总体来看,可谓是世人见到的最庄严、最壮丽和欢乐的生活。假如新英格兰的居民遵照传统的习俗与兴趣,他们就会用篝火、宴会、盛大的庆典和游行来庆祝一切重大的公共事件。而且,在隆重的庆典仪式中,人们把尽情的娱乐和庄重的礼仪结合起来,就像在这样的节日里,民众在穿戴的大礼服上饰以奇特艳丽的刺绣一样,并非是什么不切实际的。在殖民地政治年度开始的第一天,在庆祝的方式中就保留了一点这种意图。在我们祖先所制定的每年一度的执政官就职仪式中,还能找到他们在古老骄傲的伦敦举行庆典——我们姑且不说国王加冕典礼,只指市长大人的就职仪式时看到的那种留在记忆中的辉煌,虽然它只是朦胧不清的反映,一种黯然失色的重现。这个合众国的先辈和奠基人——政治家、僧侣和军人——把保持外表的庄严和威武视为一种职责,而按照古风,这种打扮正是公众或社会达官贵人的恰当装束。大家一起出来,在众人面前举行游行,款款前进,这样便赋予了刚刚成立的、机构简单的新政府一种必需的尊严。

这一天,普通老百姓,虽说不受鼓励但也被允许,在履行他们种种艰苦朴素的生活准则方面稍可放松一下,而在其他时候这些准则似乎与他们的宗教教义同宗同姓,相提并论。确实,在这里没有在伊丽莎白时代或者詹姆斯时代英国随处可见的通俗娱乐设施——没有粗俗的戏剧演出,没有抱着竖琴唱传奇歌谣的行吟诗人,没有奏着音乐耍猴的江湖艺人,没有耍魔术变戏法的民间艺人,没有逗得大家哄堂大笑的"快乐的安德鲁①"。他们说的笑话虽说流传了也许几百年,但仍是让人百听不厌,因为它们来自于深入人心的源泉之中。从事这种种滑稽职业的人们,不仅受到法律的严格禁止,而且遭到使这些法律具有活力的公众舆论的排斥。不过,普通老百姓开阔、淳厚的脸上依然露着笑容,也许笑得有些尴尬,但是笑得倒真开怀。体育活动也不算少,如这些殖民地的居民多年以前在英国的集市或村镇公共草地上看到和参加的运动项目,它们被认为应在这片新大陆上好好保留,因为它们在本质上培养人的英勇和阳刚

---

① 安德鲁:据说原指亨利八世的医生安德鲁·博尔德,后泛指小丑、弄臣或江湖医生、侍者等逗人取乐者的形象。

之气。在康沃尔和德文郡①的种种形式的角力比赛,在这里市场周围比比皆是。在一个角落里,有人在进行铁头木棒格斗的友谊较量,而最引人入胜的是在刑台上进行的一场比赛。刑台本身在本书前面已经多次提到过,现在在上面有两名手持盾牌和宽剑的武士在表演格斗。但是使大家扫兴的是,这场比赛由于镇里官吏的干涉而中断了。他认为这样滥用镇上奉为神圣之地的场所是对法律尊严的冒犯,是绝对不能允许的。

当时的老百姓还是刚丧失欢乐活动的第一代人,而且又是那些活着时深知及时行乐的祖先的后裔,所以就庆祝节日这一点而言,比起他们的子孙,乃至相隔甚久的我们这些人,他们并不逊色。这样说,从总体上来看,恐怕并不言过其实。早期移民的子嗣,也就是他们的下一代,受清教主义的阴影的笼罩最深,从而使民族的形象黯然无光,甚至过了好多年都还不能使它清洗干净,恢复本来面目。我们必须重新学习那门已被忘却许久的寻欢作乐的本领。

市场上的这幅人间世态图,虽然基本的色调是英国移民的忧郁的灰色、棕色和黑色,但也夹杂着多种不同的色彩,使它显得颇有生气。有一群印第安人,穿着绣着稀奇古怪图案的鹿皮长袍,腰束贝壳缀成的带子,脸上涂抹着赭色和浅橘黄色的颜料,头上插着羽毛,背挎弓箭,手执石尖长矛,全副野蛮人的华丽装束打扮。他们站在一旁,脸上那种严肃刚毅的神情,比清教徒们有过之而无不及。这些周身上下涂得乱七八糟的野蛮人虽然十分狂野,但是他们还不是这个场景中最狂野的形象。这个殊荣可以更恰当地归于一些水手,他们是从加勒比海开来的那艘船上下来的水手,上岸来观看庆祝选择日的热闹的。他们是一伙外貌粗鲁的亡命之徒,面孔晒得黑黝黝,蓄着大胡子,裤子又肥又短,腰间束着宽皮带,搭扣常是

---

① 康沃尔和德文郡均为英国地名。

用一片粗金制作的，随身挎着一把长刀，有时候还佩一把短剑。他们的眼睛，在宽边棕榈叶帽子下面炯炯发光，即使在兴高采烈的时候，也射出一道道野兽般的凶光。他们肆无忌惮地公然践踏约束着众人的行为准则，就在官吏的鼻子底下抽烟，尽管镇上人抽一口就要罚一先令；他们随心所欲地从衣袋掏出酒瓶，大口喝着葡萄酒或烈酒，并且自由大方地把酒瓶递给周围睁大眼睛瞧着他们的人，要他们喝。这明显地表明了那个时代的道德的死角，虽然我们称当初的道德是严格的，但对于那些浪迹海上的人给予了特许，不仅容忍他们在岸上的为所欲为，在大海上更是听任他们胡作非为。当年的水手在我们今天差不多都可以当作海盗来拿办。就以这艘船上的水手来说，他们虽然不是航海事业中的败类，但毫无疑问，我们可以说，都曾犯有劫掠西班牙商船的罪行，若在今天的法庭上，都有被处以绞刑的危险。

但是，在那古老的时代，大海汹涌澎湃，掀浪卷沫，恣意逞性，只屈从于狂风暴雨，几乎从来没有想到过要受人类法律的管束。那些在风口浪尖上谋生的海盗们，可以放弃他们的职业，如果诚心诚意的话，可以立即成为岸上的一名诚实笃信的人。再说，即使在他们从事冒险活动时，跟他们交往或偶尔发生联系都不会看成是有失体面的。因此，那些身穿黑色礼服，系着浆过的环状皱领、戴着尖顶高帽的清教徒长老们，对于这帮无拘无束的水手的大声喧哗和粗野举动，反倒不时报以慈爱的微笑。所以当人们看到老罗杰·齐灵渥斯这样一位德高望重的居民走进市场，同来自那艘形迹可疑的船上的船长亲切交谈时，也就不感到惊讶，并没有议论纷纷。

这位船长就服饰而言，无论在什么地方看到他，他总是在人群中最引人注目、最最英俊的人物了。他的衣服上佩戴着各色的丝带，帽子上饰有一道金边，上面还缠了一条金链子，插着一根羽毛。他的身边挂着一把剑，额上有一条被剑砍伤的疤痕。从他对头发的梳理来看,他似乎更急切地要把疤痕展示出来,而不想遮藏起来。一个陆地上的人,几乎不可能这身穿戴,露出这副面容,更不可能既这般穿着打扮了,还洋洋自得、招摇过市。若真有这等人,恐怕很难不被当官的传去审讯,很可能被处以罚款或者判处监禁,或者会枷号示众。然而,对于这位船长,一切都被视为与他的身份密不可分、相依相存,正如闪闪发亮的鳞片对于鱼一样。

这艘准备开往布里斯托尔的船长,跟医生分手后,就踱着方步穿过市场而去,直至他恰好走到海丝特·白兰站的地方才停下。他似乎认识她,毫不犹豫地向她打招呼。凡是海丝特站立的地方,通常会在她周围留出一小片空地,类似一个魔圈,虽然人们在稍远的地方摩肩擦背,却没有人敢于或者愿意跨进这个圈子。这是一种强制性的道义上的孤立,红字把命里注定要佩戴它的人紧紧地包围在这种孤寂之中。造成这种孤寂部分是由于她自己沉默寡言,独来独往,另一方面则由于她的同胞们的本能的避闪,尽管这种避闪已经不是那么不友好了。如果说这种孤立以前从来没有起过什么好作用的话,此时倒很有用了,使海丝特和船长的谈话没有被人偷听的危险,而且海丝特·白兰在公众中的名声已经大有改变,她这样跟人谈话再也不会引起什么流言蜚语来了,而城里以严格遵守道德而著名的妇女,假如作这样的谈话却可能少不了要招来非议。

"听我说,太太,"船长说道,"我必须叫船上管理员在你要求的铺位以外,多准备一个!那样一路上就不需怕坏血症或斑疹伤寒这类疾病了!有了船上的两名外科医生和另外这位医生,我们唯一的危险是缺少药片或药丸了。其实,船上有一大批药品,它们是我跟一艘西班牙船换来的。"

"你说什么?"海丝特问道,不禁为之一怔。"你另外还有一名乘客?"

"怎么,你不知道吗?"船长叫道,"这儿的那位医生——他自称齐灵渥斯——打算同你一起尝尝我那船上的饭菜。唉，唉，你一定已经知道了，是他告诉我，说他跟你们是一伙的，还说是你提到过的那位先生的密友呢。你不是说那位先生正受到这些老绷着脸的老清教统治者的迫害嘛！"

"确实，他们相互很了解，"海丝特回答道，神色平静，尽管内心十分惊愕。"他们住在一起已经很久了。"

船长和海丝特·白兰没有再说什么。但是，就在此时，她看到老罗杰·齐灵渥斯本人，正站在市场远远的角落里，朝她微笑着。那副笑容越过宽阔熙攘的广场，透过一切欢声笑语，以及人群中的种种思绪和兴趣，传送着一种秘而不宣、令人生畏的意义。

二十二　游行

海丝特·白兰还没来得及集中思想，考虑怎么样来对付事态的这种新的、令人惊骇的变化，这时，军乐声从邻近的一条街道上响起，扑面而来。这表示市府官员和市民组成的游行队伍已经开始行进，正朝着议事厅方向前进。到了那里，按照早已确立并一直遵照执行的惯例，丁梅斯代尔牧师先生要发表一篇庆祝选择日的布道词。

不久游行的前导队伍出现了，缓慢而庄严地前进着，转过街角，朝着市场走来。走在最前面的是乐队。乐队由各色各样的乐器组成，也许彼此之间的配合还不甚协调，演奏的技巧也不甚高明，但是鼓号齐鸣对群众产生的效果是达到了——即给呈现在眼前的生活场景增添一种更崇高和更英雄的气氛。小珠儿开始时拍着手掌，但后来一瞬间使她整个上午始终处于亢奋状态的浮躁激动情绪消失了。她默不作声地注视着，像是一只正在盘旋翱翔的海鸟，随着汹涌澎湃的声涛扶摇直上。在乐队之后，接踵而来的是一队军人，组成了游行队伍的荣誉卫队，明亮的铠甲和武器在阳光下闪闪发光。他们的出现倒使珠儿又回到了原来的心情之中。这个军人组成的队伍仍然作为一个团体保存了下来,他们从具有古老声誉的光荣岁月中齐步走来。他们中间没有一个雇佣兵,反而有许多绅士。他们受到尚武精神的冲击,设法建立一所军事学院,同在"圣堂骑士"那类团体中一样,他们可以学习军事科学,以及通过和平时期的学习,学习打仗。从这支队伍中每个人高昂的神态上可以看出当时人们对于军人的崇高评价。其中有些人确实参加过低地国家①和欧洲其他战场上的一些战役,赢得了标志军人名誉和荣耀的头衔,受之而无愧。再说,他们全身披着擦得锃亮的铠甲,头戴耀眼的钢盔,上面插着的羽毛在不停地颤动。由此产生的那种雍容辉煌的效果实非现代的阅兵所能媲美。

而紧随军人卫队的是显贵的文官,他们更值得有头脑的旁观者的注意。甚至他们的仪态举止都显示出一种高贵庄严,使得那些昂首阔步、傲然自得的武夫看上去俗不可耐,如果不说滑稽可笑的话。在那个时代,我们所谓的才能不像今天这样备受重视,但是造就人格的坚定与尊严的坚实素材倒大受青睐。人们受世袭权利的支配都具有一种敬重仰慕的品性,在其后裔身上,如果说幸存下来,那么所占的分量也小多了。而且在公职的选择和评估中,其影响更是大大削弱了。这一变化也许是好事,也许是坏事,也许好坏兼而有之。**在那过去的岁月里**,在这一带荒蛮海岸上定居的英国移民,虽然**他们**把王公贵族以及种种令人生畏的达官显贵都抛到脑后,但是那种敬重他人**的本能**与需求在他们内心仍然十分强烈,于是他们**便移情于老人的苍苍**白发与眉须上;久经考验的廉正上;坚实的智慧与带有悲怆色彩的经历上;严肃与高品位的天赋上,即给人以"永恒"的概念,而且符合"体面"的一般定义。所以,那些早期被人民推举而掌权的最初的政治家,如勃莱斯特里特、恩狄柯特、

① 指荷兰、比利时和卢森堡等国家。

杜德莱、贝灵汉以及他们的同辈，似乎并非总是十分英明卓越。他们与众不同之处与其说是机敏睿智，不如说是深沉稳重。他们坚韧不拔，自立自强，在危难时刻，为了国家利益挺身而出，犹如一道道崖壁抗击狂风巨澜。这里表明的性格特点，充分体现在新殖民官员的四方脸庞和魁伟的体格上。就以这些天生的当权者的举止仪态而论，这些提倡民主的先驱们，即使被接纳为贵族院的成员，或委以枢密院顾问，他们的英格兰祖国也大可不必感到羞耻。

依次跟在官吏们后面的是那位声誉卓著的青年牧师，人们正期待着从他嘴里听到一年一度选择日的宗教演说。在那个时代，他从事的那门职业，比起从事政治生涯，更能展示一个人的智慧才能，因为，姑且不说更崇高的动机，这门职业由于受到全社会近乎崇拜的尊重，具有极大的诱惑力，足以招引最有抱负的人来为之效力。一个成功的牧师甚至可以把政治权力掌握在自己手里，英克利斯·马瑟①就是一例。

此时，那些看到牧师的人发觉，自从丁梅斯代尔先生第一次踏上新英格兰海岸以来，他从来没有表现出像现在走在游行队伍里那么精力充沛，精神抖擞，步履矫健。他的脚步不再像平时那样虚弱无力，他的腰背不再弯曲，他的手也不再病态地捂在心口上。不过，如果正确地来观察牧师，他的力量似乎不是来自肉体的，而是一种精神力量，是天使般的牧师职务赋予他的。那力量可能是潜在的兴奋剂在发挥作用，这种兴奋剂是从长期不断的诚挚思想的熔炉中提炼出来的。或者，也许是他的敏感的气质，受到了此时正向天空升腾的响亮而刺耳的音乐所鼓舞，把他高举在划破长空的声浪之上。然而，他的目光仍然那么茫然，人们不禁纳闷，丁梅斯代尔先

---

① 英克利斯·马瑟（1639—1723）：美国公理会牧师、作家和政治家，曾任哈佛大学校长。

生是否听到了音乐。他的身体在向前移动,有一种不同寻常的力量在推动他前进。但是他的心灵在哪里呢?在他的内心深处,他正忙碌地进行着超自然的活动,在整理他即将发表的一系列庄严的思想,因此,他对于周围的一切,视而不见、听而不闻、不理不睬、不知不晓,但这精神因素把他虚弱的身躯提升了起来,带着他往前走,感觉不到它的重量,而且把它变成像自身一样的精神力量。具有超凡智力,乃至发展成一种病态的人,往往拥有一种偶见的巨大力量,即把许多日子的生命凝聚于一时,而在随后的许多天里却生气荡然,活力全无。

海丝特·白兰目不转睛地盯着牧师,感到有一种阴森森的势力向她袭来,但她不知道这种势力从何而来,也不知道为何而来。她只觉得他离开她自己的天地是那么的遥远,全然可望而不可即。她曾想象过,他俩必须交换一次彼此心领神会的眼色。她回忆起那幽暗的森林、那孤寂的小山谷、那爱情、那痛苦,还有那根长满青苔的树干。他俩曾手拉手坐在上面,他们悲伤而充满激情的谈话与哀怨的潺潺溪水声交融在一起。那时,他俩彼此之间是多么的息息相通啊!眼前这个人就是他吗?她现在几乎认不得他了!他当真陶醉在丰富多彩的音乐之中,跟随着威严可敬的神父们高视阔步而过。他在尘世的地位本来已是那么高不可攀,而她此时所看到的他又正沉浸在做世出尘的冥想苦思之中,那就益发不可接近了。她想那一切必定是梦幻一场,情绪随之一落千丈。虽然她曾经真切地梦见过那场梦幻,但是在牧师和她之间不可能有实实在在的联系。在海丝特身上终究存在不少女性的东西,她几乎无法宽恕他——至少在现在,在即将降临的命运之神的沉重脚步声已经清晰可闻之际,并愈来愈近,愈来愈近的时候!因为这个时候,他竟能把自己从他们的共同世界里一干二净地抽身出去,而她却在黑暗中摸索,伸出她冰冷的双手,遍寻不得。

珠儿要不看到了、感应到了她母亲的感情，要不她感受到了牧师身上的那种远不可及、高不可攀的气息。当游行队伍走过时，珠儿就像一只跃跃欲飞的鸟儿在上下扑打，坐立不宁。待整个游行队伍过去之后，她抬头凝视着海丝特的面孔。

"妈妈，"她说，"那个就是在小溪边亲吻过我的牧师吗？"

"别吭声，亲爱的小珠儿！"她母亲低声说，"我们不该在市场这儿老谈树林里发生的事。"

"我简直不相信那个人就是他——他看上去挺奇怪，"孩子接着说，"要不然我会跑上去，请求他现在在大伙儿跟前亲吻我！就像他在阴暗的老树间吻我那样。牧师会怎么说呢，妈妈？他会不会一只手捂在心口上，瞪起眼睛，叫我走开？"

"他能说些什么呢，珠儿？"海丝特回答道，"他只会说现在不是吻你的时候，而且在市场上是不给亲吻的。傻孩子，好在你没有跟他说！"

对于丁梅斯代尔牧师，还有一个人也表达了相同的感觉。这个人的怪癖——或者我们应该叫它疯狂——居然使她做出了全城绝少有人做得出的事情：在大庭广众之中跟佩戴红字的人攀谈起来了。这个人就是西宾斯太太。她出来是看游行的，打扮得富丽堂皇——套着三层皱领，穿着绣花胸衣，披着华丽的天鹅绒长袍，还握着一根金头手杖。这个老太婆，在当时妖术风行的时候，人们把她看成施行一切妖术的主角，享有很高的声誉（这名声后来使她付出了生命的代价），大家见到她避而远之，唯恐碰到她的衣裳，仿佛在她华丽衣服的褶皱中装着瘟疫似的。虽然现在好多人对海丝特·白兰已怀有好感，但是看到西宾斯太太跟她站在一起，由老太婆引发的恐惧剧增，于是便在这两个妇人在市场上站立的那块地方出现了一阵骚动，纷纷后撤。

"喏，一般人怎么会想象得出这种事！"老太太神秘兮兮地对海丝特悄悄说,"瞧,那边的那个神圣的人!人们都把他看成是世上的圣人,我得说,他的样子倒真像!眼睁睁看着他在游行队伍里走过的人,谁会想到,就在不久之前,他从书房里走出来——我担保,他嘴里还念念有词地在叨咕着希伯来文的《圣经》——到森林里去溜达呢!啊哈!海丝特·白兰。我们知道那是什么意思!但是,说真的,我很难相信他就是那个人。我看见许多教会里的成员,走在乐队后面。就是这些人曾跟着我踏着同样的节拍一起跳舞,记得拉提琴的大小还是个人物呢,还有个印第安人祭司和拉普兰①人的法师很可能同我们交过手。要是一个女人熟谙世道的话,这些只是区区小事。但是这个人可是牧师啊!海丝特,你能够肯定他就是在林间小道上和你相遇的那个人吗?"

"夫人,我不懂你说的话,"海丝特·白兰回答道,心想西宾斯太太神经有点不正常。然而,听老太婆说得这般确凿,断言这么多人(包括她本人在内)和那个恶魔有着个人联系,她不禁感到惊愕与恐惧。"我可不敢随便谈论像丁梅斯代尔先生那样有学问又笃信《圣经》的人!"

"呸,女人,呸!"老太婆边叫,边对着海丝特摇着她的一根手指。"你以为我到过森林里那么多次,居然没有本领判断还有谁到过那里吗?我当然有,尽管他们在跳舞时戴的野花环没有在他们的头发上留下一片叶子!我可认识你,海丝特,因为我看见了那个标记。我们大家都可以在阳光下看到它;在黑暗中,它像红色火焰一样闪闪发光。你是公开戴着它的,所以绝不会弄错。可是这位牧师!让我咬你耳朵说句话!当那个黑男人看见一个他签过名,盖了章的仆人,像丁梅斯代尔先生那样羞羞答答不敢承认有这么个契约

---

① 拉普兰为北欧一地区,包括挪威、瑞典、芬兰等国的北部地区,以及俄国的科拉半岛。

时,他便有一套办法,把那标记在光天化日之下暴露在世人的眼前!牧师总用手捂着心口,他想掩藏什么呢?哈,海丝特·白兰!"

"是什么东西啊,西宾斯太太!"小珠儿急切地问道。"你看见过它吗?"

"别管它,宝贝!"西宾斯太太说道,对珠儿深深一鞠躬。"你总有一天自己会看到的。孩子,他们说你是'空中王子'的后代!你愿意不愿意找一个晴朗的夜晚跟我一块腾云驾雾上天去见你的父亲?那时你就会知道为什么牧师老是把手捂在心口上!"

那个老太婆哈哈大笑,然后走开了。那笑声如此尖利,全市场的人都能听见它。

此时,礼拜堂里已经做完了讲道前的祈祷,听得见丁梅斯代尔牧师先生开始布道的声音了。一种不可抗拒的感情使海丝特向布道的地方挨近。由于那个神圣的大厅已经挤得水泄不通,无法再容纳新的听讲者,于是她就在刑台的旁边,找了一个位置。这个地方离大厅很近,足可听到全部布道,虽说不很清晰响亮,但牧师的声音自具特色,抑扬顿挫,细声慢语,如行云流水,句句入耳。

这样的发声器官本身是一种丰厚的天赐财富,对于一个听讲者来说,即使完全不懂牧师布道的语言,仍然可以为其声调的抑扬顿挫而听得心往神驰。那声音如同音乐一般,吐露出热情和悲怆,吐露出时而激昂时而温柔的感情,不管你是在何地受的教育,听起来心里都感到亲切熟悉,像是家乡话。虽然声音因穿过教堂的几重墙有点沉闷,但是海丝特听得那么全神贯注,那么心领神会,以至于那篇布道对她来说从头到尾字字句句都有意义,除了那些完全不能听清的字句外。也许,这些字句,如果更清楚地听到的话,也只是一种粗鄙的媒介,反倒损害了它的精神意义。如今她抓住那低低的音调,犹如风声渐渐下降,慢慢平息下来,然后,她又随那声音步步上升,就如声音变得愈来愈甜美,愈来愈有力量,直到那音量似乎用一种威严肃穆的气氛将她包围起来。然而，尽管那声音有时变得非常庄严，其中却永远含有一种哀诉的特质。他以忽高忽低的声音表达痛苦——你可以把它想象成是饱受苦难者的低吟和呼号，触动着每个人胸中的情愫！这种深沉的凄楚语调时而成为你所能听到的全部声音，时而几乎什么也听不到，像在寂静中的轻声叹息。但是，即使当牧师的声音变得高亢激越，势不可遏地冲入云霄，他音色之浑厚洪亮都达极顶，充斥整个教堂，乃至要冲破坚实的墙壁，弥漫到户外的空气之中，如果此时有人细心静听，他依然可以发现在这种声音里保留着痛苦的呼号。这是怎么回事？这是一颗人心的哀诉，这是一颗满载哀怨，也许满载罪恶的人心，在不知不觉地向人类伟大的胸怀倾诉其哀怨或罪恶的秘密，祈求人类的同情与宽恕；它无时无刻不在通过每一个字句祈求同情与宽恕，而且决非徒劳无获！牧师正是靠了这种深沉的、侃侃而谈的低调而获得了最恰当的魅力。

在这期间，海丝特像一座雕像，伫立在刑台脚下。如果说牧师的声音并没有把她留在那里，那必然还有一种不可抵御的力量吸引着她，使她留在这块使她的生活蒙受耻辱的地方。她内心有一种感觉——虽然难于确切地陈述为一种思想，但却一直沉重地压在她心头，那就是她觉得无论过去还是今后，她生活的整个轨道，都与这块地方密不可分，融为一体。

同时，小珠儿已经离开她母亲的身边，随心所欲地在市场各处玩耍。她用她那变幻不定晶莹夺目的光芒使阴郁的人群欢快起来，就像是一只羽毛华丽的小鸟在昏暗的叶丛中跳来蹿去，时隐时现，把那枝叶幽深的整棵树木照得通亮。她的行动是一波未平，一波又起，呈波浪状，但常常突如其来，毫无规律。这说明她精力旺盛好动不息。今天由于受到她母亲心绪不宁的影响和拨撩，她更是乐不知疲，兴奋异常。只要珠儿看到一件东西，引起了她永远活跃的好奇心，她就会飞快地跨过去，只要她愿意，她就会把那个人或物当作自己的财产抓在手里，而对她自己的行动却不愿受到一丁点儿的控制。那些清教徒们在一旁观看，即使他们面露笑容，他们还是要称这孩子是妖魔的后裔，因为她那小小的身躯散射出难以言状的魅力，既美丽又古怪。她一面跑着，一面仰望着那个野蛮的印第安人的面孔；那个印第安人开始意识到还有一个比他更狂野的天性存在。然后，她以天生的大胆，同时又以一种她特有的谨慎，她飞奔进那伙水手中去。就像陆地上的印第安人一样，他们脸庞黝黑粗野，是海上的野蛮人。他们目不转睛地望着珠儿既惊讶又赞美，仿佛一片浪花变成了一个小姑娘的模样，并赋予了她海上发光的浮游生物的灵魂，黑夜里在船头下闪烁。

这伙水手中有一个人就是同海丝特·白兰谈过话的那位船长，他被珠儿的容貌吸引住了，企图伸手拦住她，亲吻她一下。他发现要碰到她简直像想抓住在空中飞翔的蜂鸟一样根本不可能，于是就从他的帽子上取下缠在上面的那条金链，扔给了那孩子。珠儿立刻十分巧妙娴熟地把金链绕在她的颈上和腰间，使人看上去觉得那金链本来就是她的一部分，很难想象她怎么可以没有它。

"你妈妈就是那边戴红字的女人吗？"船长说道，"你替我捎个口信给她好吗？"

"要是那个口信叫我高兴的话，我就捎。"珠儿回答道。

"那么你就告诉她，"船长接着说，"我又跟那个黑脸、驼背的老医生说了，他保证带他的朋友，也就是你妈妈认识的那位先生，跟他一起上船。所以，你妈妈只要照料好你和她自己，不必操什么心了。你把这话告诉她好吗，你这个小妖精？"

"西宾斯太太说，我爸爸是'空中王子'！"珠儿带着调皮的微笑大声说。"要是你叫我那个难听的名字的话，我就要向他告你，他就会用暴风雨追你的船！"

孩子沿着一条弯弯曲曲的路线穿过市场，回到她母亲身边，把船长的话转告给她。海丝特仿佛看到了无法回避的命运之神的那张狰狞黑魆的脸，她刚强镇静、坚韧不拔的精神顿时崩溃了。就在牧师和她苦苦挣扎，眼看有一条道路展示在他们面前，领他们走出苦难的迷宫的时候，这张露着无情冷笑的面孔却出现在他们通道的中间。

　　船长捎来的这个消息使海丝特陷入了极大的困惑之中，弄得她心烦意乱，可这时她还要面对另一个考验。市场上有许多从附近乡下来的人，他们时常听人谈起红字，而且无数虚构和夸张的谣传使红字对他们来说变得十分骇人可怖，但他们谁也没有亲眼看见过。这些人玩够了其他的开心取悦的事之后，现在便粗鲁无礼地团团围住海丝特·白兰。然而，尽管这些人没羞没臊，肆无忌惮，但是他们在离海丝特方圆几码远的地方围成一圈，没有再往前靠近。因此，他们就在那里站住了，被这个神秘标记所激发的反感离心力牢牢地钉住在那里。那一伙水手也注意到了观看的人群挤压在一起，同时也得知红字的含义，便也照样把他们被太阳晒得透黑、满脸横肉的面孔伸进了圈子。甚至那些印第安人受到了白人那种冷冰冰的好奇心的影响，也从人群中钻过来，眯起他们蛇一般的黑眼睛，盯着海丝特的胸口。他们也许以为，这个佩戴着艳丽的刺绣徽记的人一定是她自己那一伙人中地位显赫的人物。最后，本城镇的居民们（他们对这个陈旧题材的兴趣本来已淡然，现在看到旁人的兴味，受到感染死灰复燃了起来），也慢悠悠地挪到这个角落上来了，用他们惯常的冷冷的目光，注视着海丝特·白兰的熟悉的耻辱标记，这或许比其他人带给她的折磨更甚。海丝特看到了七年前在狱门前等着她出来的那伙妇女，发现她们的脸色跟当初一模一样。在这伙人中只少了一个，她们中最年轻、最富同情心的那个女子。她的葬服还是海丝特给缝制的。就在她即将把那灼人的红字丢弃一边的最后时刻,它竟然奇怪地变成更引人注目与兴奋的中心,因而使她感到现在胸口的灼烫,比之她第一天戴上红字时更痛苦,更剧烈。

　　海丝特站在那耻辱的魔圈中,即站在那块对她做出狡诈残忍的判决的地方,她仿佛被永久地钉在了那里不能动弹,而在此时,那位受人钦羡的牧师正从那神圣的祭坛上俯视着他的听众,他们的灵魂深深地为他所控制。这位教会中神圣的牧师啊!这位立在市场上佩戴红字的女人啊!要有怎么样大不敬的想象力,才敢猜想:在他们两个人的身上有着同样灼热烫人的烙印?

二十三　红字的显露

那个娓娓动听的声音终于停了下来,听众的灵魂一直乘着这声音起伏升腾,犹如在大海汹涌的浪涛上翻滚。这时出现了片刻的静穆,如同宣告神谕之后那般深沉。接着是一阵窃窃私语和受抑的喧嚣,仿佛这些听众曾经被崇高的魔力送到另一个思想境界中去,现在解脱了出来,恢复了原状,但是畏惧和惊奇仍沉重地压在心头。又过了一会儿,人群开始从教堂的大门里蜂拥而出。既然现在布道结束了,他们需要呼吸另一种空气,一种更适合支持他们重新进入粗俗的尘世生活的气氛,以代替牧师用火焰般的语言和散发浓郁芬芳的思想所营造的气氛。

在户外,他们的狂喜迸发成语言。街头巷尾、市场内外,到处都飞扬着对牧师的溢美之词。他的听众滔滔不绝地彼此争说各自的感受,吐尽方休。他们一致断言:从来没有谁像他今天讲得如此明智,如此崇高,如此神圣,也从来没有哪个凡人的嘴里能够像他那样清晰地传达如此充满灵感的启示。显而易见,那灵感的力量降临在他身上,控制着他,使他不断离开面前的讲稿,即兴发挥,充实了一些让听众和他本人都赞叹不已的思想。他演讲的主题是神与人类社会的关系，特别提到了他们正在荒野中殖民的新英格兰。当他的布道快要结束时，一种类似预言的圣灵降临在他的身上，如同当初以色列老预言家们被迫宣告预言一样，这种圣灵也强有力地驱使他做出预言。不同的只是那些犹太预言家当时是宣告国家的天罚和灭亡，而他的使命是预告新近在这里集结起来的上帝的臣民们的崇高而光荣的命运。但是，在他通篇的演说中，有一种深沉、哀伤的基调，它只能解释为一个即将告别人世的人发自内心的忏悔。是啊！他们如此爱戴的、又如此热爱他们的牧师不能不叹息一声就离开他们，升入天国啊！他们的牧师已经预感到那过早的死亡即将降临，他不久就要在他们的悲泣声中离去。他这种自感不久于人世的想法大大加强了那篇布道词对听众产生的效果，仿佛一个天使在飞往天国的途中飞到了人间的上空，急促地扇动他亮丽的翅膀，随着一片阴影和一束光彩，金子般的真理像雨点一样洒下人间大地。

于是，丁梅斯代尔牧师先生来到了他一生中空前绝后的最光辉最荣耀的时期。许多人在他们各自不同的领域里都曾经有过这样的时期，但往往要经过一段时间之后才认识到它。此时此刻，他处于无比自豪、凌驾一切的巅峰，达到了早期新英格兰一个牧师凭借智慧的天赋、渊博的学识、超凡的口才和洁白无瑕的神圣名声所能达到的极限高度，何况在当初牧师这一职业本身就享有很崇高的地位。当我们的这位牧师作完庆祝选择日的布道，在讲坛的靠垫上垂下头时，他登上的正是这样的一个高位。与此同时，海丝特·白兰站在刑台的刑架旁边，那个红字仍然在她胸前燃烧！

这时又听到了嘹亮的鼓乐声和卫队的整齐的步伐声从教堂门口传来。游行队伍将从这里走到市议事厅，在那里要举行隆重的宴会来结束这一天的庆典。

于是，人们又一次看到，由一大帮令人肃然起敬的显要人士组成的队伍在宽阔的通道上缓缓移动，站在两旁观看的群众在总督和官员们、贤达的长老、神圣的牧师以及一切德高望重的人们从他们身边走过时，便纷纷敬畏地向后退避。当他们全都出现在市场上时，人群中迸发出一阵欢呼，向他们致意。这种欢呼无疑是分外增加了声势，表明了当年人们对于统治者的赤诚之心。不过同时也使人感到这种欢呼声是一种不可压抑的热情的爆发，而这种热情是仍然回荡在他们耳边的那篇慷慨激越的布道演说所激起的。每一个人不但自身感受到这种冲动，同时也从他周围人身上受到感染。在教堂里，这种冲动本来已经难以遏制，而如今到了空旷的天地里，它便呼啸而上，直冲苍穹。这里人潮如涌，群情激昂，足以产生出比狂风的呼啸、雷电的轰鸣、海涛的怒吼更为震撼人心的声响。许多人的心联结在一起变成一颗巨大的心，形成一股团结一致的冲力，同样许多强有力的声音融合在一起，掀起巨大的声浪。在新英格兰的土地上还从未有过一个人像这位布道的牧师一样受到人世间弟兄们如此的崇敬！

可是，他本人又感觉如何呢？不是在他头的上方有一个光芒四射的光环吗？他既然被神灵感化得如此空灵，被崇拜者奉为神明，那么他走在队伍里是不是真的脚踏实地了呢？

在军人和文官的队伍向前行进时，众人的眼睛都转向可以看见牧师走来的那个方向。人群中的一部分人接一部分人一一见到了牧师，但欢呼声也随之逐渐消失，变成窃窃私语。在高奏凯歌之际，他看起来是多么的虚弱和苍白！早先他身上支撑他传达神圣福音的精力，或者还不如说福音本身从天上带来的神的灵感，现在既然已忠实地完成了它自己的职责，全撤回去了。人们刚才见到的在他面颊上燃烧的那片红光已经消失了，像在余烬中无可奈何地熄灭的火焰。他的脸色那样灰白，实在不像一个活人的面孔；他那无精打采的步履，实在不像一个体内尚有生命的人。然而他还是跟跟跄跄地在往前走，居然没有倒下！

他的一位担任教职的兄弟，就是年长的约翰·威尔逊，观察到了丁梅斯代尔先生在智慧和情感退潮之后陷入的状态，慌忙走上前来搀扶他。但年轻牧师颤抖着却又断然推开了老人的胳膊。他依然朝前走去，如果他的动作还可以说是走路的话，那么倒更像一个婴孩看到了母亲在前面伸出双手鼓励他往前去时摇摇晃晃跨步的样子。此时，正当他几乎不知道以后的步子往哪儿迈时，他来到了那座因风吹日晒雨淋而发黑的刑台对面。就在这个刑台上，海丝特·白兰曾经遭到世人轻蔑的白眼，虽然多少个凄风苦雨的岁月在此期间已经流逝而去，但他却记忆犹新。现在海丝特又站在那里，拉着小珠儿的手！她胸口上还佩戴着那个红字！牧师在这里停了下来，尽管音乐依然庄严地演奏着，队伍和着欢快的进行曲继续在前进。乐声召唤他前进，召唤他前去欢庆！可是他在这里停了下来。

　　贝灵汉在这几分钟里始终焦虑地注视着他。此时，这位官员离开了他自己在队伍里的位置，走上前来帮助他。从丁梅斯代尔先生的脸色来判断，不去扶他一把，他一定会摔倒的。但是，牧师的表情中有一种警告他不要前来的表示，尽管一个人并不是那么容易听从由一个人传达给另一个人的那些含糊不清的暗示的。与此同时，人群则怀着又敬畏又惊讶的心情观望着。在他们看来，这种肉体的衰竭不过是牧师的神力的另一种表现。假若像他这样神圣的人，就在众人眼前升天，忽明忽暗地消失在天国的光辉中，也不会被视为是无法创造出来的奇迹！

　　他转向刑台，向前伸出双臂。

　　"海丝特，"他说，"过来呀！来呀，我的小珠儿！"

　　他盯着她们母女俩的眼神十分可怕，但同时这眼神中又有一种温柔的和奇特的胜利之情。那孩子以她特有的鸟儿一般的动作，飞扑过去，双臂搂住了他的双膝。海丝特·白兰似乎被不可逃避的命运所驱使，而又违背她非常坚强的意志，慢慢地向前挪动，但是在

她快要够得到他的地方，停了下来。就在这一刹那，老罗杰·齐灵渥斯挤过人群钻了出来——或许由于他的脸色十分阴暗、十分慌乱、十分邪恶，也可以说是从什么阴曹地府中钻了出来———下子抓住他的牺牲品，不让他做他要做的事！不管究竟是怎么回事，反正那老人冲到了前面，抓住牧师的胳膊。

"疯子，住手！你想干什么？"他低声说道，"挥手赶走那个女人！甩开那个孩子！一切都会好的。不要玷污你的名声，使自己身败名裂！我还能救你！你要使你神圣的职业蒙受耻辱吗？"

"哈，魔鬼！我想你来得太迟了！"牧师畏惧但却坚定地对着他的目光，回答说，"你的魔力现在不如从前了！依靠上帝的保佑，我要挣脱你！"

他再一次把手伸向佩戴红字的女人。

"海丝特·白兰，"他叫道，声音里有一种撕心裂肺的真切，"看在上帝的分上，你过来吧，把你的力量附在我的身上吧！上帝啊，他是那样的可畏又是那样的仁慈。在这最后的时刻，他已经恩准我——为了我自己沉重的罪孽和悲惨的痛苦——做七年前抽身逃脱没有做的事。现在你过来吧，把你的力量附在我的身上吧！海丝特，你的力量呀，但是让那力量遵从上帝恩赐予我的意志的指导吧！这个可怜的、受了委屈的老人正在竭尽全力——竭尽他自己的和魔鬼的力量——反对我要做的事。过来吧，海丝特，过来吧！把我扶到那个刑台上去！"

人群骚动起来。那些紧靠牧师身边站着的显要人物震惊万分，对目睹的一切大感不解：既不能接受最显而易见的解释，又想不出别的解释，所以他们沉默不语，静候天意将要做出的判决。他们看到牧师倚在海丝特的肩上，她的一只手臂搂住他的腰，支撑着他向刑台走去，登上台阶；而同时那个由罪孽诞生的孩子的小手依然紧握在他的手里。老罗杰·齐灵渥斯紧随在他们后面，仿佛他是同这场罪恶与痛苦的戏剧密不可分的,也是演员中的一个,因此在最后一场理所当然要亲自登台亮相。

"即使你找遍全世界,"他阴沉地望着牧师说道,"除了这个刑台,再也没有一个地方——高处也罢,低处也罢——比它更隐秘,使你能够逃脱我。"

"感谢上帝指引我来到了这里!"牧师回答说。

然而,他颤抖起来,转向海丝特,眼睛里流露出疑虑和焦急的神色,嘴角上也同样明显地带着一丝无力的微笑。

"这不是比我们在森林里所梦想的更好吗?"他喃喃说道。

"我不知道!我不知道!"她匆匆回答说,"更好?是的,这样我们可以双双死去,小珠儿也可以跟着我们一起死去!"

"至于你和珠儿,听候上帝的旨意吧,"牧师说,"上帝是慈悲的!让我实行他在我眼前明白表示的意志吧!海丝特,我已是一个快要死的人了,那就让我赶紧承担起我的耻辱吧!"

丁梅斯代尔牧师先生一边靠海丝特·白兰的支撑,一边握住小珠儿的手,转过身子,面向那些德高望重的统治者,面向神圣的牧师兄弟们,面向在场的老百姓——他们的伟大心灵已经给彻底惊呆了,然而他们的眼睛里仍饱含着同情的泪水,因为他们明白,一个深刻的人生问题即将在他们面前揭示,如果说这个问题充满了罪孽,那么它同样充满了痛苦与悔恨。刚刚移过子午线的太阳正照在牧师身上,将他的形体勾勒得十分清晰,好像他站立在人世之外在正义之神的法庭的被告席前申诉认罪。

"新英格兰人!"他大声呼喊,声音直冲上空,越过人们的头顶,高昂、庄严而雄浑,但始终带有颤音,有时还发出一声尖叫,那是从痛苦与悔恨的无底深渊中迸发出来的心声。"你们,这些曾经爱过我的人!你们,这些曾经视我为神圣的人!请朝我这儿看,看看我这个世上的罪人吧!终于!——终于!——我站到了这个地方，站到了我七年之前我就该站立的地方；是这个女人，以她无力的手臂搀扶我爬上这里；在这个可怕的时刻，支撑着我，使我不扑面跌倒在地！看吧！看看海丝特佩戴的红字！你们全都畏避它！不管她走到哪里——不管她的负担是多么的悲惨沉重——她一直企盼着能找到片刻的安静——这红字总是在她四周投射出令人畏惧、令人深恶痛绝的幽光。但是有一个人就站在你们中间，你们对他的罪恶和耻辱却从不畏避！"

牧师讲到这里，仿佛要留下他秘密的其余部分不再揭露了。但是，他战胜了体力上的衰弱无力——尤其是战胜了精神上的软弱——那个一直试图控制他的内心的软弱。他甩开一切帮助，激动地向前迈了一步站到了母女两人的前面。

"那烙印就在他身上！"他猛然接着说道，决心要说出全部秘密。"上帝的眼睛看见它，天使的手指着它！恶魔也知道得一清二楚，不时用他那燃烧的手指触碰它，侵蚀它。但是他狡猾地把它隐藏起来，不让人们看到它，神气活现地走在你们中间。呜呼，在一个罪恶的世界里，他显得如此纯洁！哀哉，他失去了天国的亲人！现在，在他临死前的最后时刻，他站在你们面前！他恳求你们再看一眼海丝特的红字：他告诉你们，尽管她的红字神秘莫测，阴森可怕，但它只是他自己胸口上戴着的那个红字的影子罢了，而且甚至这个在他自己身上的红色烙印也无非是他内心烙印的表象罢了！站在这里的人们，有谁怀疑上帝对一个罪人的判决？看吧！看一看这个可怕的证据！"

他抽搐般地猛地一扯，撕开他胸前牧师的饰带。那个东西显露出来了！但是描写这种显露是大不敬的。一瞬间，惊慌失措的人们把他们的注意力都聚集到那个可怖的奇迹之上。此时，牧师却站在那里，脸上泛现出胜利的红潮，如同一个人在极端痛苦的紧要关头，获得了一次胜利。然后，他倒在刑台上！海丝特稍稍把他扶起，让他的头靠在她的胸上。老罗杰·齐灵渥斯跪倒在他的身边。面色茫然呆滞，俨如一具没有生气的僵尸。

"你逃脱我了！"他不止一次地反复说，"你逃脱我了！"

"愿上帝饶恕你！"牧师说，"你，同样犯下了深重的罪孽！"

他把他那双垂死的眼睛从老人那边转向母女俩，紧盯着她们。

"我的小珠儿，"他有气无力地说，脸上泛起甜蜜而温柔的微笑，像是快要进入酣睡之中。甚至，由于卸掉了沉重的包袱，他似乎要和那孩子一起玩耍一阵——"亲爱的小珠儿，你现在愿意亲亲我吗？那天在森林里你不肯亲我！可你现在愿意了吧？"

珠儿吻了他的嘴唇，符咒给解除了。这个伟大的悲剧场面——这个撒野的婴孩也在其中扮演了一个角色——激发起她全部的同情心。她的泪水滚落在她父亲的面颊上，它们是她的誓言：她将同人类同甘苦共患难，一起成长，不再跟世界作对，而要做世上的一名妇女。对于她母亲来说，珠儿作为一个传递痛苦的信使，她的差事也全部完成了。

"海丝特，"牧师说道，"别了！"

"难道我们不再相见了吗？"她俯下身去，把脸靠近他的脸，悄悄说道，"难道我们不能在一起度过我们永恒的生命吗？确确实实，我们已经用这一切悲苦彼此赎了罪！睁开你那双垂死的、明亮的眼睛，遥望无垠无边的永恒！然后告诉我你看见了什么？"

"别作声，海丝特，别作声！"他神情肃穆，声音颤抖地说，"我们犯了法！犯下了在这里被可怕地揭露出来的罪孽！让这些全都留在你的思想里！我怕！我怕啊！也许是，当我们忘记了我们的上帝，当我们各人冒犯了他人灵魂的尊严，我们便不可能希望今后再相逢，在永恒和纯洁中重新结合。上帝洞察一切，仁慈无边！他已经在我所受的折磨中，最充分地证明了他的仁慈。他使我忍受这个在我胸口燃烧的痛苦！他派遣那个阴森可怕的老人来使那痛苦永远似烈焰一样灼人!他带我到这里来,让我在胜利的耻辱中,死在众人的面前!若是在这些痛苦中缺少了一个,我便永远无救了!赞美他的圣名吧!完成他的意旨吧!永别了!"

这最后一句话说出来之后,牧师的呼吸也就停止了。直到此时,一直保持沉默的群众,突然迸发出一种异常深沉、异常奇特的声音,充满了敬畏,充满了惊奇,因为实在还找不出言辞来表达,只能用这种咕哝声,紧随在逝去的灵魂后面隆隆作响。

二十四 结局

过了许多天,人们有了充分时间来重新思考前面发生的那件事,于是,对于在刑台边目睹的情景就有了各种不同的说法。

大多数在场的人都做证,他们在不幸的牧师胸口上看到了一个刻印在肌肤上的红字,与海丝特·白兰佩戴的极其相似。至于其来源,则有种种不同的解释,当然都是些揣测而已。有些人断言,丁梅斯代尔牧师就在看到海丝特·白兰第一次戴上她耻辱的标记的那一天,便开始残忍地折磨自己来实行苦行,并在尔后的修行中使用了许多劳而无功的方法。另一些人则争辩说,那个烙印是经过很长时间之后才产生的,是由那个有法力的巫师老罗杰·齐灵渥斯靠魔法和毒药使它出现的。还有一些人——他们是那些最能理解牧师的特殊情感,以及他的精神对肉体的奇妙作用的人——悄悄地提出这样一种看法,认为那可怕的标记是"悔恨"这副利齿持久作用的结果。悔恨从内心深处向外咬啮,最后用这个可以看得见的字母来显示上天的可怕的裁决。读者可以从这几种说法中自行选择。我们已经把可能得到的有关这件怪事的情况和盘托出了,既然这件怪事已完成了它的任务,我们很乐意把它深深的印记从我们的记忆里抹去,因为长期的思考已在我们的脑子里留下了非常令人不快的清晰的印象。

不过,说来十分奇怪,有几个人,他们也是整个事件的目击者,而且自称他们的眼睛从来不曾离开过丁梅斯代尔牧师先生,但是他们否认在他的胸上有任何标记,说他的胸脯就跟新生婴孩的胸脯一模一样。根据他们的说法,他临终时讲的话,既没有承认,也没有一点儿的暗示,表明他跟使海丝特如此长久地佩戴红字的罪过有什么牵连。按照这些极其可敬的目击者的说法,牧师意识到自己行将死去,也意识到群众对他的极度尊崇,已经把他置于圣人和天使中间,所以他希望通过自己在那个堕落的女人的怀抱中咽气,从而向世人表明一个人类最优秀分子的正直是多么微不足道。他为了人类的精神完善耗尽了自己毕生的精力,现在又以他自己死的方式作为一种教谕,用这个令人悲恸的巨大教训告诫他的崇拜者:在无限纯洁的神的心目中,我们同样都是罪人。他要教导他们:我们中间最神圣的人,他所达到的境界比别人高一点,仅能更清楚地认明俯视下界的仁慈的上帝,更彻底地认识到人类的功德看起来令人向往,高耸云霄。其实只是一种幻影而已。对于这样一个至关重要的真理,我们毋庸争辩,不过,应该允许我们把有关丁梅斯代尔先生的故事的这种说法当作一个实例,说明一个人的朋友——尤其是牧师的朋友——即使在证据像照在红字上的正午阳光一样明明白白,证明他只是一个虚伪的、沾满罪恶的粪土之辈,有时还要为维护这个人的人格,而表现得如何忠诚不渝,顽固不化。

本书依据的主要材料是一部旧书稿,它记载了许多人的口述,其中有些人曾经见过海丝特·白兰,另一些人则是从当时的目击者那里听来的。他们所说的完全证实了本书前面所述的观点。从那个可怜的牧师的悲惨经历中,我们可以吸取许多教训,但是可以把它归纳为一句话:"真诚!真诚!再真诚!向世人敞开你的襟怀,即使不把你最坏之处袒露出来,也要显示某些迹象,让人借此推断出你的最坏之处!"

紧随丁梅斯代尔先生的死亡,发生最显著变化的,要算那个叫作罗杰·齐灵渥斯的老人的容貌和举止了。他的全部体力和精力,即他的全部活力和智力,似乎立刻丧失殆尽,以致他全然枯萎了、凋谢了,几乎从人们的视界里消失了,就像一棵连根拔起的野草在太阳底下晒蔫了。这个不幸的人曾经给自己立了一条生活原则:追踪仇敌,有计划有步骤地雪恨复仇。可是等到他取得完全的胜利和成功以后,在他那个邪恶的原则没有剩下支持它的物质时,一言以蔽之,当他在世上再没有魔鬼的工作要他去做的时候,这个没有人性的人只有到他主子那里去寻找工作并领取相应的报酬了。然而,对于所有这些影子似的人物,只要跟我们有点熟悉,不管他是罗杰·齐灵渥斯还是他的伙伴,我们还都愿意表示一点慈悲之心。恨与爱,归根结底是不是同一个东西,这倒是一个值得观察与探讨的有趣课题。这两种感情,发展到极端时,都是密不可分、息息相通的;二者都可以使一个人向对方索取感情和精神生活的食粮;二者都可以通过放弃其目的,将自己狂热的情人或者同样狂热的仇人置于孤寂凄凉的境地。因此,从哲学的角度来考虑,这两种激情在本质上似乎是完全相同的,只是一种恰好出现在圣洁的光辉中,另一种则出现在阴暗惨淡的幽光中。在精神世界里,老医生和牧师——他俩事实上互为牺牲品——也许会不知不觉发现他俩在世上积聚的仇恨和厌恶已经变成黄金般的爱了。

我们暂且把这个讨论搁置一边,先向读者通报一件正事。不到一年,齐灵渥斯去世了。根据他最后的意愿和遗嘱,他把在北美和英国的一笔数目相当可观的财富,留给了海丝特·白兰的女儿——小珠儿。贝灵汉总督和威尔逊牧师先生被指定为这份遗嘱的执行人。

于是，珠儿——那个小精灵，那个直到那时还有人坚持认为是恶魔后裔的小东西——就成了当年新大陆最富有的继承人。自然，这种境遇引起了公众评价方面的很实在的变化。如果母女俩留在当地，小珠儿到了可以结婚的年龄，很可能会把她的野性的血液和最虔诚的清教徒的血统混合在一起。但是在医生死后不久，佩戴红字的人就销声匿迹了，珠儿也随她走了。在其后的许多年里，虽然不时从大洋彼岸传来一些不很确切的传闻——犹如一块不成样子的烂木头漂到岸上，上面只有姓氏的第一个字母——但从未收到过有关她们真实可靠的消息。红字的故事渐渐变成了传说。不过，它的魅力犹存，那个可怜的牧师死在上面的那个刑台以及海丝特住过的海边茅屋仍然令人望而生畏。一天下午，有些孩子正在茅屋旁边玩耍，他们忽然看见一个身穿灰袍的高个子女人走到屋子的门前。这么些年来，这扇门一次也没打开过，不知是她打开了锁，还是腐朽的木头和锈蚀的栓子经她的手一推便开了，或者是她像影子一般穿过这重重障碍，溜了进去——不管怎样，反正她进了屋。

她在门槛边停了下来——半转过身子——或许因为她想到只身一人走进她从前度过紧张生活、而如今面貌全非的家，心中顿生一阵凄楚悲凉，使她难以忍受。虽然她只迟疑了片刻，不过人们还是来得及看到她胸前的红字。

海丝特·白兰回来了，又戴起她抛弃已久的耻辱！可是小珠儿在哪里呢？如果她还活着，现在必定是一位含苞欲放、楚楚动人的少女了。谁也不知道，谁也没有听到过确切的消息。那小精灵是不是过早地埋进了少女的坟墓，还是她那狂野不羁，却多姿多彩的天性已经被驯化和软化，从而能得以享受一个女人的温存的幸福。不过，海丝特余下的岁月里，有迹象表明，这个佩戴红字的隐居者，是另一个地方某个居民钟情和关怀的对象。寄来的信件上印有纹章，虽然那纹章在英格兰家族谱系上还无人知晓。在那间茅屋里，有一些供享受的奢侈品,这些东西海丝特是从不喜欢使用的,不过这些东西只有富人才买得起,只有对她充满感情的人才会想得到。也有一些小东西,如小小的装饰品、表示永远思念的漂亮的纪念品,它们想必是一颗爱心在感情冲动时,用一双纤手制作的。有一次,人们还看见海丝特在刺绣一件婴孩的衣裳,色彩是如此绚丽,款式是如此奢华,如果有哪个婴孩穿着在我们这色调晦暗的居民区招摇过市,一定会引起轩然大波的。

总之,当年那些爱说闲话的人相信——一个世纪后对此做过调查的海关稽查官皮尤先生相信——还有,最近接替他职务的一个人也忠实地相信,珠儿不但活在世上,而且结了婚,生活幸福,时刻惦念着她母亲,还相信要是她能把她孤苦伶仃的母亲接到她家里,她会快乐无比。

但是,对于海丝特·白兰来说,住在新英格兰这里,比起住在珠儿成家的那个异乡客地要好,生活得更真实。这里,有过她的罪孽;这里,有过她的悲伤;这里,还要有她的忏悔。因此,她回来了,重新戴上了构成我们这个故事的那个标记。她戴它是完全出于她自己的意志,因为连那个冷酷时代的最严厉的官吏也不会强迫她了。从此以后这个标记再也没有离开她的胸前。但是,随着岁月的流逝,海丝特生活中的含辛茹苦、自我献身和对他人的无微不至的关心使那红字不再是引起世人蔑视和冷嘲的耻辱的烙印,却变成了一个使人为之悲伤,望之生畏,而又让人肃然起敬的标志。而且,由于海丝特·白兰没有自私的目的,她活着丝毫没有为了谋取私利或享受,所以人们把她当作一个饱经忧患的人,带着他们的种种忧伤和困惑,来寻求她的忠告。尤其是妇女们,在她们不断受到考验时:受伤害、被滥用、受委屈、遭遗弃,或为邪恶的情欲所驱使而误入歧途,或者因为不被重视,未受青睐而忧心忡忡,无所寄托——她们常来到海丝特的茅屋,询问她们为何如此痛苦,如何解脱！海丝特尽其所能安慰她们，为她们指点迷津。她还用她自己的坚定信念使她们相信，到了某个更光明的时期，在世界为此做好了准备的时候，在超脱罪恶并与上帝的意念和谐一致的时代，必将显示一个新的真理：男女之间的全部关系将建立在一个双方幸福的更可靠的基础上。海丝特年轻时曾经虚妄地幻想过，她本人或许是一个命中注定的女先知，但长久以来她已认识到，任何神圣的和神秘的传播真理的使命绝不可能托付给一个为罪孽所玷污，为耻辱所压倒，或者甚至为一生的忧虑而郁郁寡欢的女人。当然，将来宣示真理的天使和圣徒一定是一个妇女，但应该是一个高尚、纯洁和美丽的女子，而且应该是一个聪慧的女子，其智慧不是来自于忧伤，而是来自欢乐的灵气。同时，她将用一个人生活中最真实的考验向人们显示神圣的爱心如何使我们获得幸福，而这个人的生活已经成功地达到了这样一个目的。

　　海丝特·白兰一边这么说着，一边低下头用忧伤的目光瞅着那个红字。经过了许多许多年之后，在后来建造英王礼拜堂的那块墓地上，在一个下陷的老坟附近，又挖了一个新坟。这个新坟是在那个深陷下去的老坟附近，但是两者之间还隔着一块空地，仿佛两位长眠者的遗骸没有资格混在一起。然而两座坟却合用一块墓碑。周围的墓碑上全都刻着家族的纹章，而在这一方简陋的石板上——好奇的探究者现在仍可以依稀辨认出，但不明其意义了——有着类似盾形纹章的刻痕。上面所刻的铭文，是一个专司宗谱纹章的官员拟的词句，可以充当我们现在讲完的这篇传说的箴言和简述。这题铭是那么灰暗，只在被一个比影子还要黝黑的、永远闪着红光的光点衬托下才凸现出来：

　　"漆黑的土地，鲜红的 A 字。"

（全文完）

"名家音频讲播版"：听名家讲名著

★著名作家+知名学者+一线名师倾情打造，权威、专业
★提纯名著精华，跟随名家半小时读完一本书
★音频讲播，多元体验，带您品味文学名著的不朽魅力

局外人	马　原	知名作家
红字	马　原	知名作家
神曲	欧阳江河	诗人、批评家
日瓦戈医生	刘文飞	翻译家、中国俄罗斯文学研究会会长
普希金诗选	刘文飞	翻译家、中国俄罗斯文学研究会会长
月亮和六便士	朱宾忠	武汉大学英语系教授
静静的顿河	周　露	浙江大学外语系副教授
傲慢与偏见	周　露	浙江大学外语系副教授
少年维特的烦恼	梁永安	复旦大学中文系副教授
了不起的盖茨比	唐建清	南京大学文学院副教授
源氏物语	王　辉	湖北大学日语系副教授
红与黑	梁　欢	湖北大学法语系副教授
包法利夫人	邓毓珂	湖北大学日语系副教授
巴黎圣母院	程红兵	语文特级教师
羊脂球	李镇西	语文特级教师
一千零一夜	肖培东	语文特级教师
老人与海	柳衮照	语文特级教师
小王子	孙建锋	语文特级教师
名人传	张文质	教育学者
海底两万里	罗　灼	语文教师
悲惨世界	谌志惠	语文教师
格列佛游记	宋丽婷	语文教师
基督山伯爵	黎志新	语文教师
呼啸山庄	樊青芳	语文教师
高老头	孟兴国	语文教师
钢铁是怎样炼成的	李　秋	语文教师
欧也妮·葛朗台	刘　欢	语文教师

扫码听马原讲《红字》